SELECTED POEMS

SELECTED POEMS

Jorge Luis Borges

EDITED BY

Alexander Coleman

VIKING

VIKING

Published by the Penguin Group
Penguin Putnam Inc., 375 Hudson Street, New York, New York 10014, U.S.A.
Penguin Books Ltd, 27 Wrights Lane, London W8 5TZ, England
Penguin Books Australia Ltd, Ringwood, Victoria, Australia
Penguin Books Canada Ltd, 10 Alcorn Avenue, Toronto, Ontario, Canada M4V 3B2
Penguin Books (N.Z.) Ltd, 182–190 Wairau Road, Auckland 10, New Zealand

Penguin Books Ltd, Registered Offices:
Harmondsworth, Middlesex, England

First published in 1999 by Viking Penguin, a member of Penguin Putnam Inc.

1 3 5 7 9 10 8 6 4 2

These selections were published in *Obra completas* (three volumes), Emece Editores,
Buenos Aires. © Maria Kodama and Emece Editores S. A., 1989. Certain works were
published in *La cifra* and *Los conjurados*, Alianza Editorial de Argentina S.A. and in
Atlas, Sudamericana Editorial S.A., Argentina. The selections from *El hacedor* are
published by arrangement with the University of Texas Press, Austin, Texas.

Page 478 constitutes an extension of this copyright page.

LIBRARY OF CONGRESS CATALOGING-IN-PUBLICATION DATA
Borges, Jorge Luis, 1899–1986
[Poems. English & Spanish. Selections]
Selected poems / Jorge Luis Borges ; edited by Alexander Coleman.
p. cm.
English and Spanish on facing pages.
ISBN 0-670-84941-3
1. Borges, Jorge Luis, 1899–1986—Translations into English.
PQ7797.B635A2 1999
861—dc21 99–10318

This book is printed on acid-free paper.

Printed in the United States of America
Set in Minion · Designed by Francesca Belanger

Contents

The Translators

Willis Barnstone

Alexander Coleman

Robert Fitzgerald

Stephen Kessler

Kenneth Krabbenhoft

Eric McHenry

W. S. Merwin

Alastair Reid

Hoyt Rogers

Mark Strand

Charles Tomlinson

Alan S. Trueblood

John Updike

A Note on the Translations

The translations take into account the final textual revisions by Jorge Luis Borges in his *Obras completas,* Emecé Editores, 1989. Any previous version of a poem published in English has been modified where necessary so that it conforms to the final state of the work as left by the author. The editor wishes to acknowledge the assistance of Penny L. Fitzgerald in making the minimal revisions needed to the prior translations done by the late Robert Fitzgerald.

The editor heartily thanks Alastair Reid for the advice and criticism so generously offered during the preparation of this volume.

All translations are inevitably the fruit of many informal conversations and consultations among friends; Charles Tomlinson wishes to thank Jordi Doce for his assistance, and Eric McHenry is grateful for the advice of Susan Holm, M. Yolanda Cabo, and David Ferry.

Readers of the poetry of Jorge Luis Borges over the years are indebted to Norman Thomas Di Giovanni, editor and annotator of the earlier *Selected Poems (1923–1967)* of Borges, first published by the Delacorte Press in 1972.

Unless otherwise indicated, the translations of the prologues to the individual books of verse were done by the editor.

The editor has gathered together old and revised translations and has commissioned new versions as an exhibition of diverse voices and tones in translation. There has been no striving for uniformity throughout the volume, and in this regard, since the capitalization of initial words in Borges's verse is highly inconsistent, even within single books, each translator has opted for their own solution to this matter.

—A.C.

Fervor de Buenos Aires

(1923)

Prólogo

No he reescrito el libro. He mitigado sus excesos barrocos, he limado asperezas, he tachado sensiblerías y vaguedades y, en el decurso de esta labor a veces grata y otras veces incómoda, he sentido que aquel muchacho que en 1923 lo escribió ya era esencialmente—¿qué significa esencialmente?—el señor que ahora se resigna o corrige. Somos el mismo; los dos descreemos del fracaso y del éxito, de las escuelas literarias y de sus dogmas; los dos somos devotos de Schopenhauer, de Stevenson y de Whitman, Para mi, *Fervor de Buenos Aires* prefigura todo lo que haria después. Por lo que dejaba entrever, por lo que prometía de algún modo, lo aprobaron generosamente Enrique Díez-Canedo y Alfonso Reyes.

Como los de 1969, los jóvenes de 1923 eran timidos. Temerosos de una íntima pobreza, trataban como ahora, de escamotearla bajo inocentes novedades ruidosas. Yo, por ejemplo, me propuse demasiados fines: remedar ciertas fealdades (que me gustaban) de Miguel de Unamuno, ser un escritor español del siglo diecisiete, ser Macedonio Fernández, descubrir las metáforas que Lugones ya había descubierto, cantar un Buenos Aires de casas bajas y, hacia el poniente o hacia el sur, de quintas con verjas.

En aquel tiempo, buscaba los atardeceres, los arrabales y la desdicha; ahora, las mañanas, el centro y la serenidad.

—J.L.B.

Buenos Aires, 18 de agosto de 1969.

Prologue

I have not rewritten this book. I have moderated its baroque excesses, I have polished some rough spots, I have eliminated sentimentality and haziness, and, as I went through the work, at times agreeable to me and at other times quite unsettling, I felt that the young man who wrote the book in 1923 was already essentially—what does "essentially" mean?—the mature author who either resigns himself never to touch his earlier work or who endeavors to rewrite it. We two are the same person; we both do not believe in either failure or success or in literary cabals and their dogmas; both are fond of Schopenhauer, Stevenson, and Whitman. For me, *Fervor de Buenos Aires* foreshadows all that I would write afterwards. For what could be read between the lines, for what it promised in one way or in another, Enrique Díez-Canedo and Alfonso Reyes gave it their approval.

Like young writers of 1969, we of 1923 were timid. Fearful of their own inner poverty, they tried then, as they do now, to make it disappear behind innocent, strident novelty. I, for instance, tried to do too many things: I wanted to imitate a certain roughness (which I liked) in the work of Miguel de Unamuno; I wanted to be a Spanish writer from the seventeenth century, to be Macedonio Fernández, to invent metaphors already set down by Lugones, to praise a Buenos Aires of one-story houses and—to the West or South—country houses surrounded by iron fencing.

At the time, I was seeking out late afternoons, drab outskirts, and unhappiness; now I seek mornings, the center of town, peace.

—J.L.B.

Buenos Aires, August 18, 1969

Las calles

Las calles de Buenos Aires
ya son mi entraña.
No las ávidas calles,
incómodas de turba y de ajetreo,
sino las calles desganadas del barrio,
casi invisibles de habituales,
enternecidas de penumbra y de ocaso
y aquellas más afuera
ajenas de árboles piadosos
donde austeras casitas apenas se aventuran,
abrumadas por inmortales distancias,
a perderse en la honda visión
de cielo y de llanura.
Son para el solitario una promesa
porque millares de almas singulares las pueblan,
únicas ante Dios y en el tiempo
y sin duda preciosas.
Hacia el Oeste, el Norte y el Sur
se han desplegado—y son también la patria—las calles:
ojalá en los versos que trazo
estén esas banderas.

The Streets

My soul is in the streets
of Buenos Aires.
Not the greedy streets
jostling with crowds and traffic,
but the neighborhood streets where nothing is happening,
almost invisible by force of habit,
rendered eternal in the dim light of sunset,
and the ones even farther out,
empty of comforting trees,
where austere little houses scarcely venture,
overwhelmed by deathless distances,
losing themselves in the deep expanse
of sky and plains.
For the solitary one they are a promise
because thousands of singular souls inhabit them,
unique before God and in time
and no doubt precious.
To the West, the North, and the South
unfold the streets—and they too are my country:
within these lines I trace
may their flags fly.

—S.K.

La Recoleta

Convencidos de caducidad
por tantas nobles certidumbres del polvo,
nos demoramos y bajamos la voz
entre las lentas filas de panteones,
cuya retórica de sombra y de mármol
promete o prefigura la deseable
dignidad de haber muerto.
Bellos son los sepulcros,
el desnudo latín y las trabadas fechas fatales,
la conjunción del mármol y de la flor
y las plazuelas con frescura de patio
y los muchos ayeres de la historia
hoy detenida y única.
Equivocamos esa paz con la muerte
y creemos anhelar nuestro fin
y anhelamos el sueño y la indiferencia.
Vibrante en las espadas y en la pasión
y dormida en la hiedra,
sólo la vida existe.
El espacio y el tiempo son formas suyas,
son instrumentos mágicos del alma,
y cuando ésta se apague,
se apagarán con ella el espacio, el tiempo y la muerte,
como al cesar la luz
caduca el simulacro de los espejos
que ya la tarde fue apagando.
Sombra benigna de los árboles,
viento con pájaros que sobre las ramas ondea,
alma que se dispersa en otras almas,
fuera un milagro que alguna vez dejaran de ser,
milagro incomprensible,
aunque su imaginaria repetición
infame con horror nuestros días.
Estas cosas pensé en la Recoleta,
en el lugar de mi ceniza.

Recoleta Cemetery

Convinced of decrepitude
by so many noble certainties of dust,
we linger and lower our voices
among the long rows of mausoleums,
whose rhetoric of shadow and marble
promises or prefigures the desirable
dignity of having died.
The tombs are beautiful,
the naked Latin and the engraved fatal dates,
the coming together of marble and flowers
and the little plazas cool as courtyards
and the many yesterdays of history
today stilled and unique.
We mistake that peace for death
and we believe we long for our end
when what we long for is sleep and indifference.
Vibrant in swords and in passion
and asleep in the ivy,
only life exists.
Its forms are space and time,
they are magic instruments of the soul,
and when it is extinguished,
space, time, and death will be extinguished with it,
as the mirrors' images wither
when evening covers them over
and the light dims.
Benign shade of the trees,
wind full of birds and undulating limbs,
souls dispersed into other souls,
it might be a miracle that they once stopped being,
an incomprehensible miracle,
although its imaginary repetition
slanders our days with horror.
I thought these things in the Recoleta,
in the place of my ashes.

—S.K.

El sur

Desde uno de tus patios haber mirado
las antiguas estrellas,
desde el banco de
la sombra haber mirado
esas luces dispersas
que mi ignorancia no ha aprendido a nombrar
ni a ordenar en constelaciones,
haber sentido el círculo del agua
en el secreto aljibe,
el olor del jazmin y la madreselva,
el silencio del pájaro dormido,
el arco del zanguán, la humedad
—esas cosas, acaso, son el poema.

The South

To have watched from one of your patios
the ancient stars,
from the bench of shadow to have watched
those scattered lights
that my ignorance has learned no names for
nor their places in constellations,
to have heard the note of water
in the cistern,
known the scent of jasmine and honeysuckle,
the silence of the sleeping bird,
the arch of the entrance, the damp
—these things perhaps are the poem.

—W.S.M.

Calle desconocida

Penumbra de la paloma
llamaron los hebreos a la iniciación de la tarde
cuando la sombra no entorpece los pasos
y la venida de la noche se advierte
como una música esperada y antigua,
como un grato declive.
En esa hora en que la luz
tiene una finura de arena,
di con una calle ignorada,
abierta en noble anchura de terraza,
cuyas cornisas y paredes mostraban
colores blandos como el mismo cielo
que conmovía el fondo.
Todos—la medianía de las casas,
las modestas balaustradas y llamadores,
tal vez una esperanza de niña en los balcones
entró en mi vano corazón
con limpidez de lágrima.
Quizá esa hora de la tarde de plata
diera su ternura a la calle,
haciéndola tan real como un verso
olvidado y recuperado.
Sólo después reflexioné
que aquella calle de la tarde era ajena,
que toda casa es un candelabro
donde las vidas de los hombres arden
como velas aisladas,
que todo inmeditado paso nuestro
camina sobre Gólgotas.

Unknown Street

"The twilight of the dove"
the Hebrews called the fall of evening,
when darkness does not yet hinder our steps
and the oncoming night makes itself felt
like an old, longed-for music,
like a welcome downward path.
In that hour when the light has the fineness of sand,
I happened on a street unknown to me,
ample and broadly terraced,
whose walls and cornices
took on the pastel color of the sky
that nudged the horizon.
Everything—the drab houses,
the crude banisters, the doorknockers,
perhaps the hopes of a girl dreaming on a balcony—
all entered into my vain heart
with the clarity of tears.
Perhaps that moment of the silver evening
suffused the street with a tenderness,
making it as vivid as a verse
forgotten and now remembered.
Only later did I come to think
that the street of that afternoon was not mine,
that every house is a branching candlestick
where the lives of men burn
like single candles,
that each haphazard step we take
treads on Golgothas.

—A.C.

El truco

Cuarenta naipes han desplazado la vida.
Pintados talismanes de cartón
nos hacen olvidar nuestros destinos
y una creación risueña
va poblando el tiempo robado
con las floridas travesuras
de una mitología casera.
En los lindes de la mesa
la vida de los otros se detiene.
Adentro hay un extraño país:
las aventuras del envido y del quiero,
la autoridad del as de espadas,
como don Juan Manuel, omnipotente,
y el siete de oros tintineando esperanza.
Una lentitud cimarrona
va demorando las palabras
y como las alternativas del juego
se repiten y se repiten,
los jugadores de esta noche
copian antiguas bazas:
hecho que resucita un poco, muy poco,
a las generaciones de los mayores
que legaron al tiempo de Buenos Aires
los mismos versos y las mismas diabluras.

Truco

Forty cards have taken the place of life.
The decorated cardboard talismans
make us oblivious of our destiny,
and a light-hearted game
goes on filling up our stolen time
with the flowery flourishes
of a home made mythology.
Within the limits of the table
the life of others comes to a standstill.
Inside the game is an alien country,
the ups and downs of bidding and accepting,
the domination of the ace of spades,
omnipotent, like Don Juan Manuel,*
and the seven of diamonds, a jingling of hope.
A furtive slowing-down
keeps all words in check,
and, as the vagaries of the game
repeat and repeat themselves,
the players of that evening
reenact ancient tricks:
An act that brings to life, but very faintly,
the generations of our forefathers
who bequeathed to the leisure time of Buenos Aires
truco, with all its bids and its deceptions.

—A.R.

*The Argentine dictator Juan Manuel de Rosas (1793–1877).

Un patio

Con la tarde
se cansaron los dos o tres colores del patio.
Esta noche, la luna, el claro círculo,
no domina su espacio.
Patio, cielo encauzado.
El patio es el declive
por el cual se derrama el cielo en la casa.
Serena,
la eternidad espera en la encrucijada de estrellas.
Grato es vivir en la amistad oscura
de un zaguán, de una parra y de un aljibe.

Inscripción sepulcral
Para mi bisabuelo, el coronel Isidoro Suárez

Dilató su valor sobre los Andes.
Contrastó montañas y ejércitos.
La audacia fue costumbre de su espada.
Impuso en la llanura de Junín
término venturoso a la batalla
y a las lanzas del Perú dio sangre española.
Escribió su censo de hazañas
en prosa rígida como los clarines belísonos.
Eligió el honroso destierro.
Ahora es un poco de ceniza y de gloria.

Patio

With evening
the two or three colors of the patio grew weary.
Tonight, the moon's bright circle
does not dominate outer space.
Patio, heaven's watercourse.
The patio is the slope
down which the sky flows into the house.
Serenely
eternity waits at the crossway of the stars.
It is lovely to live in the dark friendliness
of covered entrance way, arbor, and wellhead.

—R.F.

Sepulchral Inscription
*—For my great-grandfather Isidoro Suárez**

His valor passed beyond the Andes.
He fought against mountains and armies.
Audacity was a habit with his sword.
On the plain at Junín he put
a lucky end to the fight
and gave Spanish blood to Peruvian lances.
He wrote his roll of deeds
in prose inflexible as battlesinging trumpets.
He chose an honorable exile.
Now he is a handful of dust and glory.

—R.F.

*Isidoro Suárez (1799–1846) was the great-grandfather of Jorge Luis Borges on his mother's side of the family. He led a Hussar regiment against Royalist forces at the Battle of Junín in the highlands of Peru on August 6, 1824, and received a special commendation from Simón Bolívar for his intrepid bravery. See also "A Page to Commemorate Colonel Suárez, Victor at Junín," pp. 169–171.

Sala vacía

Los muebles de caoba perpetúan
entre la indecisión del brocado
su tertulia de siempre.
Los daguerrotipos
mienten su falso cercanía
de tiempo detenido en un espejo
y ante nuestro examen se pierden
como fechas inútiles
de borrosos aniversarios.
Desde hace largo tiempo
sus angustiadas voces nos buscan
y ahora apenas están
en las mañanas iniciales de nuestra infancia.
La luz del día de hoy
exalta los cristales de la ventana
desde la calle de clamor y de vértigo
y arrincona y apaga la voz lacia
de los antepasados.

Empty Drawing Room

Amid the indecision of the brocade
the mahogany furniture
continues its interminable tea party.
The daguerreotypes present
a time stopped in a mirror
so that it looks closer than it is,
and when we look carefully they are lost
like the useless dates
of dim anniversaries.
For a long time now
their anxious voices have been calling us
and now they are scarcely there
in the first mornings of our infancy.
The light of this day
elevates the windowpanes
above the street of noise and vertigo
and dismisses and snuffs out the faint voice
of the ancestors.

—W.S.M.

Final de año

Ni el pormenor simbólico
de reemplazar un tres por un dos
ni esa metáfora baldía
que convoca un lapso que muere y otro que surge
ni el cumplimiento de un proceso astronómico
aturden y socavan
la altiplanicie de esta noche
y nos obligan a esperar
las doce irreparables campanadas.
La causa verdadera
es la sospecha general y borrosa
del enigma del Tiempo;
es el asombro ante el milagro
de que a despecho de infinitos azares,
de que a despecho de que somos
las gotas del río de Heráclito,
perdure algo en nosotros:
inmóvil.

Year's End

Neither the symbolic detail
of a three instead of a two,
nor that rough metaphor
that hails one term dying and another emerging
nor the fulfillment of an astronomical process
muddle and undermine
the high plateau of this night
making us wait
for the twelve irreparable strokes of the bell.
The real cause
is our murky pervasive suspicion
of the enigma of Time,
it is our awe at the miracle
that, though the chances are infinite
and though we are
drops in Heraclitus' river,
allows something in us to endure,
never moving.

—W.S.M.

Remordimiento por cualquier muerte

Libre de la memoria y de la esperanza,
ilimitado, abstracto, casi futuro,
el muerto no es un muerto: es la muerte.
Como el Dios de los místicos,
de Quien deben negarse todos los predicados,
el muerto ubicuamente ajeno
no es sino la perdición y ausencia del mundo.
Todo se lo robamos,
no le dejamos ni un color ni una sílaba:
aquí está el patio que ya no comparten sus ojos,
allí la acera donde acechó su esperanza.
Hasta lo que pensamos podría estarlo pensando él también;
nos hemos repartido como ladrones
el caudal de las noches y de los días.

Inscripción en cualquier sepulcro

No arriesgue el mármol temerario
gárrulas transgresiones al todopoder del olvido,
enumerando con prolijidad
el nombre, la opinión, los acontecimientos, la patria.
Tanto abalorio bien adjudicado está a la tiniebla
y el mármol no hable lo que callan los hombres.
Lo esencial de la vida fenecida
—la trémula esperanza,
el milagro implacable del dolor y el asombro del goce—
siempre perdurará.
Ciegamente reclama duración el alma arbitraria
cuando la tiene asegurada en vidas ajenas,
cuando tú mismo eres el espejo y la réplica
de quienes no alcanzaron tu tiempo
y otros serán (y son) tu inmortalidad en la tierra.

Remorse for Any Death

Free of memory and hope,
unlimited, abstract, almost future,
the dead body is not somebody: It is death.
Like the God of the mystics,
whom they insist has no attributes,
the dead person is no one everywhere,
is nothing but the loss and absence of the world.
We rob it of everything,
we do not leave it one color, one syllable:
Here is the yard which its eyes no longer take up,
there is the sidewalk where it waylaid its hope.
It might even be thinking
what we are thinking.
We have divided among us, like thieves,
the treasure of nights and days.

—W.S.M.

Inscription on Any Tomb

Let not the rash marble risk
garrulous breaches of oblivion's omnipotence,
in many words recalling
name, renown, events, birthplace.
All those glass jewels are best left in the dark.
Let not the marble say what men do not.
The essentials of the dead man's life—
the trembling hope,
the implacable miracle of pain, the wonder of sensual delight—
will abide forever.
Blindly the uncertain soul asks to continue
when it is the lives of others that will make that happen,
as you yourself are the mirror and image
of those who did not live as long as you
and others will be (and are) your immortality on earth.

—W.S.M.

Amanecer

En la honda noche universal
que apenas contradicen los faroles
una racha perdida
ha ofendido las calles taciturnas
como presentimiento tembloroso
del amanecer horrible que ronda
los arrabales desmantelados del mundo.
Curioso de la sombra
y acobardado por la amenaza del alba
reviví la tremenda conjetura
de Schopenhauer y de Berkeley
que declara que el mundo
es una actividad de la mente,
un sueño de las almas,
sin base ni propósito ni volumen.
Y ya que las ideas
no son eternas como el mármol
sino inmortales como un bosque o un río,
la doctrina anterior
asumió otra forma en el alba
y la superstición de esa hora
cuando la luz como una enredadera
va a implicar las paredes de la sombra,
doblegó mi razón
y trazó el capricho siguiente:
Si están ajenas de sustancia las cosas
y si esta numerosa Buenos Aires
no es más que un sueño
que erigen en compartida magia las almas,
hay un instante
en que peligra desaforadamente su ser
y es el instante estremecido del alba,
cuando son pocos los que sueñan el mundo
y sólo algunos trasnochadores conservan,
cenicienta y apenas bosquejada,
la imagen de las calles
que definirán después con los otros.
¡Hora en que el sueño pertinaz de la vida
corre peligro de quebranto,

Break of Day

In the deep night of the universe
scarcely contradicted by the streetlamps
a lost gust of wind
has offended the taciturn streets
like the trembling premonition
of the horrible dawn that prowls
the ruined suburbs of the world.
Curious about the shadows
and daunted by the threat of dawn,
I recalled the dreadful conjecture
of Schopenhauer and Berkeley
which declares that the world
is a mental activity,
a dream of souls,
without foundation, purpose, weight or shape.
And since ideas
are not eternal like marble
but immortal like a forest or a river,
the preceding doctrine
assumed another form as the sun rose,
and in the superstition of that hour
when light like a climbing vine
begins to implicate the shadowed walls,
my reason gave way
and sketched the following fancy:
If things are void of substance
and if this teeming Buenos Aires
is no more than a dream
made up by souls in a common act of magic,
there is an instant
when its existence is gravely endangered
and that is the shuddering instant of daybreak,
when those who are dreaming the world are few
and only the ones who have been up all night retain,
ashen and barely outlined,
the image of the streets
that later others will define.
The hour when the tenacious dream of life
runs the risk of being smashed to pieces,

hora en que le sería fácil a Dios
matar del todo Su obra!

Pero de nuevo el mundo se ha salvado.
La luz discurre inventando sucios colores
y con algún remordimiento
de mi complicidad en el resurgimiento del día
solicito mi casa,
atónita y glacial en la luz blanca,
mientras un pájaro detiene el silencio
y la noche gastada
se ha quedado en los ojos de los ciegos.

the hour when it would be easy for God
to level His whole handiwork!

But again the world has been spared.
Light roams the streets inventing dirty colors
and with a certain remorse
for my complicity in the day's rebirth
I ask my house to exist,
amazed and icy in the white light,
as one bird halts the silence
and the spent night
stays on in the eyes of the blind.

—S.K.

Benarés

Falsa y tupida
como un jardín calcado en un espejo,
la imaginada urbe
que no han visto nunca mis ojos
entreteje distancias
y repite sus casas inalcanzables.
El brusco sol,
desgarra la compleja oscuridad
de templos, muladares, cárceles, patios
y escalará los muros
y resplandecerá en un río sagrado.
Jadeante
la ciudad que oprimió un follaje de estrellas
desborda el horizonte
y en la mañana llena
de pasos y de sueño
la luz va abriendo como ramas las calles.
Juntamente amanece
en todas las persianas que miran al oriente
y la voz de un almuédano
apesadumbra desde su alta torre
el aire de este día
y anuncia a la ciudad de los muchos dioses
la soledad de Dios.
(Y pensar
que mientras juego con dudosas imágenes,
la ciudad que canto, persiste
en un lugar predestinado del mundo,
con su topografía precisa,
poblada como un sueño,
con hospitales y cuarteles
y lentas alamedas
y hombres de labios podridos
que sienten frio en los dientes.)

Benares

False and impenetrable
like a garden traced on a mirror,
the imagined city
which my eyes have never seen
interweaves distances
and repeats its unreachable houses.
The sudden sun
shatters the complex obscurity
of temples, dunghills, prisons, patios
and will scale walls
and blaze on to a sacred river.
Panting
the city which a foliage of stars oppressed
pours over the horizon
and in a morning
full of steps and of sleep
light is opening the streets like branches.
At the same time dawn breaks
on all shutters looking east
and the voice of a muezzin
from its high tower
saddens the air of day
and announces to the city of many gods
the solitude of God.
(And to think that while I play with doubtful images
the city I sing persists
in a predestined place of the world,
with its precise topography
peopled like a dream,
with hospitals and barracks
and slow avenues of poplars
and men with rotten lips
who feel the cold in their teeth.)

—C.T.

Llaneza

A Haydée Lange

Se abre la verja del jardín
con la docilidad de la página
que una frecuente devoción interroga
y adentro las miradas
no precisan fijarse en los objetos
que ya están cabalmente en la memoria.
Conozco las costumbres y las almas
y ese dialecto de alusiones
que toda agrupación humana va urdiendo.
No necesito hablar
ni mentir privilegios;
bien me conocen quienes aquí me rodean,
bien saben mis congojas y mi flaqueza.
Eso es alcanzar lo más alto,
lo que tal vez nos dará el Cielo:
no admiraciones ni victorias
sino sencillamente ser admitidos
como parte de una Realidad innegable,
como las piedras y los árboles.

Despedida

Entre mi amor y yo han de levantarse
trescientas noches como trescientas paredes
y el mar será una magia entre nosotros.

No habrá sino recuerdos.
Oh tardes merecidas por la pena,
noches esperanzadas de mirarte,
campos de mi camino, firmamento
que estoy viendo y perdiendo . . .
Definitiva como un mármol
entristecerá tu ausencia otras tardes.

Simplicity

for Haydée Lange

The garden gate is opened
as easily as a turned page
questioned by a regular devotion
and once inside, our gazes
have no need to fix on objects
that already exist completely in memory.
I am familiar with the customs and the souls
and that dialectic of allusions
which any gathering of humans weaves.
I need not speak
nor claim false privileges;
those who surround me here know me well,
know well my afflictions and my weakness.
That is to attain the highest thing,
what will perhaps be given us by Heaven:
not veneration or victories,
but simply to be accepted
as part of an undeniable Reality,
like stones and trees.

—S.K.

Parting

Three hundred nights like three hundred walls
must rise between my love and me
and the sea will be a black art between us.

Nothing will be left but memories.
O afternoons earned with suffering,
nights hoping for the sight of you,
fields along my way, firmament
that I am seeing and losing . . .
Final as marble
your absence will sadden other afternoons.

—W.S.M.

Líneas que pude haber escrito
y perdido hacia 1922

Silenciosas batallas del ocaso
en arrabales últimos,
siempre antiguas derrotas de una guerra en el cielo,
albas ruinosas que nos llegan
desde el fondo desierto del espacio
como desde el fondo del tiempo,
negros jardines de la lluvia, una esfinge de un libro
que yo tenía miedo de abrir
y cuya imagen vuelve en los sueños,
la corrupción y el eco que seremos,
la luna sobre el mármol,
árboles que se elevan y perduran
como divinidades tranquilas,
la mutua noche y la esperada tarde,
Walt Whitman, cuyo nombre es el universo,
la espada valerosa de un rey
en el silencioso lecho de un río,
los sajones, los árabes y los godos
que, sin saberlo, me engendraron,
soy yo esas cosas y las otras
o son llaves secretas y arduas álgebras
de lo que no sabremos nunca?

Lines That Could Have Been Written
and Lost Round About 1922

Silent battles of the sunset
in the outlying suburbs,
forever ancient defeats of a war in the sky,
meager dawns that reach us
from the deserted bottom of space
as from the bottom of time,
black gardens of the rain, the sphinx in a book
which I feared to open
and whose image returns in dreams,
the corruption and the echo we shall be,
moon on the marble,
trees that rise up and endure
like tranquil divinities,
the mutual night and the awaited evening,
Walt Whitman, whose name is the universe,
the valiant sword of a king
on the silent bed of a river,
the Saxons, the Arabs, and the Goths
who, without knowing, would engender me,
am I these things and the others
or are there secret keys and difficult algebras
of which we know nothing?

         —C.T.

Luna de enfrente
Moon Across the Way

(1925)

Prólogo

Hacia 1905, Hermann Bahr decidió: *El único deber, ser moderno.* Veintitantos años después, yo me impuse también esa obligación del todo superflua. Ser moderno es ser contemporáneo, ser actual; todos fatalmente lo somos. Nadie—fuera de cierto aventurero que soñó Wells—ha descubierto el arte de vivir en el futuro o en el pasado. No hay obra que no sea de su tiempo; la escrupulosa novela histórica *Salammbô*, cuyos protagonistas son los mercenarios de las guerras púnicas, es una típica novela francesa del siglo diecinueve. Nada sabemos de la literatura de Cartago, que verosímilmente fue rica, salvo que no podía incluir un libro como el de Flaubert.

Olvidadizo de que ya lo era, quise también ser argentino. Incurrí en la arriesgada adquisición de uno o dos diccionarios de argentinismos, que me suministraron palabras que hoy puedo apenas descifrar: *madrejón, espadaña, estaca pampa* . . .

La ciudad de *Fervor de Buenos Aires* no deja nunca de ser íntima; la de este volumen tiene algo de ostentoso y de público. No quiero ser injusto con él. Una que otra composición—*El general Quiroga va en coche al muere*—posee acaso toda la vistosa belleza de una calcomanía; otras—*Manuscrito hallado en un libro de Joseph Conrad*—no deshonran, me permito afirmar, a quien las compuso. El hecho es que las siento ajenas; no me conciernen sus errores ni sus eventuales virtudes.

Poco he modificado este libro. Ahora, ya no es mío.

—J.L.B.

Buenos Aires, 25 de agosto de 1969.

Prologue

Around 1905, Hermann Bahr declared that "The one duty is to be modern." Some twenty or so years later, I imposed upon myself that obligation, quite superfluous in any case. To be modern is to be contemporary, of our own time; inevitably, we must be so. No one—apart from a certain adventurer imagined by H. G. Wells—has discovered the art of living in the future or in the past. There is no book which does not belong to its time; the detailed historical novel *Salammbô*, whose main characters are mercenaries battling in the Punic Wars, is a typical nineteenth-century novel. We know nothing of the literature of Carthage, which must have been rich, but we do know that Flaubert's book could not have been a part of it.

Forgetful of the place of my birth, I struggled to be really Argentine. I went about the risky acquisition of one or two dictionaries of local argot, which furnished me a few words whose meaning I can hardly recall: "madrejón," "espadaña," "estaca pampa . . . ."

The city as seen in *Fervor de Buenos Aires* is an intimate place; the city in *Moon Across the Way* is rather ostentatious, public. I do not want to treat the book unjustly. One or another of the poems—"General Quiroga Rides to His Death in a Carriage"—perhaps contains all the garish beauty of a decalcomania; others such as "Manuscript Found in a Book of Joseph Conrad" do no dishonor to the author. The fact is that I feel distant from them; I am unconcerned about their mistakes or their possible virtues.

I have made few changes in this book. Now, it is no longer mine.

—J.L.B.

Buenos Aires, August 25, 1969

Calle con almacén rosado

Ya se le van los ojos a la noche en cada bocacalle
y es como una sequía husmeando lluvia.
Ya todos los caminos están cerca,
y hasta el camino del milagro.
El viento trae el alba entorpecida.
El alba es nuestro miedo de hacer cosas distintas y se nos viene encima.
Toda la santa noche he caminado
y su inquietud me deja
en esta calle que es cualquiera.
Aquí otra vez la seguridad de la llanura
en el horizonte
y el terreno baldío que se deshace en yuyos y alambres
y el almacén tan claro como la luna nueva de ayer tarde.
Es familiar como un recuerdo la esquina
con esos largos zócalos y la promesa de un patio.
¡Qué lindo atestiguarte, calle de siempre, ya que miraron tan pocas cosas
    mis días!
Ya la luz raya el aire.
Mis años recorrieron los caminos de la tierra y del agua
y sólo a vos te siento, calle dura y rosada.
Pienso si tus paredes concibieron la aurora,
almacén que en la punta de la noche eres claro.
Pienso y se me hace voz ante las casas
la confesión de mi pobreza:
no he mirado los ríos ni la mar ni la sierra,
pero intimó conmigo la luz de Buenos Aires
y yo forjo los versos de mi vida y mi muerte con esa luz de calle.
Calle grande y sufrida,
eres la única música de que sabe mi vida.

Street with a Pink Corner Store

Gone into night are all the eyes from every intersection
and it's like a drought anticipating rain.
Now all roads are near,
even the road of miracles.
The wind brings with it a slow, befuddled dawn.
Dawn is our fear of doing different things and it comes over us.
All the blessed night I have been walking
and its restlessness has left me
on this street, which could be any street.
Here again the certainty of the plains
on the horizon
and the barren terrain that fades into weeds and wire
and the store as bright as last night's new moon.
The corner is familiar like a memory
with those spacious squares and the promise of a courtyard.
How lovely to attest to you, street of forever, since my own days have
        witnessed so few things!
Light draws streaks in the air.
My years have run down roads of earth and water
and you are all I feel, strong rosy street.
I think it is your walls that conceived sunrise,
store so bright in the depth of night.
I think, and the confession of my poverty
is given voice before these houses:
I have seen nothing of mountain ranges, rivers, or the sea,
but the light of Buenos Aires made itself my friend
and I shape the lines of my life and my death with that light of the street.
Big long-suffering street,
you are the only music my life has understood.

—S.K.

Amorosa anticipación

Ni la intimidad de tu frente clara como una fiesta
ni la costumbre de tu cuerpo, aún misterioso y tácito y de niña,
ni la sucesión de tu vida asumiendo palabras o silencios
serán favor tan misterioso
como mirar tu sueño implicado
en la vigilia de mis brazos.
Virgen milagrosamente otra vez por la virtud absolutoria del sueño,
quieta y resplandeciente como una dicha que la memoria elige,
me darás esa orilla de tu vida que tú misma no tienes.
Arrojado a quietud,
divisaré esa playa última de tu ser
y te veré por vez primera, quizá,
como Dios ha de verte,
desbaratada la ficción del Tiempo,
sin el amor, sin mí.

Anticipation of Love

Neither the intimacy of your look, your brow fair as a feast day,
nor the favor of your body, still mysterious, reserved, and childlike,
nor what comes to me of your life, settling in words or silence,
will be so mysterious a gift
as the sight of your sleep, enfolded
in the vigil of my arms.
Virgin again, miraculously, by the absolving power of sleep,
quiet and luminous like some happy thing recovered by memory,
you will give me that shore of your life that you yourself do not own.
Cast up into silence
I shall discern that ultimate beach of your being
and see you for the first time, perhaps,
as God must see you—
the fiction of Time destroyed,
free from love, from me.

—R.F.

El general Quiroga va en coche al muere

El madrejón desnudo ya sin una sed de agua
y una luna perdida en el frío del alba
y el campo muerto de hambre, pobre como una araña.

El coche se hamacaba rezongando la altura;
un galerón enfático, enorme, funerario.
Cuatro tapaos con pinta de muerte en la negrura
tironeaban seis miedos y un valor desvelado.

Junto a los postillones jineteaba un moreno.
Ir en coche a la muerte ¡qué cosa más oronda!
El general Quiroga quiso entrar en la sombra
llevando seis o siete degollados de escolta.

Esa cordobesada bochinchera y ladina
(meditaba Quiroga) ¿qué ha de poder con mi alma?
Aquí estoy afianzado y metido en la vida
como la estaca pampa bien metida en la pampa.

Yo, que he sobrevivido a millares de tardes
y cuyo nombre pone retemblor en las lanzas,
no he de soltar la vida por estos pedregales.
¿Muere acaso el pampero, se mueren las espadas?

Pero al brillar el día sobre Barranca Yaco
hierros que no perdonan arreciaron sobre él;
la muerte, que es de todos, arreó con el riojano
y una de puñaladas lo mentó a Juan Manuel.

Ya muerto, ya de pie, ya inmortal, ya fantasma,
se presentó al infierno que Dios le había marcado,
y a sus órdenes iban, rotas y desangradas,
las ánimas en pena de hombres y de caballos.

General Quiroga Rides to His Death in a Carriage

The watercourse dry of puddles, not a drop of water left,
and a moon gone out in the cold shiver of dawn,
and the countryside, poor as a church mouse, dying of hunger.

The coach swayed from side to side, creaking up the slope;
a great bulk of a coach, voluminous, funereal.
Four black horses with a tinge of death in their dark coats
were drawing six souls in terror and one wide awake and bold.

Alongside the postilions a black man was galloping.
To ride to your death in a carriage—what a splendid thing to do!
General Quiroga* had in mind to approach the haunts of death
taking six or seven companions with slit throats as escort.

That gang from Córdoba, troublemakers, loudmouthed, shifty
(Quiroga was pondering), now what can they possibly do to me?
Here I am strong, secure, well set up in life
like the stake for tethering beasts to, driven deep in the pampa.

I, who have endured through thousands of afternoons
and whose name alone is enough to set the lances quivering,
will not lay down my life in this godforsaken wilderness.
Do the winds from the southwest die, by any chance? Do swords?

But when the brightness of day shone on Barranca Yaco
weapons without mercy swooped in a rage upon him;
death, which is for all, rounded up the man from La Rioja
and more than one thrust of the dagger invoked Juan Manuel de Rosas.

Now dead, now on his feet, now immortal, now a ghost,
he reported to the Hell marked out for him by God,
and under his command there marched, broken and bloodless,
the souls in purgatory of his soldiers and his horses.

—A.R.

*The *gaucho candillo* Juan Facundo Quiroga, known as the "Jaguar of the Plains," was assassinated in his carriage by agents of the dictatorial governor of the Province of Buenos Aires, Juan Manuel de Rosas, in 1835.

Jactancia de quietud

Escrituras de luz embisten la sombra, más prodigiosas que meteoros.
La alta ciudad inconocible arrecia sobre el campo.
Seguro de mi vida y de mi muerte, miro los ambiciosos y quisiera
    entenderlos.
Su día es ávido como el lazo en el aire.
Su noche es tregua de la ira en el hierro, pronto en acometer.
Hablan de humanidad.
Mi humanidad está en sentir que somos voces de una misma penuria.
Hablan de patria.
Mi patria es un latido de guitarra, unos retratos y una vieja espada,
la oración evidente del sauzal en los atardeceres.
El tiempo está viviéndome.
Más silencioso que mi sombra, cruzo el tropel de su levantada codicia.
Ellos son imprescindibles, únicos, merecedores del mañana.
Mi nombre es alguien y cualquiera.
Paso con lentitud, como quien viene de tan lejos que no espera llegar.

Boast of Quietness

Writings of light assault the darkness, more prodigious than meteors.
The tall unknowable city takes over the countryside.
Sure of my life and my death, I observe the ambitious and would like to
    understand them.
Their day is greedy as a lariat in the air.
Their night is a rest from the rage within steel, quick to attack.
They speak of humanity.
My humanity is in feeling we are all voices of the same poverty.
They speak of homeland.
My homeland is the rhythm of a guitar, a few portraits, an old sword,
the willow grove's visible prayer as evening falls.
Time is living me.
More silent than my shadow, I pass through the loftily covetous multitude.
They are indispensable, singular, worthy of tomorrow.
My name is someone and anyone.
I walk slowly, like one who comes from so far away he doesn't expect to
    arrive.

—S.K.

Manuscrito hallado en un libro de Joseph Conrad

En las trémulas tierras que exhalan el verano,
El día es invisible de puro blanco. El día
Es una estría cruel en una celosía,
Un fulgor en las costas y una fiebre en el llano.

Pero la antigua noche es honda como un jarro
De agua cóncava. El agua se abre a infinitas huellas,
Y en ociosas canoas, de cara a las estrellas,
El hombre mide el vago tiempo con el cigarro.

El humo desdibuja gris las constelaciones
Remotas. Lo inmediato pierde prehistoria y nombre.
El mundo es unas cuantas tiernas imprecisiones.
El río, el primer río. El hombre, el primer hombre.

Mi vida entera

Aquí otra vez, los labios memorables, único y semejante a vosotros.
He persistido en la aproximación de la dicha y en la intimidad de la pena.
He atravesado el mar.
He conocido muchas tierras; he visto una mujer y dos o tres hombres.
He querido a una niña altiva y blanca y de una hispánica quietud.
He visto un arrabal infinito donde se cumple una insaciada inmortalidad
     de ponientes.
He paladeado numerosas palabras.
Creo profundamente que eso es todo y que ni veré ni ejecutaré cosas
     nuevas.
Creo que mis jornadas y mis noches se igualan en pobreza y en riqueza a
     las de Dios y a las de todos los hombres.

Manuscript Found in a Book of Joseph Conrad

In the shimmering countries that exude the summer,
the day is blanched in white light. The day
is a harsh slit across the window shutter,
dazzle along the coast, and on the plain, fever.

But the ancient night is bottomless, like a jar
of brimming water. The water reveals limitless wakes,
and in the drifting canoes, face inclined to the stars,
a man marks the limp time with a cigar.

The smoke blurs gray across the constellations
afar. The present sheds past, name, and plan.
The world is a few vague tepid observations.
The river is the original river. The man, the first man.

—A.R.

My Whole Life

Here once again the memorable lips, unique and like yours.
I kept getting close to happiness and have stood in the shadow of suffering.
I have crossed the sea.
I have known many lands; I have seen one woman and two or three men.
I have loved a girl who was fair and proud, with a Spanish quietness.
I have seen the city's edge, an endless sprawl where the sun goes down
        tirelessly, over and over.
I have relished many words.
I believe deeply that this is all and that I will neither see nor accomplish
        new things.
I believe that my days and my nights in their poverty and their riches are
        the equal of God's and of all men's.

—W.S.M.

Último sol en villa Ortúzar

Tarde como de Juicio Final.
La calle es una herida abierta en el cielo.
Ya no sé si fue Angel o un ocaso la claridad que ardió en la hondura.
Insistente, como una pesadilla, carga sobre mí la distancia.
Al horizonte un alambrado le duele.
El mundo está como inservible y tirado.
En el cielo es de día, pero la noche es traicionera en las zanjas.
Toda la luz está en las tapias azules y en ese alboroto de chicas.
Ya no sé si es un árbol o es un dios, ése que asoma por la verja
    herrumbrada.
Cuántos países a la vez: el campo, el cielo, las afueras.
Hoy he sido rico de calles y de ocaso filoso y de la tarde hecha estupor.
Lejos, me devolveré a mi pobreza.

Sunset over Villa Ortúzar

Evening like Doomsday.
The street's end opens like a wound on the sky.
Was the brightness burning far away a sunset or an angel?
Relentless, like a nightmare, the distance weighs on me.
The horizon is tormented by a wire fence.
The world is like something useless, thrown away.
It is still day in the sky, but night is lurking in the gullies.
All that is left of the light is in the blue-washed walls and in that flock of
    girls.
Now is it a tree or a god there, showing through the rusted gate?
So many terrains at once: the country, the sky, the threadbare outskirts.
There were treasures today: streets, whetted sunset, the daze of evening.
Far from here, I shall sink back to my poverty.

—W.S.M.

Cuaderno San Martín
San Martin Copybook

(1929)

Prólogo

He hablado mucho, he hablado demasiado, sobre la poesía como brusco don del Espíritu, sobre el pensamiento como una actividad de la mente; he visto en Verlaine el ejemplo de puro poeta lírico; en Emerson, de poeta intelectual. Creo ahora que en todos los poetas que merecen ser releídos ambos elementos coexisten. ¿Cómo clasificar a Shakespeare o a Dante?

En lo que se refiere a los ejercicios de este volumen, es notorio que aspiran a la segunda categoría. Debo al lector algunas observaciones. Ante la indignación de la crítica, que no perdona que un autor se arrepienta, escribo ahora "Fundación mítica de Buenos Aires" y no "Fundación mitológica," ya que la última palabra sugiere macizas divinidades de mármol. Las dos piezas de *Muertes de Buenos Aires*—título que debo a Eduardo Gutiérrez—imperdonablemente exageran la connotación plebeya de la Chacarita y la connotación patricia de la "Isidoro Acevedo" hubiera hecho sonreír a mi abuelo.

Fuera de "Llaneza, La noche que en el sur lo velaron" es acaso el primer poema auténtico que escribí.

—J.L.B.
Buenos Aires, 1969.

Prologue

I have frequently spoken, perhaps on too many occasions, of poetry as a sudden gift from the Spirit and thought as an activity of the mind. I think of Verlaine as the exemplar of the pure lyric poet, Emerson as the intellectual poet. I now believe that, in all poets who are worthy of being read again and again, both elements coexist. How can Shakespeare or Dante be classified?

Regarding the exercises in this book, it is obvious that they aspire to an intellectual poetry. I owe a few observations to the reader. In face of the indignation of critics, who never forgive an author for revising, I now title the poem "The Mythical Founding of Buenos Aires," and not "Mythological Foundations . . ." since the original adjective suggested massive marble divinities . . .

Aside from the poem "Simplicity" (from the book *Fervor de Buenos Aires*), I think that "Deathwatch on the Southside" is perhaps the first authentic poem I wrote.

—J.L.B.
Buenos Aires, 1969

Fundación mítica de Buenos Aires

¿Y fue por este río de sueñera y de barro
que las proas vinieron a fundarme la patria?
Irían a los tumbos los barquitos pintados
entre los camalotes de la corriente zaina.

Pensando bien la cosa, supondremos que el río
era azulejo entonces como oriundo del cielo
con su estrellita roja para marcar el sitio
en que ayunó Juan Díaz y los indios comieron.

Lo cierto es que mil hombres y otros mil arribaron
por un mar que tenía cinco lunas de anchura
y aun estaba poblado de sirenas y endriagos
y de piedras imanes que enloquecen la brújula.

Prendieron unos ranchos trémulos en la costa,
durmieron extrañados. Dicen que en el Riachuelo,
pero son embelecos fraguados en la Boca.
Fue una manzana entera y en mi barrio: en Palermo.

Una manzana entera pero en mitá del campo
expuesta a las auroras y lluvias y suestadas.
La manzana pareja que persiste en mi barrio:
Guatemala, Serrano, Paraguay, Gurruchaga.

Un almacén rosado como revés de naipe
brilló y en la trastienda conversaron un truco;
el almacén rosado floreció en un compadre,
ya patrón de la esquina, ya resentido y duro.

El primer organito salvaba el horizonte
con su achacoso porte, su habanera y su gringo.
El corralón seguro ya opinaba Yrigoyen,
algún piano mandaba tangos de Saborido.

Una cigarrería sahumó como una rosa
el desierto. La tarde se había ahondado en ayeres,

The Mythical Founding of Buenos Aires

And was it along this torpid muddy river
that the prows came to found my native city?
The little painted boats must have suffered the steep surf
among the root-clumps of the horse-brown current.

Pondering well, let us suppose that the river
was blue then like an extension of the sky,
with a small red star inset to mark the spot
where Juan Díaz* fasted and the Indians dined.

But for sure a thousand men and other thousands
arrived across a sea that was five moons wide,
still infested with mermaids and sea serpents
and magnetic boulders that sent the compass wild.

On the coast they put up a few ramshackle huts
and slept uneasily. This, they claim, in the Riachuelo,
but that is a story dreamed up in the Boca.
It was really a city block in my district—Palermo.†

A whole square block, but set down in open country,
attended by dawns and rains and hard southeasters,
identical to that block which still stands in my neighborhood:
Guatemala—Serrano—Paraguay—Gurruchaga.

A general store pink as the back of a playing card
shone bright; in the back there was poker talk.
The corner bar flowered into life as a local bully,
already cock of his walk, resentful, tough.

The first barrel organ teetered over the horizon
with its clumsy progress, its habaneras, its wop.
The cart-shed wall was unanimous for YRIGOYEN.‡
Some piano was banging out tangos by Saborido.

A cigar store perfumed the desert like a rose.
The afternoon had established its yesterdays,

los hombres compartieron un pasado ilusorio.
Sólo faltó una cosa: la vereda de enfrente.

A mí se me hace cuento que empezó Buenos Aires:
La juzgo tan eterna como el agua y el aire.

and men took on together an illusory past.
Only one thing was missing—the street had no other side.

Hard to believe Buenos Aires had any beginning.
I feel it to be as eternal as air and water.

—A.R.

---

*Juan Díaz de Solís was an explorer who rowed into the River Plate in 1516 and was promptly devoured by Indians.

†Palermo is a district in the city of Buenos Aires, originally the Italian quarter, where Borges spent his childhood.

‡Irigoyen (Hipólito Irigoyen, 1852–1933) was the twice-elected president of Argentina and victim of a military coup in 1930.

Curso de los recuerdos

Recuerdo mío del jardín de casa:
vida benigna de las plantas,
vida cortés de misteriosa
y lisonjeada por los hombres.

Palmera la más alta de aquel cielo
y conventillo de gorriones;
parra firmamental de uva negra,
los días del verano dormían a tu sombra.

Molino colorado:
remota rueda laboriosa en el viento,
honor de nuestra casa, porque a las otras
iba el río bajo la campanita del aguatero.

Sótano circular de la base
que hacías vertiginoso el jardín,
daba miedo entrever por una hendija
tu calabozo de agua sutil.

Jardín, frente a la verja cumplieron sus caminos
los sufridos carreros
y el charro carnaval aturdió
con insolentes murgas.

El almacén, padrino del malevo,
dominaba la esquina;
pero tenías cañaverales para hacer lanzas
y gorriones para la oración.

El sueño de tus árboles y el mío
todavía en la noche se confunden
y la devastación de la urraca
dejó un antiguo miedo en mi sangre.

Tus contadas varas de fondo
se nos volvieron geografía;
un alto era "la montaña de tierra"
y una temeridad su declive.

The Flow of Memories

My memory of the garden of the house:
benign life of plants,
courteous life of a mysterious woman
flattered by men.

Palm that was the highest in that sky
and tenement of sparrows;
the firmamental vine of black grapes,
summer days slept in your shade.

Red mill:
remote, laborious wheel in the wind,
honor of our house, for in the other houses
the river arrived with the water-carrier's bell.

Round cellar at the bottom
that made the garden vertiginous,
it awakened fear to glimpse
through a crevice your dungeon of subtle water.

Garden, before your gate, long-suffering carters
completed their journeys,
and the garish carnival overwhelmed the ear
with its raucous bands.

A bar, shelter of criminals,
dominated the corner;
but you had canebrake to fashion lances
and you had sparrows for prayer.

The dream of your trees and my dream
still flow together in the night
and the devastation of the magpie
left an old fear in my blood.

From the depths your narrow spaces
became a whole geography;
a mound was "the mountain of earth"
and to climb down it was a dare.

Jardín, yo cortaré mi oración
para seguir siempre acordándome:
voluntad o azar de dar sombra
fueron tus árboles.

Garden, I will cut short my prayer
so that I may recall always:
your trees were a willingness or a chance
to offer shade.

—C.T.

La noche que en el sur lo velaron

A Letizia Álvarez de Toledo

Por el deceso de alguien
—misterio cuyo vacante nombre poseo y cuya realidad no abarcamos—
hay hasta el alba una casa abierta en el Sur,
una ignorada casa que no estoy destinado a rever,
pero que me espera esta noche
con desvelada luz en las altas horas del sueño,
demacrada de malas noches, distinta,
minuciosa de realidad.

A su vigilia gravitada en muerte camino
por las calles elementales como recuerdos,
por el tiempo abundante de la noche,
sin más oíble vida
que los vagos hombres de barrio junto al apagado almacén
y algún silbido solo en el mundo.

Lento el andar, en la posesión de la espera,
llego a la cuadra y a la casa y a la sincera puerta que busco
y me reciben hombres obligados a gravedad
que participaron de los años de mis mayores,
y nivelamos destinos en una pieza habilitada que mira al patio
—patio que está bajo el poder y en la integridad de la noche—
y decimos, porque la realidad es mayor, cosas indiferentes
y somos desganados y argentinos en el espejo
y el mate compartido mide horas vanas.

Me conmueven las menudas sabidurías
que en todo fallecimiento se pierden
—hábito de unos libros, de una llave, de un cuerpo entre los otros—.
Yo sé que todo privilegio, aunque oscuro, es de linaje de milagro
y mucho lo es el de participar en esta vigilia,
reunida alrededor de lo que no se sabe: del Muerto,
reunida para acompañar y guardar su primera noche en la muerte.

(El velorio gasta las caras;
los ojos se nos están muriendo en lo alto como Jesús.)

¿Y el muerto, el increíble?
Su realidad está bajo las flores diferentes de él

Deathwatch on the Southside

To Letizia Álvarez de Toledo

By reason of someone's death—
a mystery whose empty name I know and whose reality is beyond us—
a house on the Southside stands open until dawn,
unfamiliar to me, and not to be seen again,
but waiting for me this night
with a wakeful light in the deep hours of sleep—
a house wasted away by bad nights and worn sharp
into a fineness of reality.

Toward its weighty deathwatch I make my way
through streets elemental as memories,
through time grown pure in plenitude of night,
with no more life to be heard
than neighborhood loiterers make near a corner store
and a whistler somewhere, lonely in the nightworld.

In my slow walk, in my expectancy,
I reach the block, the house, the plain door I am looking for,
where men constrained to gravity receive me,
men who had a part in my elders' years,
and we size up our destinies in a tidied room overlooking the yard,
a yard that is under the power and wholeness of night:
and we speak of indifferent things, reality here being greater,
and in the mirror we are Argentine, apathetic,
and the shared máte measures out useless hours.

I am touched by the frail wisdoms
lost in every man's death—
his habit of books, of a key, of one body among the others.
I know that every privilege, however obscure, is in the line of miracles,
and here is a great one: to take part in this vigil,
gathered around a being no one knows—the Dead Man,
gathered to keep him company and guard him, his first night in death.

(Faces grow haggard with watching:
our eyes are dying on the height like Jesus.)

And the dead man, the unbelievable?
His reality remains under the alien reality of flowers,

y su mortal hospitalidad nos dará
un recuerdo más para el tiempo
y sentenciosas calles del Sur para merecerlas despacio
y brisa oscura sobre la frente que vuelve
y la noche que de la mayor congoja nos libra:
la prolijidad de lo real.

and his hospitality in death will give us
one memory more for time
and graven streets on the Southside, one by one to be savored,
and a dark breeze in my face as I walk home,
and night that frees us from that ordeal by weariness,
the daily round of the real.

—R.F.

Barrio norte

Esta declaración es la de un secreto
que está vedado por la inutilidad y el descuido,
secreto sin misterio ni juramento
que sólo por la indiferencia lo es:
hábitos de hombres y de anocheceres lo tienen,
lo preserva el olvido, que es el modo más pobre del misterio.

Alguna vez era una amistad este barrio,
un argumento de aversiones y afectos, como las otras cosas de amor;
apenas si persiste esa fe
en unos hechos distanciados que morirán:
en la milonga que de las Cinco Esquinas se acuerda,
en el patio como una firme rosa bajo las paredes crecientes,
en el despintado letrero que dice todavía *La Flor del Norte,*
en los muchachos de guitarra y baraja del almacén,
en la memoria detenida del ciego.

Ese disperso amor es nuestro desanimado secreto.

Una cosa invisible está pereciendo del mundo,
un amor no más ancho que una música.
Se nos aparta el barrio,
los balconcitos retacones de mármol no nos enfrentan cielo.
Nuestro cariño se acobarda en desganos,
la estrella de aire de las Cinco Esquinas es otra.

Pero sin ruido y siempre,
en cosas incomunicadas, perdidas, como lo están siempre las cosas,
en el gomero con su veteado cielo de sombra,
en la bacía que recoge el primer sol y el último,
perdura ese hecho servicial y amistoso,
esa lealtad oscura que mi palabra está declarando:
el barrio.

Northern Suburb

This declaration is that of a secret
which uselessness and negligence have made inaccessible,
a secret without mystery or oath,
a secret only because of indifference:
habits of men and evenings possess it,
oblivion preserves it, which is the poorest mode of mystery.

Once this suburb meant friendship,
a plot of aversions and affections, like the other playthings of love;
that faith only just survives
in some distanced events which will die:
in that popular song which recalls the Five Corners,
in the patio like a firm rose under the growing walls,
in the faded poster that still says The Flower of the North,
in the youths with guitar and cards in the bar,
in the arrested memory of the blind man.

That dispersed love is our dispirited secret.

Something invisible is dying out of this world,
a love not wider than music.
The suburb is moving away,
the squat little marble balconies do not make the sky face us.
Our affection is daunted into indifference,
the star of air of the Five Corners is another.

But without noise and always,
in uncommunicated things, lost as things always are,
in the rubber plant with its streaked sky of shadow,
in the washbasin which captures the first and last sun,
that friendly and obliging fact persists,
that dark loyalty my word is declaring:
the suburb.

—C.T.

El hacedor
The Maker

(1960)

A Leopoldo Lugones

Los rumores de la plaza quedan atrás y entro en la Biblioteca. De una manera casi física siento la gravitación de los libros, el ámbito sereno de un orden, el tiempo disecado y conservado mágicamente. A izquierda y a la derecha, absortos en su lúcido sueño, se perfilan los rostros momentáneos de los lectores, a la luz de las lámparas estudiosas, como en la hipálage de Milton. Recuerdo haber recordado ya esa figura, en este lugar, y después aquel otro epíteto que también define por el contorno, el árido camello del *Lunario*, y después aquel hexámetro de la *Eneida*, que maneja y supera el mismo artificio:

Ibant obscuri sola sub nocte per umbras.

Estas reflexiones me dejan en la puerta de su despacho. Entro; cambiamos unas cuantas convencionales y cordiales palabras y le doy este libro. Si no me engaño, usted no me malquería, Lugones, y le hubiera gustado que le gustara algún trabajo mío. Ello no occurió nunca, pero esta vez usted vuelve las páginas y lee con aprobación algún verso, acaso porque en él ha reconocido su propia voz, acaso porque la práctica deficiente le importa menos que la sana teoría.

En este punto se deshace mi sueño, como el agua en el agua. La vasta biblioteca que me rodea está en la calle México, no en la calle Rodriguez Peña, y usted, Lugones, se mató a principios del treinta y ocho. Mi vanidad y mi nostalgia han armado una escena imposible. Así será (me digo) pero mañana yo también habré muerto y se confundirán nuestros tiempos y la cronología se perderá en un orbe de símbolos y de algún modo será justo afirmar que yo le he traído este libro y que usted lo ha aceptado.

—J.L.B.

Buenos Aires, 9 de agosto de 1960.

For Leopoldo Lugones

The noise of the square is behind me. I enter the Library: I feel the pull of the books like a physical force, and the quiet of this orderly place where time has been magically embalmed and preserved. To either side, the sudden faces of readers lost in lucid dreams are outlined by the light of the "studious lamps" (to use Milton's figure of speech). I recall that I have remembered this trope before, in this place, along with that other epithet that defines the atmosphere: the "dry camel" of your *Lunario sentimental* and a hexameter from the *Aeneid* that uses the same figure but goes so far beyond it:

Ibant obscuri sola sub nocte per umbras.

These thoughts bring me to your office door. I go in; we exchange a few conventional but cordial words, and I give you a copy of this book. I think I am right, Lugones, in believing that you did not dislike me, and that you would have been amused to find some of my work to your liking. Nothing like that ever happened, but this time you turn the pages and read a line here or there approvingly, because you have recognized your own voice in them, perhaps, or because faulty execution is less important to you than sound theory.

With this my dream dissolves, like water mixing with water. The vast library that stands all around me is on México Street, not Rodríguez Peña, and you, Lugones, took your life early in 1938. Vanity and nostalgia have led me to fabricate an impossible scene. So be it, I say to myself, for I too will soon be dead, your time will be mistaken for mine, the order of events will be lost in the universe of symbols, and in some way it will be fair to say that I did take you a copy of this book, and you received it.

—J.L.B.
Buenos Aires, August 9, 1960
—K.K.

*The poet and novelist Leopold Lugones (1874–1938) was a dominant figure in Argentine letters during Borges' formative years.

El hacedor

Nunca se había demorado en los goces de la memoria. Las impresiones resbalaban sobre él, momentáneas y vívidas; el bermellón de un alfarero, la bóveda cargada de estrellas que también eran dioses, la luna, de la que había caído un león, la lisura del mármol bajo las lentas yemas sensibles, el sabor de la carne de jabalí, que le gustaba desgarrar con dentelladas blancas y bruscas, una palabra fenicia, la sombra negra que una lanza proyecta en la arena amarilla, la cercanía del mar o de las mujeres, el pesado vino cuya aspereza mitigaba la miel, podían abarcar por entero el ámbito de su alma. Conocía el terror pero también la cólera y el coraje, y una vez fue el primero en escalar un muro enemigo. Ávido, curioso, casual, sin otra ley que la fruición y la indiferencia inmediata, anduvo por la variada tierra y miró, en una u otra margen del mar, las ciudades de los hombres y sus palacios. En los mercados populosos o al pie de una montaña de cumbre incierta, en la que bien podía haber sátiros, había escuchado complicadas historias, que recibió como recibía la realidad, sin indagar si eran verdaderas o falsas.

Gradualmente, el hermoso universo fue abandonándolo; una terca neblina le borró las líneas de la mano, la noche se despobló de estrellas, la tierra era insegura bajo sus pies. Todo se alejaba y se confundía. Cuando supo que se estaba quedando ciego, gritó; el pudor estoico no había sido aún inventado y Héctor podía huir sin desmedro. *Ya no veré* sintió *ni el cielo lleno de pavor mitológico, ni esta cara que los años transformarán.* Días y noches pasaron sobre esa desesperación de su carne, pero una mañana se despertó, miró (ya sin asombro) las borrosas cosas que lo rodeaban e inexplicablemente sintió, como quien reconoce una música o una voz, que ya le había ocurrido todo eso y que lo había encarado con temor, pero también con júbilo, esperanza y curiosidad. Entonces descendió a su memoria, que le pareció interminable, y logró sacar de aquel vértigo el recuerdo perdido que relució como una moneda bajo la lluvia, acaso porque nunca lo había mirado, salvo, quizá, en un sueño.

El recuerdo era así. Lo había injuriado otro muchacho y él había acudido a su padre y le había contado la historia. Éste lo dejó hablar como si no escuchara o no comprendiera y descolgó de la pared un puñal de bronce, bello y cargado de poder, que el chico habia codiciado furtivamente. Ahora lo tenía en las manos y la sorpresa de la posesión anuló la injuria padecida, pero la voz del padre estaba diciendo: *Que alguien sepa que eres un hombre,* y había una orden en la voz. La noche cegaba los caminos; abrazado al puñal, en el que presentía una fuerza mágica, descendió la brusca ladera que rodeaba la casa y corrió a la orilla del mar, soñándose Ayax y Perseo y poblando de heridas y de batallas la oscuridad salobre. El sabor preciso de

The Maker

He had never dwelled on the pleasures of memory. Impressions washed over him, sudden and sharp: a potter's vermilion, the heavens crowded with stars that were also gods, the moon from which a lion had once fallen, smooth marble beneath lingering sensitive fingertips, the taste of wild boar's meat that he liked to tear apart with clean darting bites, a Phoenician word, the black shadow cast by a lance on yellow sand, the nearness of the sea and of women, the heavy wine whose roughness is soothed by honey— these were capable of spanning the circumference of his spirit. He was familiar with terror and also with rage and courage: he had once been the first to scale the enemy's wall. Eager, inquisitive, easygoing, obeying no law but that of immediate advantage or indifference, he wandered the varied earth and saw the cities and palaces of men on both shores of the sea. He heard convoluted tales in crowded marketplaces and at the foot of a mountain of unknown height where satyrs may well have dwelled, and he accepted them as he accepted reality, never asking if they were true or false.

Little by little, the beautiful universe left him behind: a stubborn mist blurred the outline of his hand, the night was emptied of stars, and the ground grew uneven beneath his feet. Everything receded and ran together. When he realized he was going blind, he cried out; Stoic modesty had yet to be invented, and Hector could flee unperturbed. *Never again will I see the sky full of mythological horror* (he sensed), *nor this face that the years will go on changing.* Days and nights flew past the despair he experienced in his flesh, until one morning he woke up and looked at the indistinct objects around him (without surprise, now) and felt inexplicably—like someone recognizing a piece of music or a voice—that it was over, that he had faced it all with apprehension but also with high spirits, hope, and curiosity. It was then that he dug deep into his memory, which struck him as bottomless, and managed to snatch from the whirlpool the lost recollection that shone like a coin bathed by rain—perhaps because he had never looked at it, except possibly in a dream.

The memory went like this. Another boy had insulted him, and he had run to his father to tell him the story. His father let him talk as if he neither heard nor understood, then lifted a bronze dagger from the wall. It was beautiful and heavy with power; the boy had coveted it in secret. Now he held it in his hands, and the surprise of owning it blotted out the insult he had received; but his father's voice was saying: *Someone should learn that you are a man,* and there was a command in his voice. Night blinded the roads. He clutched the dagger, feeling its magic strength; he descended the steep hillside that surrounded his house and ran to the sea, imagining

aquel momento era lo que ahora buscaba; no le importaba lo demás: las afrentas del desafío, el torpe combate, el regreso con la hoja sangrienta.

Otro recuerdo, en el que también había una noche y una inminencia de aventura, brotó de aquél. Una mujer, la primera que le depararon los dioses, lo había esperado en la sombra de un hipogeo, y él la buscó por galerías que eran como redes de piedra y por declives que se hundían en la sombra. ¿Por qué le llegaban esas memorias y por qué le llegaban sin amargura, como una mera prefiguración del presente?

Con grave asombro comprendió. En esta noche de sus ojos mortales, a la que ahora descendía, lo aguardaban también el amor y el riesgo. Ares y Afrodita, porque ya adivinaba (porque ya lo cercaba) un rumor de gloria y de hexámetros, un rumor de hombres que defienden un templo que los dioses no salvarán y de bajeles negros que buscan por el mar una isla querida, el rumor de las Odiseas e Ilíadas que era su destino cantar y dejar resonando cóncavamente en la memoria humana. Sabemos estas cosas, pero no las que sintió al descender a la última sombra.

he was Ajax or Perseus, and filling the salty darkness with wounds and battles. He was searching now for the exact flavor of that moment. The rest of it didn't matter: the face-to-face challenge, the clumsy struggle, the return home with the bloodied blade.

From this memory sprang another one, of another night and its imminent adventure. The first woman that the gods had assigned him was waiting in the shadow of a hypogeum. He had searched for her in corridors that were like nets of stone and on ramps that plunged into shadow. Why were these memories returning, and why did they return without bitterness, like simple anticipations of the present?

With sober surprise, he understood. Love and risk awaited him in this night of the mortal eyes into which he now descended: Ares and Aphrodite, for he now made out, since it was all around him, the sound of glory and hexameters, the sound of men defending a temple the gods will do nothing to save and of black ships searching the sea for a beloved island, the sound of the *Odysseys* and the *Iliads* that it was his destiny to sing and make resound reciprocally in the memories of men. These things we know, but not what he felt when he sank into the final darkness.

—K.K.

Dreamtigers

En la infancia yo ejercí con fervor la adoración del tigre: no el tigre overo de los camalotes del Paraná y de la confusión amazónica, sino el tigre rayado, asiático, real, que sólo pueden afrontar los hombres de guerra, sobre un castillo encima de un elefante. Yo solía demorarme sin fin ante una de las jaulas en el Zoológico; yo apreciaba las vastas enciclopedias y los libros de historia natural, por el esplendor de sus tigres. (Todavía me acuerdo de esas figuras: yo que no puedo recordar sin error la frente o la sonrisa de una mujer.) Pasó la infancia, caducaron los tigres y su pasión, pero todavía están en mis sueños. En esa napa sumergida o caótica siguen prevaleciendo y así: Dormido, me distrae un sueño cualquiera y de pronto sé que es un sueño. Suelo pensar entonces: Éste es un sueño, una pura diversión de mi voluntad, y ya que tengo un ilimitado poder, voy a causar un tigre.

¡Oh, incompetencia! Nunca mis sueños saben engendrar la apetecida fiera. Aparece el tigre, eso sí, pero disecado o endeble, o con impuras variaciones de forma, o de un tamaño inadmisible, o harto fugaz, o tirando a perro o a pájaro.

Dreamtigers

When I was a child, I came to worship tigers with a passion: not the yellow tigers of the Paraná River and the tangle of the Amazon but the striped tiger, the royal tiger of Asia, which can only be hunted by armed men from a fort on the back of an elephant. I would hang about endlessly in front of one of the cages in the Zoo; and I would prize the huge encyclopedias and books of natural history for the magnificence of their tigers. (I can still recall these illustrations vividly—I, who have trouble recalling the face or the smile of a woman.) My childhood passed and my passion for tigers faded, but they still appear in my dreams. In the unconscious or chaotic dimension, their presences persist, in the following way: While I am asleep, some dream or other disturbs me, and all at once I realize I am dreaming. At these moments, I tend to think to myself: This is a dream, simply an exercise of my will; and since my powers are limitless, I am going to dream up a tiger.

Utter incompetence! My dreaming is never able to conjure up the desired creature. A tiger appears, sure enough, but an enfeebled tiger, a stuffed tiger, imperfect of form, or the wrong size, or only fleetingly present, or looking something like a dog or a bird.

—A.R.

Una rosa amarilla

Ni aquella tarde ni la otra murió el ilustre Giambattista Marino, que las bocas unánimes de la Fama (para usar una imagen que le fue cara) proclamaron el nuevo Homero y el nuevo Dante, pero el hecho inmóvil y silencioso que entonces ocurrió fue en verdad el último de su vida. Colmado de años y de gloria, el hombre se moría en un vasto lecho español de columnas labradas. Nada cuesta imaginar a unos pasos un sereno balcón que mira al poniente y, más abajo, mármoles y laureles y un jardín que duplica sus graderías en un agua rectangular. Una mujer ha puesto en una copa una rosa amarilla; el hombre murmura los versos inevitables que a él mismo, para hablar con sinceridad, ya lo hastían un poco:

> Púrpura del jardín, pompa del prado,
> gema de primavera, ojo de abril . . .

Entonces ocurrió la revelación. Marino *vio* la rosa, como Adán pudo verla en el Paraíso, y sintió que ella estaba en su eternidad y no en sus palabras y que podemos mencionar o aludir pero no expresar y que los altos y soberbios volúmenes que formaban en un ángulo de la sala una penumbra de oro no eran (como su vanidad soñó) un espejo del mundo, sino una cosa más agregada al mundo.

Esta iluminación alcanzó Marino en la víspera de su muerte, y Homero y Dante acaso la alcanzaron también.

A Yellow Rose

The great Giambattista Marino did not die that afternoon, nor the next—he whom the combined spokesmen of Fame (to borrow an image dear to him) had proclaimed the new Homer and the new Dante. The silent and unalterable event that was now taking place was truly the last of his life. Crowned in glory and long life, the man was dying in a huge Spanish bed with carved corner posts. It is easy to imagine the quiet balcony a few steps away, facing the setting sun; below it, marble statuary, laurel trees, and a garden whose galleries are repeated in a rectangular pool. A woman has placed a yellow rose in a vase. The man mutters to himself the inevitable lines that at this point, to tell the truth, he finds a little boring:

> Garden's purple, prairie's pomp,
> Yellow yolks of spring and eye of April . . .

It was at that moment that the revelation took place: Marino *saw* the rose, the way Adam must have seen it in Paradise. He sensed that it existed not in his words but in its own timelessness. He understood that we can utter and allude to things but not give them expression, that the proud tall volumes that made a golden shadow in the corner of his room were not the world's mirror, as his vanity figured, but simply other objects that had been added to the world.

This realization came to Marino on the eve of his death, as it had perhaps also come to Homer and Dante.

—K.K.

Parábola de Cervantes y de Quijote

Harto de su tierra de España, un viejo soldado del rey buscó solaz en las vastas geografías de Ariosto, en aquel valle de la luna donde está el tiempo que malgastan los sueños y en el ídolo de oro de Mahoma que robó Montalbán.

En mansa burla de sí mismo, ideó un hombre crédulo que, perturbado por la lectura de maravillas, dio en buscar proezas y encantamientos en lugares prosaicos que se llamaban El Toboso o Montiel.

Vencido por la realidad, por España, Don Quijote murió en su aldea natal hacia 1614. Poco tiempo lo sobrevivió Miguel de Cervantes.

Para los dos, para el soñador y el soñado, toda esa trama fue la oposición de dos mundos: el mundo irreal de los libros de caballerías, el mundo cotidiano y común del siglo XVII.

No sospecharon que los años acabarían por limar la discordia, no sospecharon que la Mancha y Montiel y la magra figura del caballero serían, para el porvenir, no menos poéticas que las etapas de Simbad o que las vastas geografías de Ariosto.

Porque en el principio de la literatura está el mito, y asimismo en el fin.

Clínica Devoto, enero de 1955.

Parable of Cervantes and Don Quixote

Weary of his Spanish homeland, an aging soldier of the king's army sought comfort in Ariosto's vast geographies, in the lunar valley where lies the time that dreams squander away, and in the golden idol of Mohammed stolen by Montalbán.

Gently mocking himself, he thought up an impressionable man who, unbalanced from reading fantastic tales, went forth to find feats of arms and enchantments in ordinary places with names like El Toboso and Montiel.

Defeated by reality—by Spain—Don Quixote died in his native village around 1614. Miguel de Cervantes briefly outlived him.

For both the dreamer and the man he dreamed, the story was about the clash of opposing worlds: the unreal world of chivalric fiction and the average, everyday world of the seventeenth century.

Neither imagined that with the passage of years the strife would diminish, nor did they imagine that La Mancha and Montiel and the knight's scrawny physique would be no less poetic in the future than the adventures of Sinbad or Ariosto's vast geographies.

Because myth is at the beginning of literature, and also at its end.

—Devoto Clinic, January 1955

—K.K.

Paradiso, XXXI, 108

Diodoro Sículo refiere la historia de un dios despedazado y disperso. ¿Quién, al andar por el crepúsculo o al trazar una fecha de su pasado, no sintió alguna vez que se había perdido una cosa infinita?

Los hombres han perdido una cara, una cara irrecuperable, y todos querían ser aquel peregrino (soñado en el empíreo, bajo la Rosa) que en Roma ve el sudario de la Verónica y murmura con fe: Jesucristo, Dios mío, Dios verdadero ¿así era, pues, tu cara?

Una cara de piedra hay en un camino y una inscripción que dice *El verdadero Retrato de la Santa Cara del Dios de Jaén;* si realmente supiéramos cómo fue, sería nuestra la clave de las parábolas y sabríamos si el hijo del carpintero fue también el Hijo de Dios.

Pablo la vio como una luz que lo derribó; Juan, como el sol cuando resplandece en su fuerza; Teresa de Jesús, muchas veces, bañada en luz tranquila, y no pudo jamás precisar el color de los ojos.

Perdimos esos rasgos, como puede perderse un número mágico, hecho de cifras habituales; como se pierde para siempre una imagen en el calidoscopio. Podemos verlos e ignorarlos. El perfil de un judío en el subterráneo es tal vez el de Cristo; las manos que nos dan unas monedas en una ventanilla tal vez repiten las que unos soldados, un día, clavaron en la cruz.

Tal vez un rasgo de la cara crucificada acecha en cada espejo: tal vez la cara se murió, se borró, para que Dios sea todos.

Quién sabe si esta noche no la veremos en los laberintos del sueño y no lo sabremos mañana.

Paradiso XXXI, 108

Diodorus Siculus tells the story of a god who had been cut into pieces and then scattered; which of us, strolling at dusk or recollecting a day from the past, has never felt that something of infinite importance has been lost?

Mankind has lost a face, an irretrievable face. At one time everyone wanted to be the pilgrim who was dreamed up in the Empyrean under the sign of the Rose, the one who sees the Veronica in Rome and fervently mutters: "Christ Jesus, my God, truly God: so this is what your face was like?"

There is a stone face by a road and an inscription that reads: "Authentic Portrait of the Holy Face of the Christ of Jaén." If we really knew what that face had been like, we would possess the key to the parables and we would know whether the son of the carpenter was also the Son of God.

Paul saw it as a light that knocked him to the ground. John saw it as the sun shining with all its strength. Teresa of Ávila often saw it bathed in a serene light, but she could never quite make out the color of the eyes.

These features have been lost to us the way a kaleidoscope design is lost forever, or a magic number composed of everyday figures. We can be looking at them and still not know them. The profile of a Jewish man in the subway may well be the same as Christ's; the hands that make change for us at the ticket window could be identical to the hands that soldiers one day nailed to the cross.

Some feature of the crucified face may lurk in every mirror. Maybe the face died and faded away so that God could be everyman.

Who knows? We might see it tonight in the labyrinths of sleep and remember nothing in the morning.

—K.K.

Parábola del palacio

Aquel día, el Emperador Amarillo mostró su palacio al poeta. Fueron dejando atrás, en largo desfile, las primeras terrazas occidentales que, como gradas de un casi inabarcable anfiteatro, declinan hacia un paraíso o jardín cuyos espejos de metal y cuyos intrincados cercos de enebro prefiguraban ya el laberinto. Alegremente se perdieron en él, al principio como si condescendieran a un juego y después no sin inquietud, porque sus rectas avenidas adolecían de una curvatura muy suave pero continua y secretamente eran círculos. Hacia la medianoche, la observación de los planetas y el oportuno sacrificio de una tortuga les permitieron desligarse de esa región que parecía hechizada, pero no del sentimiento de estar perdido, que los acompañó hasta el fin. Antecámaras y patios y bibliotecas recorrieron después y una sala exagonal con una clepsidra, y una mañana divisaron desde una torre un hombre de piedra, que luego se les perdió para siempre. Muchos resplandecientes ríos atravesaron en canoas de sándalo, o un solo río muchas veces. Pasaba el séquito imperial y la gente se prosternaba, pero un día arribaron a una isla en que alguno no lo hizo, por no haber visto nunca al Hijo del Cielo, y el verdugo tuvo que decapitarlo. Negras cabelleras y negras danzas y complicadas máscaras de oro vieron con indiferencia sus ojos; lo real se confundía con lo soñado o, mejor dicho, lo real era una de las configuraciones del sueño. Parecía imposible que la tierra fuera otra cosa que jardines, aguas, arquitecturas y formas de esplendor. Cada cien pasos una torre cortaba el aire; para los ojos el color era idéntico, pero la primera de todas era amarilla y la última escarlata, tan delicadas eran las gradaciones y tan larga la serie.

Al pie de la penúltima torre fue que el poeta (que estaba como ajeno a los espectáculos que eran maravilla de todos) recitó la breve composición que hoy vinculamos indisolublemente a su nombre y que, según repiten los historiadores más elegantes, le deparó la inmortalidad y la muerte. El texto se ha perdido; hay quien entiende que constaba de un verso; otros, de una sola palabra. Lo cierto, lo increíble, es que en el poema estaba entero y minucioso el palacio enorme, con cada ilustre porcelana y cada dibujo en cada porcelana y las penumbras y las luces de los crepúsculos y cada instante desdichado o feliz de las gloriosas dinastías de mortales, de dioses y de dragones que habitaron en él desde el interminable pasado. Todos callaron, pero el Emprador exclamó: *¡Me has arrebatado el palacio!* y la espada de hierro del verdugo segó la vida del poeta.

Otros refieren de otro modo la historia. En el mundo no puede haber dos cosas iguales; bastó (nos dicen) que el poeta pronunciara el poema para que desapareciera el palacio, como abolido y fulminado por la última

Parable of the Palace

On that day the Yellow Emperor showed the poet his palace. Gradually they left behind the long procession of Western terraces: like the tiers of an almost boundless amphitheater they dropped down toward a paradise or garden whose metal mirrors and elaborate juniper borders hinted at the labyrinth. At first they let themselves get lost gleefully, as if in a game. Later they felt some concern, since the labyrinth's straight avenues were gently but inexorably curved: secretly, they formed circles. Around midnight, observation of the planets and the well-timed sacrifice of a tortoise enabled them to disengage themselves from this seemingly bewitched area though not from the feeling that they were lost, which clung to them till the end. Presently they passed through antechambers, patios, and libraries, and then through a hexagonal room with a water clock. One morning, from the top of a tower, they spotted a man made of stone, but he was soon lost to their sight forever. They crossed numerous sparkling rivers in sandalwood canoes, or one river numerous times. When the Imperial household passed by, people threw themselves to the ground. One day they docked at an island where a man failed to do so because he had never beheld the Son of the Sky, and the executioner was obliged to sever his head. Indifferently, their eyes saw black hair and black dances and complex masks of gold: reality and dreams became confused, or rather reality was one configuration of dreams. It seemed the world could not possibly be anything but gardens, ponds, and splendid shapes and buildings. Every hundred paces a tower pierced the air; in their eyes, they were all the same color, and yet the first one was yellow and the last one scarlet, so fine were the gradations and so long the sequence.

At the foot of the next to last tower the poet, who had seemed removed from the extraordinary sights that so astounded the others, recited the short poem that we now link indissolubly to his name—the composition that, according to the most discriminating historians, brought him immortality and death. The text has been lost. Some say it consisted of a single line of verse; others, of a single word. What is certain, incredibly, is that within the poem was the entire, enormous palace, in every detail—every piece of fine porcelain and every design on every piece, all the shadows and lights of twilight, each and every moment—happy or unhappy—lived by each dynasty of mortals, gods, and dragons that had dwelt there since the farthest reaches of the past. Everyone fell silent, and the Emperor exclaimed: "You have taken away my palace!" The executioner's iron sword terminated the poet's life.

Others tell the story differently. There cannot be two identical things in

sílaba. Tales leyendas, claro está, no pasan de ser ficciones literarias. El poeta era esclavo del emperador y murió como tal; su composición cayó en el olvido porque merecía el olvido y sus descendientes buscan aún, y no encontrarán, la palabra del universo.

the world: as soon as the poet recited the poem (they tell us), the palace disappeared as if blasted and swept away by the final syllable. Of course, legends like this are mere fiction. The poet was the Emperor's slave and died accordingly. His poem fell into oblivion because that was what it deserved. His descendants are still searching for the word that is the world, but they will not find it.

—K.K.

Everything and Nothing

Nadie hubo en él; detrás de su rostro (que aun a través de las malas pinturas de la época no se parece a ningún otro) y de sus palabras, que eran copiosas, fantásticas y agitadas, no había más que un poco de frío, un sueño no soñado por alguien. Al principio creyó que todas las personas eran como él pero la extrañeza de un compañero con el que había empezado a comentar esa vacuidad, le reveló su error y le dejó sentir, para siempre, que un individuo no debe diferir de la especie. Alguna vez pensó que en los libros hallaría remedio para su mal y así aprendió el poco latín y menos griego de que hablaría un contemporáneo; después consideró que en el ejercicio de un rito elemental de la humanidad, bien podía estar lo que buscaba y se dejó iniciar por Anne Hathaway, durante una larga siesta de junio. A los veintitantos años fue a Londres. Instintivamente, ya se había adiestrado en el hábito de simular que era alguien, para que no se descubriera su condición de nadie; en Londres encontró la profesión a la que estaba predestinado, la del actor, que en un escenario, juega a ser otro, ante un concurso de personas que juegan a tomarlo por aquel otro. Las tareas histriónicas le enseñaron una felicidad singular, acaso la primera que conoció; pero aclamado el último verso y retirado de la escena el último muerto, el odiado sabor de la irrealidad recaía sobre él. Dejaba de ser Ferrex o Tamerlán y volvía a ser nadie. Acosado, dio en imaginar otros héroes y otras fábulas trágicas. Así, mientras el cuerpo cumplía su destino de cuerpo, en lupanares y tabernas de Londres, el alma que lo habitaba era César, que desoye la admonición del augur, y Julieta, que aborrece a la alondra, y Macbeth, que conversa en el páramo con las brujas que también son las parcas. Nadie fue tantos hombres como aquel hombre, que a semejanza del egipcio Proteo pudo agotar todas las apariencias del ser. A veces, dejó en algún recodo de la obra una confesión, seguro de que no la descifrarían; Ricardo afirma que en su sola persona, hace el papel de muchos, y Yago dice con curiosas palabras *no soy lo que soy*. La identidad fundamental de existir, soñar y representar le inspiró pasajes famosos.

Veinte años persistió en esa alucinación dirigida, pero una mañana lo sobrecogieron el hastío y el horror de ser tantos reyes que mueren por la espada y tantos desdichados amantes que convergen, divergen y melodiosamente agonizan. Aquel mismo día resolvió la venta de su teatro. Antes de una semana había regresado al pueblo natal, donde recuperó los árboles y el río de la niñez y no los vinculó a aquellos otros que había celebrado su musa, ilustres de alusión mitológica y de voces latinas. Tenía que ser alguien; fue un empresario retirado que ha hecho fortuna y a quien le interesan los préstamos, los litigios y la pequeña usura. En ese carácter dictó el

Everything and Nothing

There was no one inside him, nothing but a trace of chill, a dream dreamt by no one else behind the face that looks like no other face (even in the bad paintings of the period) and the abundant, whimsical, impassioned words. He started out assuming that everyone was just like him; the puzzlement of a friend to whom he had confided a little of his emptiness revealed his error and left him with the lasting impression that the individual should not diverge from the species. At one time he thought he could find a cure for his ailment in books and accordingly learned the "small Latin and less Greek" to which a contemporary later referred. He next decided that what he was looking for might be found in the practice of one of humanity's more elemental rituals: he allowed Anne Hathaway to initiate him over the course of a long June afternoon. In his twenties he went to London. He had become instinctively adept at pretending to be somebody, so that no one would suspect he was in fact nobody. In London he discovered the profession for which he was destined, that of the actor who stands on a stage and pretends to be someone else in front of a group of people who pretend to take him for that other person. Theatrical work brought him a rare happiness, possibly the first he had ever known—but when the last line had been applauded and the last corpse removed from the stage, the odious shadow of unreality fell over him again: he ceased being Ferrex or Tamburlaine and went back to being nobody. Hard pressed, he took to making up other heroes, other tragic tales. While his body fulfilled its bodily destiny in the taverns and brothels of London, the soul inside it belonged to Caesar who paid no heed to the oracle's warnings and Juliet who hated skylarks and Macbeth in conversation, on the heath, with witches who were also the Fates. No one was as many men as this man: like the Egyptian Proteus, he used up the forms of all creatures. Every now and then he would tuck a confession into some hidden corner of his work, certain that no one would spot it. Richard states that he plays many roles in one, and Iago makes the odd claim: "I am not what I am." The fundamental identity of existing, dreaming, and acting inspired him to write famous lines.

For twenty years he kept up this controlled delirium. Then one morning he was overcome by the tedium and horror of being all those kings who died by the sword and all those thwarted lovers who came together and broke apart and melodiously suffered. That very day he decided to sell his troupe. Before the week was out he had returned to his hometown: there he reclaimed the trees and the river of his youth without tying them to the other selves that his muse had sung, decked out in mythological allusion and latinate words. He had to be somebody, and so he became a retired im-

árido testamento que conocemos, del que deliberadamente excluyó todo rasgo patético o literario. Solían visitar su retiro amigos de Londres, y él retomaba para ellos el papel de poeta.

La historia agrega que, antes o después de morir, se supo frente a Dios y le dijo: *Yo, que tantos hombres he sido en vano, quiero ser uno y yo.* La voz de Dios le contestó desde un torbellino: *Yo tampoco soy; yo soñé el mundo como tú soñaste tu obra, mi Shakespeare, y entre las formas de mi sueño estás tú, que como yo eres muchos y nadie.*

presario who dabbled in money-lending, lawsuits, and petty usury. It was as this character that he wrote the rather dry last will and testament with which we are familiar, having purposefully expunged from it every trace of emotion and every literary flourish. When friends visited him from London, he went back to playing the role of poet for their benefit.

The story goes that shortly before or after his death, when he found himself in the presence of God, he said: "I who have been so many men in vain want to be one man only, myself." The voice of God answered him out of a whirlwind: "Neither am I what I am. I dreamed the world the way you dreamt your plays, dear Shakespeare. You are one of the shapes of my ⁓ dreams: like me, you are everything and nothing."

—K.K.

Ragnarök

En los sueños (escribe Coleridge) las imágenes figuran las impresiones que pensamos que causan; no sentimos horror porque nos oprime una esfinge, soñamos una esfinge para explicar el horror que sentimos. Si esto es así ¿cómo podría una mera crónica de sus formas transmitir el estupor, la exaltación, las alarmas, la amenaza y el júbilo que tejieron el sueño de esa noche? Ensayaré esa crónica, sin embargo; acaso el hecho de que una sola escena integró aquel sueño borre o mitigue la dificultad esencial.

El lugar era la Facultad de Filosofía y Letras; la hora, el atardecer. Todo (como suele ocurrir en los sueños) era un poco distinto; una ligera magnificación alteraba las cosas. Elegíamos autoridades; yo hablaba con Pedro Henríquez Ureña, que en la vigilia ha muerto hace muchos años. Bruscamente nos aturdió un clamor de manifestación o de murga. Alaridos humanos y animales llegaban desde el Bajo. Una voz gritó: *¡Ahí vienen!* y después *¡Los Dioses! ¡Los Dioses!* Cuatro a cinco sujetos salieron de la turba y ocuparon la tarima del Aula Magna. Todos aplaudimos, llorando; eran los Dioses que volvían al cabo de un destierro de siglos. Agrandados por la tarima, la cabeza echada hacia atrás y el pecho hacia adelante, recibieron con soberbia nuestro homenaje. Uno sostenía una rama, que se conformaba, sin duda, a la sencilla botánica de los sueños; otro, en amplio ademán, extendía una mano que era una garra; una de las caras de Jano miraba con recelo el encorvado pico de Thoth. Tal vez excitado por nuestros aplausos, uno, ya no sé cual, prorrumpió en un cloqueo victorioso, increíblemente agrio, con algo de gárgara y de silbido. Las cosas, desde aquel momento, cambiaron.

Todo empezó por la sospecha (tal vez exagerada) de que los Dioses no sabían hablar. Siglos de vida fugitiva y feral habían atrofiado en ellos lo humano; la luna del Islam y la cruz de Roma habían sido implacables con esos prófugos. Frentes muy bajas, dentaduras amarillas, bigotes ralos de mulato o de chino y belfos bestiales publicaban la degeneración de la estirpe olímpica. Sus prendas no correspondían a una pobreza decorosa y decente sino al lujo malevo de los garitos y de los lupanares del Bajo. En un ojal sangraba un clavel; en un saco ajustado se adivinaba el bulto de una daga. Bruscamente sentimos que jugaban su última carta, que eran taimados, ignorantes y crueles como viejos animales de presa y que, si nos dejábamos ganar por el miedo o la lástima, acabarían por destruirnos.

Sacamos los pesados revólveres (de pronto hubo revólveres en el sueño) y alegremente dimos muerte a los Dioses.

Ragnarök

In dreams (Coleridge writes), images take the shape of the effects we believe they cause. We are not terrified because some sphinx is threatening us but rather dream of a sphinx in order to explain the terror we are feeling. If this is the case, how can a simple account of such imaginings communicate the dread and the thrills, the adventure, anxieties, and joys conjured by last night's dream? I am going to attempt to do this all the same. Perhaps the fact that the entire dream consisted of a single scene will erase or ease this fundamental difficulty.

It took place in the Humanities Building, at dusk. As often happens in dreams, everything was somehow different: everything had been affected by a slight enlargement. We were electing people to committees. I was chatting with Pedro Henríquez Ureña, who in reality has been dead for many years. Suddenly we were assaulted by the racket of a street band or a demonstration. The cries of people and animals reached us from the Lower City. A voice cried: "Here they come!" then: "It's the Gods!" Four or five individuals emerged from the mob and took their places on the stage of the lecture hall. We all cheered, weeping: it was the Gods, coming back after centuries of exile. The stage made them taller: they threw their heads back and thrust their chests forward in haughty acceptance of our homage. One of them was holding a bough of the kind no doubt required by the simplistic botany of dreams; another made a broad gesture with his hand, which was a claw; one of Janus's faces looked apprehensively at the curving beak of Thoth. Stirred perhaps by our cheers, another one—I'm no longer sure which one—broke out in triumphant but incredibly harsh clacking, complete with gargles and whistles. From that point on, things began to change.

It was all due to our perhaps precipitous suspicion that the Gods did not know how to talk. Hundreds of years of living like animals on the run had atrophied their human dimension. The moon of Islam and the Roman Cross had been merciless with these fugitives. The decadence of the Olympic bloodline was evident in their beetling brows, yellowed teeth, patchy half-breed or Chinese whiskers, and bestial protruding lips. Their clothing spoke not of genteel poverty but of the flashy bad taste of the Lower City's back rooms and bordellos. A carnation bled from one buttonhole; we detected the outline of a dagger under a tight-fitting jacket. All at once we sensed that they were playing their last card, that they had grown sly, stultified and cruel like aging beasts of prey, and that they would destroy us if we allowed ourselves to be swayed by fear of pity.

We drew our heavy pistols (in the dream, they just appeared) and cheerfully put the Gods to death.

—K.K.

Borges y yo

Al otro, a Borges, es a quien le ocurren las cosas. Yo camino por Buenos Aires y me demoro, acaso ya mecánicamente, para mirar el arco de un zaguán y la puerta cancel; de Borges tengo noticias por el correo y veo su nombre en una terna de profesores o en un diccionario biográfico. Me gustan los relojes de arena, los mapas, la tipografía del siglo XVIII, las etimologías, el sabor del café y la prosa de Stevenson; el otro comparte esas preferencias, pero de un modo vanidoso que las convierte en atributos de un actor. Sería exagerado afirmar que nuestra relación es hostil; yo vivo, yo me dejo vivir, para que Borges pueda tramar su literatura y esa literatura me justifica. Nada me cuesta confesar que ha logrado ciertas páginas válidas, pero esas páginas no me pueden salvar, quizá porque lo bueno ya no es de nadie, ni siquiera del otro, sino del lenguaje o la tradición. Por lo demás, yo estoy destinado a perderme, definitivamente, y sólo algún instante de mí podrá sobrevivir en el otro. Poco a poco voy cediéndole todo, aunque me consta su perversa costumbre de falsear y magnificar. Spinoza entendió que todas las cosas quieren perseverar en su ser; la piedra eternamente quiere ser piedra y el tigre un tigre. Yo he de quedar en Borges, no en mí (si es que alguien soy), pero me reconozco menos en sus libros que en muchos otros o que en el laborioso rasgueo de una guitarra. Hace años yo traté de librarme de él y pasé de las mitologías del arrabal a los juegos con el tiempo y con lo infinito, pero esos juegos son de Borges ahora y tendré que idear otras cosas. Así mi vida es una fuga y todo lo pierdo y todo es del olvido, o del otro.

No sé cuál de los dos escribe esta página.

Borges and I

The other one, Borges, is the one things happen to. I wander around Buenos Aires, pausing perhaps unthinkingly, these days, to examine the arch of an entranceway and its metal gate. I hear about Borges in letters, I see his name on a roster of professors and in the biographical gazeteer. I like hourglasses, maps, eighteenth-century typeface, the taste of coffee, and Stevenson's prose. The other one likes the same things, but his vanity transforms them into theatrical props. To say that our relationship is hostile would be an exaggeration: I live, I stay alive, so that Borges can make his literature, and this literature is my justification. I readily admit that a few of his pages are worthwhile, but these pages are not my salvation, perhaps because good writing belongs to no one in particular, not even to my other, but rather to language and tradition. As for the rest, I am fated to disappear completely, and only a small piece of me can possibly live in the other one. I'm handing everything over to him bit by bit, fully aware of his nasty habit of distortion and aggrandizement. Spinoza knew that all things desire to endure in their being: stones desire to be stones, and tigers tigers, for all eternity. I must remain in Borges rather than in myself (if in fact I am a self), and yet I recognize myself less in his books than in many others, or in the rich strumming of a guitar. Some years ago I tried to get away from him: I went from suburban mythologies to playing games with time and infinity. But these are Borges' games now—I will have to think of something else. Thus my life is an escape. I will lose everything, and everything will belong to oblivion, or to the other.

I don't know which of us wrote this.

—K.K.

Poema de los dones

Nadie rebaje a lágrima o reproche
Esta declaración de la maestría
De Dios, que con magnífica ironía
Me dio a la vez los libros y la noche.

De esta ciudad de libros hizo dueños
A unos ojos sin luz, que sólo pueden
Leer en las bibliotecas de los sueños
Los insensatos párrafos que ceden

Las albas a su afán. En vano el día
Les prodiga sus libros infinitos,
Arduos como los arduos manuscritos
Que perecieron en Alejandría.

De hambre y de sed (narra una historia griega)
Muere un rey entre fuentes y jardines;
Yo fatigo sin rumbo los confines
De esa alta y honda biblioteca ciega.

Enciclopedias, atlas, el Oriente
Y el Occidente, siglos, dinastías,
Símbolos, cosmos y cosmogonías
Brindan los muros, pero inútilmente.

Lento en mi sombra, la penumbra hueca
Exploro con el báculo indeciso,
Yo, que me figuraba el Paraíso
Bajo la especie de una biblioteca.

Algo, que ciertamente no se nombra
Con la palabra *azar,* rige estas cosas;
Otro ya recibió en otras borrosas
Tardes los muchos libros y la sombra.

Al errar por las lentas galerías
Suelo sentir con vago horror sagrado
Que soy el otro, el muerto, que habrá dado
Los mismos pasos en los mismos dias.

Poem of the Gifts

No one should read self-pity or reproach
into this statement of the majesty
of God, who with such splendid irony
granted me books and blindness at one touch.

Care of this city of books he handed over
to sightless eyes, which now can do no more
than read in libraries of dream the poor
and senseless paragraphs that dawns deliver

to wishful scrutiny. In vain the day
squanders on these same eyes its infinite tomes,
as distant as the inaccessible volumes
that perished once in Alexandria.

From hunger and from thirst (in the Greek story),
a king lies dying among gardens and fountains.
Aimlessly, endlessly, I trace the confines,
high and profound, of this blind library.

Cultures of East and West, the entire atlas,
encyclopedias, centuries, dynasties,
symbols, the cosmos, and cosmogonies
are offered from the walls, all to no purpose.

In shadow, with a tentative stick, I try
the hollow twilight, slow and imprecise—
I, who had always thought of Paradise
in form and image as a library.

Something, which certainly is not defined
by the word *fate*, arranges all these things;
another man was given, on other evenings
now gone, these many books. He too was blind.

Wandering through the gradual galleries,
I often feel with vague and holy dread
I am that other dead one, who attempted
the same uncertain steps on similar days.

¿Cuál de los dos escribe este poema
De un yo plural y de una sola sombra?
¿Qué importa la palabra que me nombra
si es indiviso y uno el anatema?

Groussac o Borges, miro este querido
Mundo que se deforma y que se apaga
En una pálida ceniza vaga
Que se parece al sueño y al olvido.

Which of the two is setting down this poem—
a single sightless self, a plural I?
What can it matter, then, the name that names me,
given our curse is common and the same?

Groussac* or Borges, now I look upon
this dear world losing shape, fading away
into a pale uncertain ashy-gray
that feels like sleep, or else oblivion.

—A.R.

*Paul Groussac (1845–1929), Argentine critic and man of letters, and a predecessor of Borges as director of the National Library, also suffered from the accompanying irony of blindness.

El reloj de arena

Está bien que se mida con la dura
Sombra que una columna en el estío
Arroja o con el agua de aquel río
En que Heráclito vio nuestra locura

El tiempo, ya que al tiempo y al destino
Se parecen los dos: la imponderable
Sombra diurna y el curso irrevocable
Del agua que prosigue su camino.

Está bien, pero el tiempo en los desiertos
Otra substancia halló, suave y pesada,
Que parece haber sido imaginada
Para medir el tiempo de los muertos.

Surge así el alegórico instrumento
De los grabados de los diccionarios,
La pieza que los grises anticuarios
Relegarán al mundo ceniciento

Del alfil desparejo, de la espada
Inerme, del borroso telescopio,
Del sándalo mordido por el opio,
Del polvo, del azar y de la nada.

¿Quién no se ha demorado ante el severo
Y tétrico instrumento que acompaña
En la diestra del dios a la guadaña
Y cuyas líneas repitió Durero?

Por el ápice abierto el cono inverso
Deja caer la cautelosa arena,
Oro gradual que se desprende y llena
El cóncavo cristal de su universo.

Hay un agrado en observar la arcana
Arena que resbala y que declina
Y, a punto de caer, se arremolina
Con una prisa que es del todo humana.

The Hourglass

It is appropriate that time be measured
by the stark shadow cast by a stake in summer
or by the flow of water in the river
where Heraclitus saw time's ironies

since, seen as time and fate, they are alike:
the movement of the mindless daytime shadow
and the irrevocable running on
of river water following its flow.

Just so, but time discovered in the deserts
another substance, smooth and of some weight,
that seemed to have been specifically imagined
for measuring out the ages of the dead.

And so appears this instrument of legend
in the engravings in the dictionary,
an object graying antiquarians
will banish to a dusty underworld

of things—a single chessman, a broadsword,
now lifeless, and a clouded telescope,
sandalwood worn away by opium,
a world of dust, of chance, of nothingness.

Who has not hesitated, seeing that hourglass,
severe and sombre, in the god's right hand,
accompanying the scythe he also handles,
the image Dürer copied in his drawing?

Through a top opening, the inverted cone
slowly lets fall the wary grains of sand,
a gradual gold that, loosening, fills up
the concave crystal of its universe.

Pleasure there is in watching how the sand
slowly slithers up and makes a slope
then, just about to fall, piles up again
with an insistence that appears quite human.

La arena de los ciclos es la misma
E infinita es la historia de la arena;
Así, bajo tus dichas o tu pena,
La invulnerable eternidad se abisma.

No se detiene nunca la caída.
Yo me desangro, no el cristal. El rito
De decantar la arena es infinito
Y con la arena se nos va la vida.

En los minutos de la arena creo
Sentir el tiempo cósmico: la historia
Que encierra en sus espejos la memoria
O que ha disuelto el mágico Leteo.

El pilar de humo y el pilar de fuego,
Cartago y Roma y su apretada guerra,
Simón Mago, los siete pies de tierra
Que el rey sajón ofrece al rey noruego,

Todo lo arrastra y pierde este incansable
Hilo sutil de arena numerosa.
No he de salvarme yo, fortuita cosa
De tiempo, que es materia deleznable.

The sand of every cycle is the same
and infinite is the history of sand;
so, underlying your fortunes and your sorrows,
yawns an invulnerable eternity.

It never stops, the spilling of the sand.
I am the one who weakens, not the glass.
The rite of the falling sand is infinite
and, with the sand, our lives are leaving us.

In the timing of the sand, I seem to feel
a cosmic time: all the long history
that memory keeps sealed up in its mirrors
or that has been dissolved by magic Lethe.

All these: the pillar of smoke, the pillar of fire,
Carthage, Rome, and their constricting wars,
Simon Magus, the seven feet of earth
the Saxon offers the Norwegian king—

all are obliterated, all brought down
by the tireless trickle of the endless sand.
I do not have to save myself—I too
am a whim of time, that shifty element.

—A.R.

Ajedrez

I

En su grave rincón, los jugadores
Rigen las lentas piezas. El tablero
Los demora hasta el alba en su severo
Ámbito en que se odian dos colores.

Adentro irradian mágicos rigores
Las formas: torre homérica, ligero
Caballo, armada reina, rey postrero,
Oblicuo alfil y peones agresores.

Cuando los jugadores se hayan ido,
Cuando el tiempo los haya consumido,
Ciertamente no habrá cesado el rito.

En el Oriente se encendió esta guerra
Cuyo anfiteatro es hoy toda la tierra.
Como el otro, este juego es infinito.

II

Tenue rey, sesgo alfil, encarnizada
Reina, torre directa y peón ladino
Sobre lo negro y blanco del camino
Buscan y libran su batalla armada.

No saben que la mano señalada
Del jugador gobierna su destino,
No saben que un rigor adamantino
Sujeta su albedrío y su jornada.

También el jugador es prisionero
(La sentencia es de Omar) de otro tablero
De negras noches y de blancos días.

Dios mueve al jugador, y éste, la pieza.
¿Qué dios detrás de Dios la trama empieza
De polvo y tiempo y sueño y agonías?

Chess

I

Set in their studious corners, the players
move the gradual pieces. Until dawn
the chessboard keeps them in its strict confinement
with its two colors set at daggers drawn.

Within the game itself the forms give off
their magic rules: Homeric castle, knight
swift to attack, queen warlike, king decisive,
slanted bishop, and attacking pawns.

Eventually, when the players have withdrawn,
when time itself has finally consumed them,
the ritual certainly will not be done.

It was in the East this war took fire.
Today the whole earth is its theater.
Like the game of love, this game goes on forever.

II

Faint-hearted king, sly bishop, ruthless queen,
straightforward castle, and deceitful pawn—
over the checkered black and white terrain
they seek out and begin their armed campaign.

They do not know it is the player's hand
that dominates and guides their destiny.
They do not know an adamantine fate
controls their will and lays the battle plan.

The player too is captive of caprice
(the words are Omar's) on another ground
where black nights alternate with whiter days.

God moves the player, he in turn the piece.
But what god beyond God begins the round
of dust and time and sleep and agonies?

—A.R.

Los espejos

Yo que sentí el horror de los espejos
No sólo ante el cristal impenetrable
Donde acaba y empieza, inhabitable,
un imposible espacio de reflejos

Sino ante el agua especular que imita
El otro azul en su profundo cielo
Que a veces raya el ilusorio vuelo
Del ave inversa o que un temblor agita

Y ante la superficie silenciosa
Del ébano sutil cuya tersura
Repite como un sueño la blancura
De un vago mármol o una vaga rosa,

Hoy, al cabo de tantos y perplejos
Años de errar bajo la varia luna,
Me pregunto qué azar de la fortuna
Hizo que yo temiera los espejos.

Espejos de metal, enmascarado
Espejo de caoba que en la bruma
De su rojo crepúsculo disfuma
Ese rostro que mira y es mirado,

Infinitos los veo, elementales
Ejecutores de un antiguo pacto,
Multiplicar el mundo como el acto
Generativo, insomnes y fatales.

Prolongan este vano mundo incierto
En su vertiginosa telaraña;
A veces en la tarde los empaña
El hálito de un hombre que no ha muerto.

Nos acecha el cristal. Si entre las cuatro
Paredes de la alcoba hay un espejo,
Ya no estoy solo. Hay otro. Hay el reflejo
Que arma en el alba un sigiloso teatro.

Mirrors

I have been horrified before all mirrors
not just before the impenetrable glass,
the end and the beginning of that space,
inhabited by nothing but reflections,

but faced with specular water, mirroring
the other blue within its bottomless sky,
incised at times by the illusory flight
of inverted birds, or troubled by a ripple,

or face to face with the unspeaking surface
of ghostly ebony whose very hardness
reflects, as if within a dream, the whiteness
of spectral marble or a spectral rose.

Now, after so many troubling years
of wandering beneath the wavering moon,
I ask myself what accident of fortune
handed to me this terror of all mirrors—

mirrors of metal and the shrouded mirror
of sheer mahogany which in the twilight
of its uncertain red softens the face
that watches and in turn is watched by it.

I look on them as infinite, elemental
fulfillers of a very ancient pact
to multiply the world, as in the act
of generation, sleepless and dangerous.

They extenuate this vain and dubious world
within the web of their own vertigo.
Sometimes at evening they are clouded over
by someone's breath, someone who is not dead.

The glass is watching us. And if a mirror
hangs somewhere on the four walls of my room,
I am not alone. There's an other, a reflection
which in the dawn enacts its own dumb show.

Todo acontece y nada se recuerda
En esos gabinetes cristalinos
Donde, como fantásticos rabinos,
Leemos los libros de derecha a izquierda.

Claudio, rey de una tarde, rey soñado,
No sintió que era un sueño hasta aquel día
En que un actor mimó su felonía
Con arte silencioso, en un tablado.

Que haya sueños es raro, que haya espejos,
Que el usual y gastado repertorio
De cada día incluya el ilusorio
Orbe profundo que urden los reflejos.

Dios (he dado en pensar) pone un empeño
En toda esa inasible arquitectura
Que edifica la luz con la tersura
Del cristal y la sombra con el sueño.

Dios ha creado las noches que se arman
De sueños y las formas del espejo
Para que el hombre sienta que es reflejo
Y vanidad. Por eso nos alarman.

Everything happens, nothing is remembered
in those dimensioned cabinets of glass
in which, like rabbis in fantastic stories,
we read the lines of text from right to left.

Claudius, king for an evening, king in a dream,
did not know he was a dream until that day
on which an actor mimed his felony
with silent artifice, in a tableau.

Strange, that there are dreams, that there are mirrors.
Strange that the ordinary, worn-out ways
of every day encompass the imagined
and endless universe woven by reflections.

God (I've begun to think) implants a promise
in all that insubstantial architecture
that makes light out of the impervious surface
of glass, and makes the shadow out of dreams.

God has created nights well-populated
with dreams, crowded with mirror images,
so that man may feel that he is nothing more
than vain reflection. That's what frightens us.

—A.R.

La luna

Cuenta la historia que en aquel pasado
Tiempo en que sucedieron tantas cosas
Reales, imaginarias y dudosas,
Un hombre concibió el desmesurado

Proyecto de cifrar el universo
En un libro y con ímpetu infinito
Erigió el alto y arduo manuscrito
Y limó y declamó el último verso.

Gracias iba a rendir a la fortuna
Cuando al alzar los ojos vio un bruñido
Disco en el aire y comprendió, aturdido,
Que se había olvidado de la luna.

La historia que he narrado, aunque fingida,
Bien puede figurar el maleficio
De cuantos ejercemos el oficio
De cambiar en palabras nuestra vida.

Siempre se pierde lo esencial. Es una
Ley de toda palabra sobre el numen.
No la sabrá eludir este resumen
De mi largo comercio con la luna.

No sé dónde la vi por vez primera,
Si en el cielo anterior de la doctrina
Del griego o en la tarde que declina
Sobre el patio del pozo y de la higuera.

Según se sabe, esta mudable vida
Puede, entre tantas cosas, ser muy bella
Y hubo así alguna tarde en que con ella
Te miramos, oh luna compartida.

Más que las lunas de las noches puedo
Recordar las del verso: la hechizada
Dragon moon que da horror a la balada
Y la luna sangrienta de Quevedo.

The Moon

The story goes that in those far-off times
when every sort of thing was taking place—
things real, imaginary, dubious things—
a man thought up a plan that would embrace

the universe entire in just one book.
Relentlessly spurred on by this vast notion,
he brought off the ambitious manuscript,
polishing the final verse with deep emotion.

All set to offer thanks to his good fortune,
he happened to look up and, none too soon,
beheld a glowing disk in the upper air,
the one thing he'd left out—the moon.

The story I have told, although made up,
could very well symbolize the plight
of those of us who cultivate the craft
of turning our lives into the words we write.

The essential thing is what we always miss.
From this law no one will be immune
nor will this account be an exception,
of my protracted dealings with the moon.

Where I saw it first I do not know,
whether in the other sky that, the Greeks tell,
preceded ours, or one fading afternoon
in the patio, above the fig-tree and the well.

As is well known, this changing life of ours
may incidentally seem ever so fair,
and so it was on evenings spent with her
when the moon was ours alone to share.

More than moons of the night, there come to mind
moons I have found in verse: the weirdly haunting
dragon moon that chills us in the ballad
and Quevedo's blood-stained moon, fully as daunting.

De otra luna de sangre y de escarlata
Habló Juan en su libro de feroces
Prodigios y de júbilos atroces;
Otras más claras lunas hay de plata.

Pitágoras con sangre (narra una
Tradición) escribía en un espejo
Y los hombres leían el reflejo
En aquel otro espejo que es la luna.

De hierro hay una selva donde mora
El alto lobo cuya extraña suerte
Es derribar la luna y darle muerte
Cuando enrojezca el mar la última aurora.

(Esto el Norte profético lo sabe
Y también que ese día los abiertos
Mares del mundo infestará la nave
Que se hace con las uñas de los muertos.)

Cuando, en Ginebra o Zürich, la fortuna
Quiso que yo también fuera poeta,
Me impuse, como todos, la secreta
Obligación de definir la luna.

Con una suerte de estudiosa pena
Agotaba modestas variaciones.
Bajo el vivo temor de que Lugones
Ya hubiera usado el ámbar o la arena.

De lejano marfil, de humo, de fría
Nieve fueron las lunas que alumbraron
Versos que ciertamente no lograron
El arduo honor de la tipografía.

Pensaba que el poeta es aquel hombre
Que, como el rojo Adán del Paraíso,
Impone a cada cosa su preciso
Y verdadero y no sabido nombre.

Ariosto me enseñó que en la dudosa
Luna moran los sueños, lo inasible,

In the book he wrote full of all the wildest
wonders and atrocious jubilation,
John tells of a bloody scarlet moon.
There are other silver moons for consolation.

Pythagoras, an old tradition holds,
used to write his verse in blood on a mirror.
Men looked to its reflection in the moon's
hoping thus to make his meaning clearer.

In a certain ironclad wood is said to dwell
a giant wolf whose fate will be to slay
the moon, once he has knocked it from the sky
in the red dawning of the final day.

(This is well known throughout the prophetic North
as also that on that day, as all hope fails,
the seas of all the world will be infested
by a ship built solely out of dead men's nails.)

When in Geneva or Zurich the fates decreed
that I should be a poet, one of the few,
I set myself a secret obligation
to define the moon, as would-be poets do.

Working away with studious resolve,
I ran through my modest variations,
terrified that my moonstruck friend Lugones
would leave no sand or amber for *my* creations.

The moons that shed their silver on my lines
were moons of ivory, smokiness, or snow.
Needless to say, no typesetter ever saw
the faintest trace of their transcendent glow.

I was convinced that like the red-hot Adam
of Paradise, the poet alone may claim
to bestow on everything within his reach
its uniquely fitting, never-yet-heard-of name.

Ariosto holds that in the fickle moon
dwell dreams that slither through our fingers here,

El tiempo que se pierde, lo posible
O lo imposible, que es la misma cosa.

De la Diana triforme Apolodoro
Me dejó divisar la sombra mágica;
Hugo me dio una hoz que era de oro,
Y un irlandés, su negra luna trágica.

Y, mientras yo sondeaba aquella mina
De las lunas de la mitología,
Ahí estaba, a la vuelta de la esquina,
La luna celestial de cada día.

Sé que entre todas las palabas, una
Hay para recordarla o figurarla.
El secreto, a mi ver, está en usarla
Con humildad. Es la palabra *luna*.

Ya no me atrevo a macular su pura
Aparición con una imagen vana;
La veo indescifrable y cotidiana
Y más allá de mi literatura.

Sé que la luna o la palabra *luna*
Es una letra que fue creada para
La compleja escritura de esa rara
Cosa que somos, numerosa y una.

Es uno de los símbolos que al hombre
Da el hado o el azar para que un día
De exaltación gloriosa o de agonía
Pueda escribir su verdadero nombre.

all time that's lost, all things that might have been
or might not have—no difference, it would appear.

Apollodorus let me glimpse the threefold shape
Diana's magic shadow may assume.
Hugo gave me that reaper's golden sickle
and an Irishman his pitch-black tragic moon.

And as I dug down deep into that mine
of mythic moons, my still unquiet eye
happened to catch, shining around the corner,
the familiar nightly moon of our own sky.

To evoke our satellite there spring to mind
all those lunar clichés like *croon* and *June*.
The trick, however, is mastering the use
of a single modest word: that word is *moon*.

My daring fails. How can I continue
to thrust vain images in that pure face?
The moon, both unknowable and familiar,
disdains my claims to literary grace.

The moon I know or the letters of its name
were created as a puzzle or a pun
for the human need to underscore in writing
our untold strangenesses, many or one.

Include it then with symbols that fate or chance
bestow on humankind against the day—
sublimely glorious or plain agonic—
when at last we write its name the one true way.

—A.S.T.

La lluvia

Bruscamente la tarde se ha aclarado
Porque ya cae la lluvia minuciosa.
Cae o cayó. La lluvia es una cosa
Que sin duda sucede en el pasado.

Quien la oye caer ha recobrado
El tiempo en que la suerte venturosa
Le reveló una flor llamada *rosa*
Y el curioso color del colorado.

Esta lluvia que ciega los cristales
Alegrará en perdidos arrabales
Las negras uvas de una parra en cierto

Patio que ya no existe. La mojada
Tarde me trae la voz, la voz deseada,
De mi padre que vuelve y que no ha muerto.

Rain

Quite suddenly the evening clears at last
as now outside the soft small rain is falling.
Falling or fallen. Rain itself is something
undoubtedly which happens in the past.

Whoever hears it falling has remembered
a time in which a curious twist of fate
brought back to him a flower whose name was "rose"
and the perplexing redness of its red.

This rain which spreads its blind across the pane
must also brighten in forgotten suburbs
the black grapes on a vine across a shrouded

patio now no more. The evening's rain
brings me the voice, the dear voice of my father,
who comes back now, who never has been dead.

                                        —A.R.

El otro tigre

And the craft createth a semblance.

Morris: *Sigurd the Volsung* (1876)

Pienso en un tigre. La penumbra exalta
La vasta Biblioteca laboriosa
Y parece alejar los anaqueles;
Fuerte, inocente, ensangrentado y nuevo,
Él irá por su selva y su mañana
Y marcará su rastro en la limosa
Margen de un río cuyo nombre ignora
(En su mundo no hay nombres ni pasado
Ni porvenir, sólo un instante cierto.)
Y salvará las bárbaras distancias
Y husmeará en el trenzado laberinto
De los olores el olor del alba
Y el olor deleitable del venado;
Entre las rayas del bambú descifro
Sus rayas y presiento la osatura
Baja la piel espléndida que vibra.
En vano se interponen los convexos
Mares y los desiertos del planeta;
Desde esta casa de un remoto puerto
De América del Sur, te sigo y sueño,
Oh tigre de las márgenes del Ganges.

Cunde la tarde en mi alma y reflexiono
Que el tigre vocativo de mi verso
Es un tigre de símbolos y sombras,
Una serie de tropos literarios
Y de memorias de la enciclopedia
Y no el tigre fatal, la aciaga joya
Que, bajo el sol o la diversa luna,
Va cumpliendo en Sumatra o en Bengala
Su rutina de amor, de ocio y de muerte.
Al tigre de los símbolos he opuesto
El verdadero, el de caliente sangre,
El que diezma la tribu de los búfalos
Y hoy, 3 de agosto del 59,
Alarga en la pradera una pausada
Sombra, pero ya el hecho de nombrarlo
Y de conjeturar su circunstancia

The Other Tiger

> And the craft createth a semblance.
> —Morris, *Sigurd the Volsung* (1876)

I think of a tiger. The fading light enhances
the vast complexities of the Library
and seems to set the bookshelves at a distance;
powerful, innocent, bloodstained, and new-made,
it will prowl through its jungle and its morning
and leave its footprint on the muddy edge
of a river with a name unknown to it
(in its world, there are no names, nor past, nor future,
only the sureness of the present moment)
and it will cross the wilderness of distance
and sniff out in the woven labyrinth
of smells the smell peculiar to morning
and the scent on the air of deer, delectable.
Behind the lattice of bamboo, I notice
its stripes, and I sense its skeleton
under the magnificence of the quivering skin.
In vain the convex oceans and the deserts
spread themselves across the earth between us;
from this one house in a far-off seaport
in South America, I dream you, follow you,
oh tiger on the fringes of the Ganges.

Evening spreads in my spirit and I keep thinking
that the tiger I am calling up in my poem
is a tiger made of symbols and of shadows,
a set of literary images,
scraps remembered from encyclopedias,
and not the deadly tiger, the fateful jewel
that in the sun or the deceptive moonlight
follows its paths, in Bengal or Sumatra,
of love, of indolence, of dying.
Against the tiger of symbols I have set
the real one, the hot-blooded one
that savages a herd of buffalo,
and today, the third of August, '59,
its patient shadow moves across the plain,
but yet, the act of naming it, of guessing
what is its nature and its circumstance

Lo hace ficción del arte y no criatura
Viviente de las que andan por la tierra.

Un tercer tigre buscaremos. Éste
Será como los otros una forma
De mi sueño, un sistema de palabras
Humanas y no el tigre vertebrado
Que, más allá de las mitologías,
Pisa la tierra. Bien lo sé, pero algo
Me impone esta aventura indefinida,
Insensata y antigua, y persevero
En buscar por el tiempo de la tarde
El otro tigre, el que no está en el verso.

creates a fiction, not a living creature,
not one of those that prowl on the earth.

Let us look for a third tiger. This one
will be a form in my dream like all the others,
a system, an arrangement of human language,
and not the flesh-and-bone tiger
that, out of reach of all mythologies,
paces the earth. I know all this; yet something
drives me to this ancient, perverse adventure,
foolish and vague, yet still I keep on looking
throughout the evening for the other tiger,
the other tiger, the one not in this poem.

—A.R.

Los Borges

Nada o muy poco sé de mis mayores
Portugueses, los Borges: vaga gente
Que prosigue en mi carne, oscuramente,
Sus hábitos, rigores y temores.
Tenues como si nunca hubieran sido
Y ajenos a los trámites del arte,
Indescifrablemente forman parte
Del tiempo, de la tierra y del olvido.
Mejor así. Cumplida la faena,
Son Portugal, son la famosa gente
Que forzó las murallas del Oriente
Y se dio al mar y al otro mar de arena.
Sol el rey que en el místico desierto
Se perdió y el que jura que no ha muerto.

The Borges

I know little or nothing of the Borges,
my Portuguese forebears. They were a ghostly line,
who still ply in my body their mysterious
disciplines, habits, and anxieties.
Shadowy, as if they had never been,
and strangers to the processes of art,
indecipherably they form a part
of time, of earth, and of oblivion.
Better so. When everything is said,
they are Portugal, they are that famous people
who forced the Great Wall of the East, and fell
to the sea, and to that other sea of sand.
They are that king lost on the mystic strand
and those at home who swear he is not dead.

—A.R.

The last two lines of this poem refer to King Sebastian of Portugal (1554–1578), who led an ill-fated crusade to the Holy Lands and was summarily defeated at Alcácer-Quibir in North Africa. Legend had it that he survived this battle and would one day return.

Ariosto y los Árabes

Nadie puede escribir un libro. Para
Que un libro sea verdaderamente,
Se requireren la aurora y el poniente,
Siglos, armas y el mar que une y separa.

Así lo pensó Ariosto, que al agrado
Lento se dio, en el ocio de caminos
De claros mármoles y negros pinos,
De volver a soñar lo ya soñado.

El aire de su Italia estaba henchido
De sueños, que con formas de la guerra
Que en duros siglos fatigó la tierra
Urdieron la memoria y el olvido.

Una legión que se perdió en los valles
De Aquitania cayó en una emboscada;
Así nació aquel sueño de una espada
Y del cuerno que clama en Roncesvalles.

Sus ídolos y ejércitos el duro
Sajón sobre los huertos de Inglaterra
Dilató en apretada y torpe guerra
Y de esas cosas quedó un sueño: Arturo.

De las islas boreales donde un ciego
Sol desdibuja el mar, llegó aquel sueño
De una virgen dormida que a su dueño
Aguarda, tras un círculo de fuego.

Quién sabe si de Persia o del Parnaso
Vino aquel sueño del corcel alado
Que por el aire el hechicero armado
Urge y que se hunde en el desierto ocaso.

Como desde el corcel del hechicero,
Ariosto vio los reinos de la tierra
Surcada por las fiestas de la guerra
Y del joven amor aventurero.

Ariosto and the Arabs

No one can truly write a book. To be
Ingenuous, a book must comprehend
The different suns at daybreak and day's end,
Arms, epochs, and the binding, rending sea.

So Ariosto thought, but yielded to
The lazy pleasure that he found in journeys
Through marble columns and black pines—returning
To ancient dreams, dreaming them anew.

The air of Ariosto's Italy roiled
With dreams, which from the patterns of a war
That tired the landscape centuries before
Had woven memory and memory's void.

A legion lost on the passages below
Aquitania met with ambush; thus was born
Another dream of a sword, and of the horn
That summoned Charlemagne at Roncevaux.

Cruel Saxon pushed his men-at-arms and furies
Out over England's terraces and orchards,
Pursuing only treacherous and tortured
Battle, but left behind a dream: Arturius.

From the northern islands where a blinded
Sun obscures the ocean's surface came
Another dream, about a ring of flame
And the virgin, awaiting her lord, who sleeps behind it.

From Persia, or perhaps Parnassus, there
Emerged another dream, of a wing-borne courser
Driven across the sky by the armored sorcerer
And down to where the desert sun repairs.

As from the vantage of that conjurer,
Ariosto saw the earthly kingdoms, scored
With the celebrations of a land bewarred
And the young love of an adventurer.

Como a través de tenue bruma de oro
Vio en el mundo un jardín que sus confines
Dilata en otros íntimos jardines
Para el amor de Angélica y Medoro.

Como los ilusorios esplendores
Que al Indostán deja entrever el opio,
Pasan por el Furioso los amores
En un desorden de calidoscopio.

Ni el amor ignoró ni la ironía
Y soñó así, de pudoroso modo,
El singular castillo en el que todo
Es (como en esta vida) una falsía.

Como a todo poeta, la fortuna
O el destino le dio una suerte rara;
Iba por los caminos de Ferrara
Y al mismo tiempo andaba por la luna.

Escoria de los sueños, indistinto
Limo que el Nilo de los sueños deja,
Con ellos fue tejida la madeja
De ese resplandeciente laberinto,

De ese enorme diamante en el que un hombre
Puede perderse venturosamente
Por ámbitos de música indolente,
Más allá de su carne y de su nombre.

Europa entera se perdió. Por obra
De aquel ingenuo y malicioso arte,
Milton pudo llorar de Brandimarte
El fin y de Dalinda la zozobra.

Europa se perdió, pero otros dones
Dio el vasto sueño a la famosa gente
Que habita los desiertos del Oriente
Y la noche cargada de leones.

De un rey que entrega, al despuntar el día,
Su reina de una noche a la implacable

As through a mist-veil, gold and delicate,
He saw a garden whose dominion spreads
Beyond its borders to other intimate beds—
The love of Medoro and Angelica.

Like those illusory rewards that poppies
Enable Hindustan to look upon,
His many loves move in kaleidoscopic
Disorder past Orlando and are gone.

He was a modest dreamer, but sagacious,
Acquainted with both irony and love:
He dreamed a castle where the nature of
All things (just like in this life) is mendacious.

Destiny and fortune, as they must
With poets, brought him a strange lot: his feet
Would fall at once upon Ferrara's streets
And upon the moon's unearthly dust.

A residue of dreams, a formless glaze
The Nile of dreams had left upon its plain—
These were the materials from which the skein
Was woven that became the shimmering maze—

That enormous diamond, wherein
A man may fortunately go astray
Through idle song's unbroken rondelet,
Far past the provinces of name and skin.

All Europe lost itself. Encountering
Another ingenious and malicious art,
Milton could mourn the end of Brandimarte
And weep upon Dalinda's foundering.

Europe was lost, but there were other scions:
The dream bequeathed a grand inheritance
To people of the Orient's arid lands
And those who share the sultry night with lions.

The book beguiles us with its narrative,
Still resonant through time, of a monarch who

Cimitarra, nos cuenta el deleitable
Libro que al tiempo hechiza, todavía.

Alas que son la brusca noche, crueles
Garras de las que pende un elefante,
Magnéticas montañas cuyo amante
Abrazo despedaza los bajeles,

La tierra sostenida por un toro
Y el toro por un pez; abracadabras,
Talismanes y místicas palabras
Que en el granito abren cavernas de oro;

Esto soñó la sarracena gente
Que sigue las banderas de Agramante;
Esto, que vagos rostros con turbante
Soñaron, se adueñó del Occidente.

Y el Orlando es ahora una risueña
Región que alarga inhabitadas millas
De indolentes y ociosas maravillas
Que son un sueño que ya nadie sueña.

Por islámicas artes reducido
A simple erudición, a mera historia,
Está solo, soñándose. (La gloria
Es una de las formas del olvido.)

Por el cristal ya pálido la incierta
Luz de una tarde más toca el volumen
Y otra vez arden y otra se consumen
Los otros que envanecen la cubierta.

En la desierta sala el silencioso
Libro viaja en el tiempo. Las auroras
Quedan atrás y las nocturnas horas
Y mi vida, este sueño presuroso.

At dawn forfeits his queen of one night to
The scimitar, to its imperative.

Wings that take the night's efficient forms,
An elephant suspended from cruel claws,
Mountains whose magnetic power draws
Ships to be shattered in their amorous arms.

A bull that, with its might, upholds the planet,
A fish that upholds the bull; strange incantations,
Talismans, and mystical invocations
That open golden caverns in the granite.

Thus was the dreaming of a dispossessed,
Devoted people, Saracens who hailed
The flags of Agramante. A dream of veiled
Faces took possession of the West.

Orlando has become an unesteemed,
Unpeopled region, silently enlarging
Its nameless miles, of languid and lethargic
Monuments, and of a dream undreamed.

Reduced by Islamic arts to trivia—
Mere erudition and a simple story—
It is left alone to dream itself. (Glory
Is among the guises of oblivion.)

The light of one more afternoon now passes,
Through the window, wavering, enfolding
The vaunted book, and once again its golden
Trappings flare and are reduced to ashes.

In that great hall the silent book, alone,
Travels into time. The morning light
Is left behind; it joins the hours of night
And life, another fleeting dream, my own.

—E.M.

Al iniciar el estudio
de la gramática anglosajona

Al cabo de cincuenta generaciones
(Tales abismos nos depara a todos el tiempo)
Vuelvo en la margen ulterior de un gran río
Que no alcanzaron los dragones del viking,
A las ásperas y laboriosas palabras
Que, con una boca hecha polvo,
Usé en los días de Nortumbria y de Mercia,
Antes de ser Haslam o Borges.
El sábado leímos que Julio el César
Fue el primero que vino de Romeburg para develar a Bretaña;
Antes que vuelvan los racimos habré escuchado
La voz del ruiseñor del enigma
Y la elegía de los doce guerreros
Que rodean el túmulo de su rey.
Símbolos de otros símbolos, variaciones
Del futuro inglés o alemán me parecen estas palabras
Que alguna vez fueron imágenes
Y que un hombre usó para celebrar el mar o una espada;
Mañana volverá a vivir,
Mañana *fyr* no será *fire* sino esa suerte
De dios domesticado y cambiante
Que a nadie le está dado mirar sin un antiguo asombro.

Alabada sea la infinita
Urdimbre de los efectos y de las causas
Que antes de mostrarme el espejo
En que no veré a nadie o veré a otro
Me concede esta pura contemplación
De un lenguaje del alba.

Embarking on the Study
of Anglo-Saxon Grammar

After some fifty generations
(such gulfs are opened to us all by time)
I come back on the far shore of a vast river
never reached by the Norsemen's long ships
to the harsh and work-wrought words
which, with a tongue now dust,
I used in the days of Northumbria and Mercia
before becoming Haslam* or Borges.
Last Saturday we read how Julius Caesar
was the first who came from Romeburg to seek out Britain;
before the grapes grow back I will have heard
the nightingale of the riddle
and the elegy intoned by the twelve warriors
round the burial mound of their king.
To me these words seem
symbols of other symbols, variants
on the English or the German (their descendants),
yet at some point in time they were fresh images
and a man used them to invoke the sea or a sword.
Tomorrow they will come alive again;
tomorrow *fyr* will not become *fire* but rather
some vestige of a changeable tamed god
whom no one can confront without feeling an ancient fear.

All praise to the inexhaustible
labyrinth of cause and effect
which, before unveiling to me the mirror
where I shall see no one or some other self,
has granted me this perfect contemplation
of a language at its dawn.

—A.R.

---

*Frances Haslam was the paternal grandmother of Jorge Luis Borges. She was born in Staffordshire in 1845, came out to the Argentine to visit her elder sister, where she met and married Colonel Francisco Borges in 1871, but was soon widowed upon the death of the Colonel at the Battle of La Verde in 1874. See also "Things," pp. 317–319.

Lucas, XXIII

Gentil o hebreo o simplemente un hombre
Cuya cara en el tiempo se ha perdido;
Ya no rescataremos del olvido
Las silenciosas letras de su nombre.

Supo de la clemencia lo que puede
Saber un bandolero que Judea
Clava a una cruz. Del tiempo que antecede
Nada alcanzamos hoy. En su tarea

Última de morir crucificado,
Oyó, entre los escarnios de la gente,
Que el que estaba muriéndose a su lado
Era Dios y le dijo ciegamente:

Acuérdate de mi cuando vinieres
A tu reino, y la voz inconcebible
Que un día juzgará a todos los seres
Le prometió desde la Cruz terrible

El Paraíso. Nada más dijeron
Hasta que vino el fin, pero la historia
No dejará que muera la memoria
De aquella tarde en que los dos murieron.

Oh amigos, la inocencia de este amigo
De Jesucristo, ese candor que hizo
Que pidiera y ganara el Paraíso
Desde las ignominias del castigo,

Era el que tantas veces al pecado
Lo arrojó y al azar ensangrentado.

Luke XXIII

Gentile or Jew or simply a man
Whose face has been lost in time,
We shall not save the silent
Letters of his name from oblivion.

What could he know of forgiveness,
A thief whom Judea nailed to a cross?
For us those days are lost.
During his last undertaking,

Death by crucifixion,
He learned from the taunts of the crowd
That the man who was dying beside him
Was God. And blindly he said:

Remember me when thou comest
Into thy kingdom, and from the terrible cross
The unimaginable voice
Which one day will judge us all

Promised him Paradise. Nothing more was said
Between them before the end came,
But history will not let the memory
Of their last afternoon die.

O friends, the innocence of this friend
Of Jesus! That simplicity which made him,
From the disgrace of punishment, ask for
And be granted Paradise

Was what drove him time
And again to sin and to bloody crime.

—M.S.

Adrogué

Nadie en la noche indescifrable tema
Que yo me pierda entre las negras flores
Del parque, donde tejen su sistema
Propicio a los nostálgicos amores

O al ocio de las tardes, la secreta
Ave que siempre un mismo canto afina.
El agua circular y la glorieta,
La vaga estatua y la dudosa ruina.

Hueca en la hueca sombra, la cochera
Marca (lo sé) los trémulos confines
De este mundo de polvo y de jazmines,
Grato a Verlaine y grato a Julio Herrera.

Su olor medicinal dan a la sombra
Los eucaliptos: ese olor antiguo
Que, más allá del tiempo y del ambiguo
Lenguaje, el tiempo de las quintas nombra.

Mi paso busca y halla el esperado
Umbral. Su oscuro borde la azotea
Define y en el patio ajedrezado
La canilla periódica gotea.

Duermen del otro lado de las puertas
Aquéllos que por obra de los sueños
Son en la sombra visionaria dueños
Del vasto ayer y de las cosas muertas.

Cada objeto conozco de este viejo
Edificio: las láminas de mica
Sobre esa piedra gris que se duplica
Continuamente en el borroso espejo

Y la cabeza de león que muerde
Una argolla y los vidrios de colores
Que revelan al niño los primores
De un mundo rojo y de otro mundo verde.

Adrogué*

Let no one fear in the bewildering night
that I will lose my way among the borders
of dusky flowers that weave a cloth of symbols
appropriate to old nostalgic loves

or the sloth of afternoons—the hidden bird
forever whittling the same thin song,
the circular fountain and the summerhouse,
the indistinct statue and the hazy ruin.

Hollow in the hollow shade, the coach-house
marks (I know well) the insubstantial edges
of this particular world of dust and jasmine
so dear to Julio Herrera and Verlaine.

The shade is thick with the medicinal smell
of the eucalyptus trees, that ancient balm
which, beyond time and ambiguities
of language, brings back vanished country houses.

My step feels out and finds the anticipated
threshold. Its darkened limit is defined
by the roof, and in the chessboard patio
the water-tap drips intermittently.

On the far side of the doorways they are sleeping,
those who through the medium of dreams
watch over in the visionary shadows
all that vast yesterday and all dead things.

Each object in this venerable building
I know by heart—the flaking layers of mica
on that gray stone, reflected endlessly
in the recesses of a faded mirror,

and the lion head that holds an iron ring
in its mouth, and the multicolored window glass,
revealing to a child the early vision
of one world colored red, another green.

Más allá del azar y de la muerte
Duran, y cada cual tiene su historia,
Pero todo esto ocurre en esa suerte
De cuarta dimensión, que es la memoria.

En ella y sólo en ella están ahora
Los patios y jardines. El pasado
Los guarda en ese círculo vedado
Que a un tiempo abarca el véspero y la aurora.

¿Cómo pude perder aquel preciso
Orden de humildes y queridas cosas,
Inaccesibles hoy como las rosas
Que dio al primer Adán el Paraíso?

El antiguo estupor de la elegía
Me abruma cuando pienso en esa casa
Y no comprendo cómo el tiempo pasa,
Yo, que soy tiempo y sangre y agonía.

Far beyond accident and death itself
they endure, each one with its particular story,
but all this happens in the strangeness of
that fourth dimension which is memory.

In it and it alone do they exist,
the gardens and the patios. The past
retains them in that circular preserve
which at one time embraces dawn and dusk.

How could I have forgotten that precise
order of things both humble and beloved,
today as inaccessible as the roses
revealed to the first Adam in Paradise?

The ancient aura of an elegy
still haunts me when I think about that house—
I do not understand how time can pass,
I, who am time and blood and agony.

—A.R.

*Adrogué, at the southern outskirts of Buenos Aires, was a summer refuge for the Borges family for a number of years.

Arte poética

Mirar el río hecho de tiempo y agua
Y recordar que el tiempo es otro río,
Saber que nos perdemos como el río
Y que los rostros pasan como el agua.

Sentir que la vigilia es otro sueño
Que sueña no soñar y que la muerte
Que teme nuestra carne es esa muerte
De cada noche, que se llama sueño.

Ver en el día o en el año un símbolo
De los días del hombre y de sus años,
Convertir el ultraje de los años
En una música un rumor y un símbolo,

Ver en la muerte el sueño, en el ocaso
Un triste oro, tal es la poesía
Que es inmortal y pobre. La poesía
Vuelve como la aurora y el ocaso.

A veces en las tardes una cara
Nos mira desde el fondo de un espejo;
El arte debe ser como ese espejo
Que nos revela nuestra propia cara.

Cuentan que Ulises, harto de prodigios,
Lloró de amor al divisar su Itaca
Verde y humilde. El arte es esa Itaca
De verde eternidad, no de prodigios.

También es como el río interminable
Que pasa y queda y es cristal de un mismo
Heráclito inconstante, que es el mismo
Y es otro, como el río interminable.

Ars Poetica

To look at the river made of time and water
And remember that time is another river,
To know that we are lost like the river
And that faces dissolve like water.

To be aware that waking dreams it is not asleep
While it is another dream, and that the death
That our flesh goes in fear of is that death
Which comes every night and is called sleep.

To see in the day or in the year a symbol
Of the days of man and of his years,
To transmute the outrage of the years
Into a music, a murmur of voices, and a symbol,

To see in death sleep, and in the sunset
A sad gold—such is poetry,
Which is immortal and poor. Poetry
Returns like the dawn and the sunset.

At times in the evenings a face
Looks at us out of the depths of a mirror;
Art should be like that mirror
Which reveals to us our own face.

They say that Ulysses, sated with marvels,
Wept tears of love at the sight of his Ithaca,
Green and humble. Art is that Ithaca
Of green eternity, not of marvels.

It is also like the river with no end
That flows and remains and is the mirror of one same
Inconstant Heraclitus, who is the same
And is another, like the river with no end.

—W.S.M.

Museo

Del rigor en la ciencia

... En aquel Imperio, el Arte de la Cartografía logró tal Perfeción que el mapa de una sola Provincia ocupaba toda una Ciudad, y el mapa del imperio, toda una Provincia. Con el tiempo, esos Mapas Desmesurados no satisfacieron y los Colegios de Cartógrafos levantaron un Mapa del Imperio, que tenía el tamaño del Imperio y coincidía puntualmente con él. Menos Adictas al Estudio de la Cartografía, las Generaciones Siguientes entendieron que ese dilatado Mapa era Inútil y so sin Impiedad lo entregaron a las Inclemencias del Sol y de los Inviernos. En los desiertos del Oeste perduran despedazadas Ruinas del Mapa, habitadas por Animales y por Mendigos; en todo el Pais no hay otra reliquia de las Disciplinas Geográficas.

—Suárez Miranda: *Viajes de varones prudentes*, libro cuarto, cap. xlv, Lérida, 1658.

Cuarteta

Murieron otros, pero ello aconteció en el pasado,
Que es la estación (nadie lo ignora) más propicia a la muerte.
¿Es posible que yo, súbdito de Yaqub Almansur,
Muero como tuvieron que morir las rosas y Aristóteles?

—de *Diván de Almotásim el Magrebí* (siglo xii).

Límites

Hay una línea de Verlaine que no volveré a recordar,
Hay una calle próxima que está vedada a mis pasos,
Hay un espejo que me ha visto por última vez,
Hay una puerta que he cerrado hasta el fin del mundo
Entre los libros de mi biblioteca (estoy viéndolos)
Hay alguno que ya nunca abriré.
Este verano cumpliré cincuenta años;
La muerte me desgasta, incesante.

—de *Inscripciones* (Montevideo, 1923), de Julio Platero Haedo.

Museum

On Scientific Rigor

. . . In the Empire in question, the Cartographer's Art reached such a degree of Perfection that the map of a single Province took up an entire City, and the map of the Empire covered an entire Province. After a while these Out-sized Maps were no longer sufficient, and the Schools of Cartography created a Map of the Empire that was the size of the Empire, matching it point by point. Later Generations, which were less Devoted to the Study of Cartography, found this Map Irrelevant, and with more than a little Irreverence left it exposed to the Inclemencies of the Sun and Winter. In the Western desert there are scattered Ruins of the Map, inhabited by Animals and Beggars. No other relics of the Geographic Discipline can be found anywhere else in the Land.

— Suárez Miranda, *Voyages of Prudent Men*, Fourth Book, chap. xlv (Lérida, 1658)

Quatrain

Other people died, but all that happened in the past,
the season (everyone knows) most propitious for death.
Can it be that I, a subject of Yaqub Almansur,
shall die as the roses have died, and Aristotle?

— from *The Divan of Almoqtádir the el-Maghrebi* (twelfth century)

Boundaries

There is a line by Verlaine that I will not remember again.
There is a street nearby that is off limits to my feet.
There is a mirror that has seen me for the last time.
There is a door I have closed until the end of the world.
Among the books in my library (I'm looking at them now) are some I will
     never open.
This summer I will be fifty years old.
Death is using me up, relentlessly.

— from *Inscriptions* (Montevideo, 1923) by Julio Platero Haedo

El poeta declara su nombradía

El círculo del cielo mide mi gloria,
Las bibliotecas del Oriente se disputan mis versos,
Los emires me buscan para llenarme de oro la boca,
Los ángeles ya saben de memoria mi último zéjel.
Mis instrumentos de trabajo son la humillación y la angustia;
Ojalá yo hubiera nacido muerto.

—del *Divan de Abulcásim el Hadramí* (siglo xii).

El enemigo generoso

Magnus Barfod, en el año 1102, emprendió la conquista general de los reinos de Irlanda; se dice que la víspera de su muerte recibió este saludo de Muirchertach, rey en Dublin:

Que en tus ejércitos militen el oro y la tempestad, Magnus Barfod.
Que mañana, en los campos de mi reino, sea feliz tu batalla.
Que tus manos de rey tejan terribles la tela de la espada.
Que sean alimento del cisne rojo los que se oponen a tu espada.
Que te sacien de gloria tus muchos dioses, que te sacien de sangre.
Que seas victorioso en la aurora rey que pisas a Irlanda.
Que de tus muchos días ninguno brille como el día de mañana.
Porque ese día será el último. Te lo juro, rey Magnus.
Porque antes que se borre su luz, te venceré y te borraré, Magnus Barfod.

—Del *Anhang zur Heimskringla* (1893), de H. Gering.

Le regret d'Héraclite

'Yo, que tantos hombres he sido, no he sido nunca Aquel en cuyo abrazo desfallecía Matilde Urbach.

—Gaspar Camerarius, en *Deliciae Poetarum Borussiae*, vii, 16.

The Poet Proclaims His Renown

The span of heaven measures my glory.
Libraries in the East vie for my works.
Emirs seek me, to fill my mouth with gold.
The angels know my latest lyrics by heart.
The tools I work with are pain and humiliation.
Would that I had been born dead.

—from *The Divan of Abulcasim el Hadrami* (twelfth century)

The Generous Friend

In the year 1102, Magnus Barfod attempted to conquer all the kingdoms of Ireland. It is said that he received the following greeting from Muirchertach, the king of Dublin, the night before he died:

May gold and storms serve your army well, Magnus Barfod.
May your battle tomorrow be successful, in the fields of my kingdom.
May your regal hands weave the sword's cloth, sowing terror.
May those who oppose your sword be food for the red swan.
May your many gods grant you your fill of glory—may they sate you with
    blood.
May you be victorious at dawn, o king who trods Ireland underfoot.
May none of your numerous days shine more brightly than the day of
    tomorrow.
Because this will be your last day, King Magnus, I swear it.
Because before its light is snuffed out, I will defeat you and snuff you out,
    Magnus Barfood.

—from *Anhang zur Heimskringla* (1893) by H. Gering

Le regret d'Héraclite

I who have been so many men have never been the One in whose embrace Mathilde Urbach swooned.

—Gaspar Camerarius, in *Deliciae poetarum Borussiae* VII, 16

K.K.

Epílogo

Quiera Dios que la monotonía esencial de esta miscelánea (que el tiempo ha compilado, no yo, y que admite piezas pretéritas que no me he atrevido a enmendar, porque las escribí con otro concepto de la literatura) sea menos evidente que la diversidad geográfica o histórica de los temas. De cuantos libros he entregado a la imprenta, ninguno, creo, es tan personal como esta colecticia y desordenada *silva de varia lección*, precisamente porque abunda en reflejos y en interpolaciones. Pocas cosas me han ocurrido y muchas he leído. Mejor dicho: pocas cosas me han ocurrido más dignas de memoria que el pensamiento de Schopenhauer o la música verbal de Inglaterra.

Un hombre se propone la tarea de dibujar el mundo. A lo largo de los años puebla un espacio con imágenes de provincias, de reinos, de montañas, de bahías, de naves, de islas, de peces, de habitaciones, de instrumentos, de astros, de caballos y de personas. Poco antes de morir, descubre que ese paciente laberinto de líneas traza la imagen de su cara.

—J.L.B.

Buenos Aires, 31 de octubre de 1960.

Epilogue

God willing, the underlying sameness of this collection will be less apparent than the geographic and historical diversity of its themes. Time has brought these pieces together, not I: it has approved old works I haven't had the courage to revise, because I wrote them with a different idea of literature in mind. Of all the books I have delivered to the printer, none, I think, is as personal as this unruly jumble, this florilegium, for the simple reason that it is rich in reflections and interpolations. Little has happened in my life, but I have read a great deal, which is to say I have found few things more memorable than Schopenhauer's ideas and the verbal music of England.

A man sets himself the task of portraying the world. Over the years he fills a given surface with images of provinces and kingdoms, mountains, bays, ships, islands, fish, rooms, instruments, heavenly bodies, horses, and people. Shortly before he dies he discovers that this patient labyrinth of lines is a drawing of his own face.

—J.L.B.

Buenos Aires, October 31, 1960

K.K.

El otro, el mismo
The Self and the Other

(1964)

Prólogo

De los muchos libros de versos que mi resignación, mi descuido y a veces mi pasión fueron borroneando, *El otro, el mismo* es el que prefiero. Ahí están el *Otro poema de los dones*, el *Poema conjetural, Una Rosa y Milton*, y *Junín*, que si la parcialidad no me engaña, no me deshonran. Ahí están asimismo mis hábitos: Buenos Aires, el culto de los mayores, la germanística, la contradicción del tiempo que pasa y de la identidad que perdura, mi estupor de que el tiempo, nuestra substancia, pueda ser compartido.

Este libro no es otra cosa que una compilación. Las piezas fueron escribiéndose para diversos *moods* y momentos, no para justificar un volumen. De ahí las previsibles monotonías, la repetición de palabras y tal vez de líneas enteras. En su cenáculo de la calle Victoria, el escritor—llamémoslo así—Alberto Hidalgo señaló mi costumbre de escribir la misma página dos veces, con variaciones mínimas. Lamento haberle contestado que él era no menos binario, salvo que en su caso particular la versión primera era de otro. Tales eran los deplorables modales de aquella época, que muchos miran con nostalgia. Todos queríamos ser héroes de anécdotas triviales. La observación de Hidalgo era justa; *Alexander Selkirk* no difiere notoriamente de *Odisea, libro vigésimo tercero, El puñal* prefigura la milonga que he titulado *Un cuchillo en el Norte* y quizá el relato *El encuentro*. Lo extraño, lo que no acabo de entender, es que mis segundas versiones, como ecos apagados e involuntarios, suelen ser inferiores a las primeras. En Lubbock, al borde del desierto, una alta muchacha me preguntó si al escribir *El Golem*, yo no había intentado una variación de *Las ruinas circulares*; le respondí que había tenido que atravesar todo el continente para recibir esa revelación, que era verdadera. Ambas composiciones, por lo demás, tienen sus diferencias; el soñador soñado está en una, la relación de la divinidad con el hombre y acaso la del poeta con la obra, en la que después redacté.

Los idiomas del hombre son tradiciones que entrañan algo de fatal. Los experimentos individuales son, de hecho, mínimos, salvo cuando el innovador se resigna a labrar un espécimen de museo, un juego destinado a la discusión de los historiadores de la literatura o al mero escándalo, como el *Finnegans Wake* o las *Soledades*. Alguna vez me atrajo la tentación de trasladar al castellano la música del inglés o del alemán; si hubiera ejecutado esa aventura, acaso imposible, yo sería un gran poeta, como aquel Garcilaso que nos dio la música de Italia, o como aquel anónimo sevillano que nos dio la de Roma, o como Darío, que nos dio la de Francia. No pasé de algún borrador urdido con palabras de pocas sílabas, que juiciosamente destruí.

Es curiosa la suerte del escritor. Al principio es barroco, vanidosamente

Prologue

Of the many books of poems scribbled out of boredom, negligence and at times my own passion, *The Self and the Other* is the one I prefer. Here displayed also are my habits—Buenos Aires, the cult of my ancestors, the study of the German language, the contradiction between the passing of time and the ego which endures, my astonishment that time—our substance—can be shared with others.

This book is but a compilation. Each poem wrote itself, responding to different moods and moments and not designed to make up a book. Hence, there might be noted a predictable monotony, repetition of words and perhaps even whole lines. In his literary salon on what was the Calle Victoria, the writer—let's call him that—Alberto Hidalgo pointed out that I had the habit of writing the same page on two occasions, with minimal variations. I regret that I answered him by saying that he was no less binary, except that his first version was written by someone else. Such were the deplorable manners of that epoch, which many people these days look back on with nostalgia. We all wanted to be the heroes of our trivial gossip. Hidalgo's observation was on the mark. "Alexander Selkirk," for instance, is not radically different from "Odyssey, Book Twenty-three," and "The Dagger" announces the *milonga* that I have titled "A Blade in the Northside" and maybe my short story "The Meeting." What is strange, and what I really do not understand, is the fact that my second versions, like muffled, rhythmic echoes, tend to be inferior to the first. On one occasion while visiting Lubbock, Texas, on the edge of the desert, a tall young lady asked me whether after writing the poem "The Golem," I had not written a variation of the short story "The Circular Ruins." I answered her by saying that I had had to traverse a whole continent in order to receive such a truthful revelation. Nonetheless, the two pieces have differences among them: the short story tells of the dreamer who is dreamed, while the later poem concerns the relationship between God and Man, and perhaps between the writer and his work.

The languages of man are traditions which contain something inevitable about them. The writer's individual experiments, in fact, have minimal effect except when the innovator resigns himself to the construction of a verbal museum, a game, like *Finnegans Wake* or Góngora's *Soledades*, made up for discussions by literary historians or simple notoriety. On one occasion, I was tempted to translate into Spanish the music of English or of German; had I carried out that possibly impossible venture, I would be a great poet, like the Garcilaso de la Vega who gave us the music of Italy, or like the anonymous Sevillian poet who gave us the music of Rome,

barroco, y al cabo de los años puede lograr, si son favorables los astros, no la sencillez, que no es nada, sino la modesta y secreta complejidad.

Menos que las escuelas me ha educado una biblioteca—la de mi padre—; pese a las vicisitudes del tiempo y de las geografías, creo no haber leído en vano aquellos queridos volúmenes. En el *Poema conjetural* se advertirá la influencia de los monólogos dramáticos de Robert Browning; en otros, la de Lugones y, así lo espero, la de Whitman. Al rever estas páginas, me he sentido más cerca del modernismo que de las sectas ulteriores que su corrupción engendró y que ahora lo niegan.

Pater escribió que todas las artes propenden a la condición de la música, acaso porque en ella el fondo es la forma, ya que no podemos referir una melodía como podemos referir las líneas generales de un cuento. La poesía, admitido ese dictamen, sería un arte híbrido: la sujeción de un sistema abstracto de símbolos, el lenguaje, a fines musicales. Los diccionarios tienen la culpa de ese concepto erróneo. Suele olvidarse que son repertorios artificiosos, muy posteriores a las lenguas que ordenan. La raíz del lenguaje es irracional y de carácter mágico. El danés que articulaba el nombre de Thor o el sajón que articulaba el nombre de Thunor no sabía si esas palabras significaban el dios del trueno o el estrépito que sucede al relámpago. La poesía quiere volver a esa antigua magia. Sin prefijadas leyes, obra de un modo vacilante y osado, como si caminara en la oscuridad. Ajedrez misterioso la poesía, cuyo tablero y cuyas piezas cambian como en un sueño y sobre el cual me inclinaré después de haber muerto.

—J.L.B.

Buenos Aires, 15 de octubre, 1969.

or like Ruben Darío, who gave to Spanish the music of Verlaine and Hugo. I never was able to write more than a few rough drafts, made up of words with a few syllables, that I justifiably destroyed.

The fate of a writer is strange. He begins his career by being a baroque writer, pompously baroque, and after many years, he might attain if the stars are favorable, not simplicity, which is nothing, but rather a modest and secret complexity.

Less than by the classroom, I received my education in a library—my father's library; despite the vicissitudes of time and geography, I believe that I have not read those esteemed volumes in vain. In the "Conjectural Poem," the reader will note the influence of the dramatic monologues of Robert Browning; in others, the influence of Lugones and, I hope, that of Walt Whitman. As I look over these pages, I sense myself closer to Modernism than to those later sects which were born by its decadence and that now deny it.

Pater wrote that all the arts aspire to the condition of music, perhaps because in music meaning is form, since we are not able to recount a melody in the way we can recount the outline of a short story. If we accept this statement, poetry would be a hybrid art—the subjection of a set of abstract symbols which is language to musical ends. Dictionaries are to blame for this erroneous concept. It is often forgotten that they are artificial repositories, put together well after the languages they define. The roots of language are irrational and of a magical nature. The Dane who pronounced the name of Thor or the Saxon who uttered the name of Thunor did not know whether these words represented the god of thunder or the rumble that is heard after the lightning flash. Poetry wants to return to that ancient magic. Without fixed rules, it makes its way in a hesitant, daring way, as if moving in darkness. Poetry is a mysterious chess, whose chessboard and whose pieces change as in a dream and over which I shall be gazing after I am dead.

—J.L.B.

Buenos Aires, October 15, 1969

La noche cíclica

A Sylvina Bullrich

Lo supieron los arduos alumnos de Pitágoras:
Los astros y los hombres vuelven cíclicamente;
Los átomos fatales repetirán la urgente
Afrodita de oro, los tebanos, las ágoras.

En edades futuras oprimirá el centauro
Con el casco solípedo el pecho del lapita;
Cuando Roma sea polvo, gemirá en la infinita
Noche de su palacio fétido el minotauro.

Volverá toda noche de insomnio: minuciosa.
La mano que esto escribe renacerá del mismo
Vientre. Férreos ejércitos construirán el abismo.
(David Hume de Edimburgo dijo la misma cosa.)

No sé si volveremos en un ciclo segundo
Como vuelven las cifras de una fracción periódica;
Pero sé que una oscura rotación pitagórica
Noche a noche me deja en un lugar del mundo

Que es de los arrabales. Una esquina remota
Que puede ser del norte, del sur o del oeste,
Pero que tiene siempre una tapia celeste,
Una higuera sombría y una vereda rota.

Ahí está Buenos Aires. El tiempo que a los hombres
Trae el amor o el oro, a mí apenas me deja
Esta rosa apagada, esta vana madeja
De calles que repiten los pretéritos nombres

De mi sangre: Laprida, Cabrera, Soler, Suárez . . .
Nombres en que retumban (ya secretas) las dianas,
Las repúblicas, los caballos y las mañanas.
Las felices victorias, las muertes militares.

Las plazas agravadas por la noche sin dueño
Son los patios profundos de un árido palacio
Y las calles unánimes que engendran el espacio
Son corredores de vago miedo y de sueño.

The Cyclical Night

To Sylvina Bullrich

They knew it, the fervent pupils of Pythagoras:
That stars and men revolve in a cycle,
That fateful atoms will bring back the vital
Gold Aphrodite, Thebans, and agoras.

In future epochs the centaur will oppress
With solid uncleft hoof the breast of the Lapith;
When Rome is dust the Minotaur will moan
Once more in the endless dark of its rank palace.

Every sleepless night will come back in minute
Detail. This writing hand will be born from the same
Womb, and bitter armies contrive their doom.
(Edinburgh's David Hume made this very point.)

I do not know if we will recur in a second
Cycle, like numbers in a periodic fraction;
But I know that a vague Pythagorean rotation
Night after night sets me down in the world

On the outskirts of this city. A remote street
Which might be either north or west or south,
But always with a blue-washed wall, the shade
Of a fig tree, and a sidewalk of broken concrete.

This, here, is Buenos Aires. Time, which brings
Either love or money to men, hands on to me
Only this withered rose, this empty tracery
Of streets with names recurring from the past

In my blood: Laprida, Cabrera, Soler, Suárez . . .
Names in which secret bugle calls are sounding,
Invoking republics, cavalry, and mornings,
Joyful victories, men dying in action.

Squares weighed down by a night in no one's care
Are the vast patios of an empty palace,
And the single-minded streets creating space
Are corridors for sleep and nameless fear.

Vuelve la noche cóncava que descifró Anaxágoras;
Vuelve a mi carne humana la eternidad constante
Y el recuerdo ¿el proyecto? de un poema incesante:
"Lo supieron los arduos alumnos de Pitágoras . . ."

It returns, the hollow dark of Anaxagoras;
In my human flesh, eternity keeps recurring
And the memory, or plan, of an endless poem beginning:
"They knew it, the fervent pupils of Pythagoras . . ."

—A.R.

Del infierno y del cielo

El Infierno de Dios no necesita
el esplendor del fuego. Cuando el Juicio
Universal retumbe en las trompetas
y la tierra publique sus entrañas
y resurjan del polvo las naciones
para acatar la Boca inapelable,
los ojos no verán los nueve círculos
de la montaña inversa; ni la pálida
pradera de perennes asfodelos
donde la sombra del arquero sigue
la sombra de la corza, eternamente;
ni la loba de fuego que en el ínfimo
piso de los infiernos musulmanes
es anterior a Adán y a los castigos;
ni violentos metales, ni siquiera
la visible tiniebla de Juan Milton.
No oprimirá un odiado laberinto
de triple hierro y fuego doloroso
las atónitas almas de los réprobos.

Tampoco el fondo de los años guarda
un remoto jardín. Dios no requiere
para alegrar los méritos del justo,
orbes de luz, concéntricas teorías
de tronos, potestades, querubines,
ni el espejo ilusorio de la música
ni las profundidades de la rosa
ni el esplendor aciago de uno solo
de Sus tigres, ni la delicadeza
de un ocaso amarillo en el desierto
ni el antiguo, natal sabor del agua.
En Su misericordia no hay jardines
ni luz de una esperanza o de un recuerdo.

En el cristal de un sueño he vislumbrado
el Cielo y el Infierno prometidos:
cuando el Juicio retumbe en las trompetas
últimas y el planeta milenario
sea obliterado y bruscamente cesen

Of Heaven and Hell

The Inferno of God is not in need of
the splendor of fire. When, at the end of things,
Judgment Day resounds on the trumpets
and the earth opens and yields up its entrails
and nations reconstruct themselves from dust
to bow before the unappealable Judgment,
eyes then will not see the nine circles
of the inverted mountain, nor the pale
meadow of perennial asphodels
in which the shadow of the archer follows
the shadow of the deer, eternally,
nor the fiery ditch on the lowest level
of the infernos of the Muslim faith,
antedating Adam and the Fall,
nor the violence of metals, nor even
the almost visible blindness of Milton.
No fearful labyrinth of iron,
no doleful fires of suffering, will oppress
the awestruck spirits of the damned.

Nor does the far point of the years conceal
a secret garden. God does not require,
to celebrate the merits of the good life,
globes of light, concentric theories
of thrones and heavenly powers and cherubim,
nor the beguiling mirror that is music,
nor all the many meanings in a rose,
nor the fateful splendor of a single
one of his tigers, nor the subtleties
of a sunset turning gold in the desert,
nor the immemorial, natal taste of water.
In God's infinite care, there are no gardens,
no flash of hope, no glint of memory.

In the clear glass of a dream, I have glimpsed
the Heaven and Hell that lie in wait for us:
When Judgment Day sounds in the last trumpets
and planet and millennium both
disintegrate, and all at once, O Time,

¡oh Tiempo! tus efímeras pirámides,
los colores y líneas del pasado
definirán en la tiniebla un rostro
durmiente, inmóvil, fiel, inalterable
(tal vez el de la amada, quizá el tuyo)
y la contemplación de ese inmediato
rostro incesante, intacto, incorruptible,
será para los réprobos, Infierno;
para los elegidos, Paraíso.

all your ephemeral pyramids cease to be,
the colors and the lines that trace the past
will in the semidarkness form a face,
a sleeping face, faithful, still, unchangeable
(the face of the loved one, or, perhaps, your own)
and the sheer contemplation of that face—
never-changing, whole, beyond corruption—
will be, for the rejected, an Inferno,
and, for the elected, Paradise.

—A.R.

Poema conjetural

*El doctor Francisco Laprida, asesinado el día
22 de setiembre de 1829 por los montoneros
de Aldao, piensa antes de morir:*

Zumban las balas en la tarde última.
Hay viento y hay cenizas en el viento,
se dispersan el día y la batalla
deforme, y la victoria es de los otros.
Vencen los bárbaros, los gauchos vencen.
Yo, que estudié las leyes y los cánones,
yo, Francisco Narciso de Laprida,
cuya voz declaró la independencia
de estas crueles provincias, derrotado,
de sangre y de sudor manchado el rostro,
sin esperanza ni temor, perdido,
huyo hacia el Sur por arrabales últimos.
Como aquel capitán del Purgatorio
que, huyendo a pie y ensangrentando el llano,
fue cegado y tumbado por la muerte
donde un oscuro río pierde el nombre,
así habré de caer. Hoy es el término.
La noche lateral de los pantanos
me acecha y me demora. Oigo los cascos
de mi caliente muerte que me busca
con jinetes, con belfos y con lanzas.

Yo que anhelé ser otro, ser un hombre
de sentencias, de libros, de dictámenes,
a cielo abierto yaceré entre ciénagas;
pero me endiosa el pecho inexplicable
un júbilo secreto. Al fin me encuentro
con mi destino sudamericano.
A esta ruinosa tarde me llevaba
el laberinto múltiple de pasos
que mis días tejieron desde un día
de la niñez. Al fin he descubierto
la recóndita clave de mis años,
la suerte de Francisco de Laprida,
la letra que faltaba, la perfecta

Conjectural Poem

Francisco Laprida, assassinated on the
22 of September of 1829 by the revolutionaries
from Aldao, reflects before his death:

Bullets whine on that last afternoon.
There is wind; and there is ash on the wind.
Now they subside, the day and the disorder
of battle, victory goes to the others,
to the barbarians. The gauchos win.
I, Francisco Narciso de Laprida,
who studicd law and the civil canon,
whose voice proclaimed the independence
of these harsh provinces, am now defeated,
my face smeared with mingled blood and sweat,
lost, feeling neither hope nor fear,
in flight to the last outposts in the South.
Like that captain in the *Purgatorio*
who, fleeing on foot, leaving a bloodstained trail,
where some dark stream obliterates his name,
so must I fall. This day is the end.
The darkness spreading across the marshes
pursues me and pins me down. I hear the hooves
of my hot-breathing death hunting me down
with horsemen, whinnying, and lances.

I who dreamed of being another man,
well-read, a man of judgment and opinion,
will lie in a swamp under an open sky;
but a secret and inexplicable joy
makes my heart leap. At last I come face to face
with my destiny as a South American.
The complicated labyrinth of steps
that I have traced since one day in my childhood
led me to this disastrous afternoon.
At last I have discovered
the long-hidden secret of my life,
the destiny of Francisco de Laprida,
the missing letter, the key, the perfect form
known only to God from the beginning.

forma que supo Dios desde el principio.
En el espejo de esta noche alcanzo
mi insospechado rostro eterno. El círculo
se va a cerrar. Yo aguardo que así sea.

Pisan mis pies la sombra de las lanzas
que me buscan. Las befas de mi muerte,
los jinetes, las crines, los caballos,
se ciernen sobre mí . . . Ya el primer golpe,
ya el duro hierro que me raja el pecho,
el íntimo cuchillo en la garganta.

In the mirror of this night I come across
my eternal face, unknown to me. The circle
is about to close. I wait for it to happen.

My feet tread on the shadows of the lances
that point me out. The jeering at my death,
the riders, the tossing manes, the horses
loom over me . . . Now comes the first thrust,
now the harsh iron, ravaging my chest,
the knife, so intimate, opening my throat.

—A.R.

Poema del cuarto elemento

El dios a quien un hombre de la estirpe de Atreo
Apresó en una playa que el bochorno lacera,
Se convirtió en león, en dragón, en pantera,
En un árbol y en agua. Porque el agua es Proteo.

Es la nube, la irrecordable nube, es la gloria
Del ocaso que ahonda, rojo, los arrabales;
Es el Maelström que tejen los vórtices glaciales,
Y la lágrima inútil que doy a tu memoria.

Fue, en las cosmogonías, el origen secreto
De la tierra que nutre, del fuego que devora,
De los dioses que rigen el poniente y la aurora.
(Así lo afirman Séneca y Tales de Mileto.)

El mar y la moviente montaña que destruye
A la nave de hierro sólo son tus anáforas,
Y el tiempo irreversible que nos hiere y que huye,
Agua, no es otra cosa que una de tus metáforas.

Fuiste, bajo ruinosos vientos, el laberinto
Sin muros ni ventana, cuyos caminos grises
Largamente desviaron al anhelado Ulises,
A la Muerte segura y al Azar indistinto.

Brillas como las crueles hojas de los alfanjes,
Hospedas, como el sueño, monstruos y pesadillas.
Los lenguajes del hombre te agregan maravillas
Y tu fuga se llama el Éufrates o el Ganges.

(Afirman que es sagrada el agua del postrero,
Pero como los mares urden oscuros canjes
Y el planeta es poroso, también es verdadero
Afirmar que todo hombre se ha bañado en el Ganges.)

De Quincey, en el tumulto de los sueños, ha visto
Empedrarse tu océano de rostros, de naciones;
Has aplacado el ansia de las generaciones,
Has lavado la carne de mi padre y de Cristo.

Poem of the Fourth Element

The god, whom a soldier of the line of Atreus
had cornered on a beach burned by the sun,
changed in turn into lion, dragon, panther,
tree, and then water. For water is Proteus.

It is the unrepeatable cloud, the glory
of the sun setting, staining the outskirts red;
it is the Maelstrom turning the glacial whirlpools,
and the useless tear I let fall in your memory.

In the cosmogonies, it was the secret source
of the nourishing earth and the devouring fire,
of the powers that rule the dawn and the west wind.
(Or so claim Seneca and Thales of Miletus.)

The sea and the shift of mountains that destroys
the ships of iron are only your disguises,
and relentless time, that wounds us and moves on,
only another of your metaphors, Water.

Under laboring winds, you were the labyrinth,
windowless, wall-less, whose gray waterways
for long distracted the forlorn Ulysses,
with certain death and vagaries of chance.

You gleam, like the cruel blades of cutlasses,
you take the forms of dreams, nightmares, monsters.
To you the tongues of men attribute wonders
Your flights are called the Euphrates or the Ganges.

(They claim it is holy, the water of the latter,
but, as the seas work in their secret ways
and the planet is porous, it may still be true
to claim all men have bathed in the Ganges.)

De Quincey, in the tumult of his dreams,
saw your seas strewn with faces and with nations.
You have soothed the anguish of the generations.
You have bathed my father's flesh, and that of Christ.

Agua, te lo suplico. Por este soñoliento
Enlace de numéricas palabras que te digo.
Acuérdate de Borges, tu nadador, tu amigo.
No faltes a mis labios en el postrer momento.

Water, I ask a favor. Through this indolent
arrangement of measured words I speak to you.
Remember Borges, your friend, who swam in you.
Be present to my lips in my last moment.

—A.R.

A un poeta menor de la antología

¿Dónde está la memoria de los días
que fueron tuyos en la tierra, y tejieron
dicha y dolor y fueron para tí el universo?

El río numerable de los años
los ha perdido; eres una palabra en un índice.

Dieron a otros gloria interminable los dioses,
inscripciones y exergos y monumentos y puntuales historiadores;
de ti sólo sabemos, oscuro amigo,
que oíste al ruiseñor, una tarde.

Entre los asfodelos de la sombra, tu vana sombra
pensará que los dioses han sido avaros.

Pero los días son una red de triviales miserias,
¿y habrá suerte mejor que la ceniza
de que está hecho el olvido?

Sobre otros arrojaron los dioses
la inexorable luz de la gloria, que mira las entrañas y enumera las grietas,
de la gloria, que acaba por ajar la rosa que venera;
contigo fueron más piadosos, hermano.

En el éxtasis de un atardecer que no será una noche,
oyes la voz del ruiseñor de Teócrito.

To a Minor Poet of the Greek Anthology

Where now is the memory
of the days that were yours on earth, and wove
joy with sorrow, and made a universe that was your own?

The river of years has lost them
from its numbered current; you are a word in an index.

To others the gods gave glory that has no end:
inscriptions, names on coins, monuments, conscientious historians;
all that we know of you, eclipsed friend,
is that you heard the nightingale one evening.

Among the asphodels of the Shadow, your shade, in its vanity,
must consider the gods ungenerous.

But the days are a web of small troubles,
and is there a greater blessing
than to be the ash of which oblivion is made?

Above other heads the gods kindled
the inexorable light of glory, which peers into the secret parts and discovers
     each separate fault;
glory, that at last shrivels the rose it reveres;
they were more considerate with you, brother.

In the rapt evening that will never be night
you listen without end to Theocritus' nightingale.

—W.S.M.

Página para recordar al coronel Suárez, vencedor en Junín

Qué importan las penurias, el destierro,
la humillación de envejecer, la sombra creciente
del dictador sobre la patria, la casa en el Barrio del Alto
que vendieron sus hermanos mientras guerreaba, los días inútiles
(los días que uno espera olvidar, los días que uno sabe que olvidará),
si tuvo su hora alta, a caballo,
en la visible pampa de Junín como en un escenario para el futuro,
como si el anfiteatro de montañas fuera el futuro.

Qué importa el tiempo sucesivo si en él
hubo una plenitud, un éxtasis, una tarde.

Sirvió trece años en las guerras de América. Al fin la suerte lo llevó al
        Estado Oriental, a campos del Río Negro.
En los atardeceres pensaría
que para él había florecido esa rosa:
la encarnada batalla de Junín, el instante infinito
en que las lanzas se tocaron, la orden que movió la batalla,
la derrota inicial, y entre los fragores
(no menos brusca para él que para la tropa)
su voz gritando a los peruanos que arremetieran,
la luz, el ímpetu y la fatalidad de la carga,
el furioso laberinto de los ejércitos,
la batalla de lanzas en la que no retumbó un solo tiro,
el *godo* que atravesó con el hierro,
la victoria, la felicidad, la fatiga, un principio de sueño,
y la gente muriendo entre los pantanos,
y Bolívar pronunciando palabras sin duda históricas
y el sol ya occidental y el recuperado sabor del agua y del vino,
y aquel muerto sin cara porque la pisó y borró la batalla . . .

Su bisnieto escribe estos versos y una tácita voz
desde lo antiguo de la sangre le llega:
—Qué importa mi batalla de Junín si es una gloriosa memoria,
una fecha que se aprende para un examen o un lugar en el atlas.

A Page to Commemorate Colonel Suárez, Victor at Junín

What do they matter now, the deprivations,
exile, the ignominies of growing old,
the dictator's shadow spreading across the land, the house
in the Barrio del Alto, which his brothers sold while he fought,
the pointless days (days one hopes to forget,
days one knows are forgettable),
when he had at least his burning hour on horseback
on the plateau of Junín, a stage for the future,
as if that mountain stage itself were the future?

What is time's monotony to him, who knew
that fulfillment, that ecstasy, that afternoon?

Thirteen years he served in the Wars of Independence. Then
fate took him to Uruguay, to the banks of the Río Negro.
In the dying afternoons he would think
of his moment which had flowered like a rose—
the crimson battle of Junín, the enduring moment
in which the lances crossed, the order of battle,
defeat at first, and in the uproar
(as astonishing to him as to the army)
his voice urging the Peruvians to the attack,
the thrill, the drive, the decisiveness of the charge,
the seething labyrinth of cavalries,
clash of the lances (not a single shot fired),
the Spaniard he ran through with his spear,
the headiness of victory, exhaustion, drowsiness descending,
and men dying in the marshes,
and Bolívar uttering words earmarked no doubt for history,
and the sun in the west by now, and water and wine
tasted as for the first time, and that dead man
whose face the battle had trampled on and obliterated . . .

His great-grandson is writing these lines,
and a silent voice comes to him out of the past,

La batalla es eterna y puede prescindir de la pompa
de visibles ejércitos con clarines;
Junín son dos civiles que en una esquina maldicen a un tirano,
o un hombre oscuro que se muere en la cárcel.

out of the blood:
"What does my battle at Junín matter if it is only
a glorious memory, or a date learned by rote
for an examination, or a place in the atlas?
The battle is everlasting and can do without
the pomp of actual armies and of trumpets.
Junín is two civilians cursing a tyrant
on a street corner,
or an unknown man somewhere, dying in prison."

—A.R.

Mateo, XXV, 30

El primer puente de Constitución y a mis pies
Fragor de trenes que tejían laberintos de hierro.
Humo y silbatos escalaban la noche,
Que de golpe fue el Juicio Universal. Desde el invisible horizonte
Y desde el centro de mi ser, una voz infinita
Dijo estas cosas (estas cosas, no estas palabras,
Que son mi pobre traducción temporal de una sola palabra):
—Estrellas, pan, bibliotecas orientales y occidentales,
Naipes, tableros de ajedrez, galerías, claraboyas y sótanos,
Un cuerpo humano para andar por la tierra,
Uñas que crecen en la noche, en la muerte,
Sombra que olvida, atareados espejos que multiplican,
Declives de la música, la más dócil de las formas del tiempo.
Fronteras del Brasil y del Uruguay, caballos y mañanas,
Una pesa de bronce y un ejemplar de la Saga de Grettir,
Álgebra y fuego, la carga de Junín en tu sangre,
Días más populosos que Balzac, el olor de la madreselva,
Amor y víspera de amor y recuerdos intolerables,
El sueño como un tesoro enterrado, el dadivoso azar
Y la memoria, que el hombre no mira sin vértigo,
Todo eso te fue dado, y también
El antiguo alimento de los héroes:
La falsía, la derrota, la humillación.
En vano te hemos prodigado el océano,
En vano el sol, que vieron los maravillados ojos de Whitman:
Has gastado los años y te han gastado,
Y todavía no has escrito el poema.

Matthew XXV: 30

And cast ye the unprofitable servant into outer darkness:
there shall be weeping and gnashing of teeth.

The first bridge, Constitution Station. At my feet
the shunting trains trace iron labyrinths.
Steam hisses up and up into the night,
which becomes at a stroke the night of the Last Judgment.

From the unseen horizon
and from the very center of my being,
an infinite voice pronounced these things—
things, not words. This is my feeble translation,
time-bound, of what was a single limitless Word:

"Stars, bread, libraries of East and West,
playing-cards, chessboards, galleries, skylights, cellars,
a human body to walk with on the earth,
fingernails, growing at nighttime and in death,
shadows for forgetting, mirrors busily multiplying,
cascades in music, gentlest of all time's shapes.
Borders of Brazil, Uruguay, horses and mornings,
a bronze weight, a copy of the Grettir Saga,
algebra and fire, the charge at Junín in your blood,
days more crowded than Balzac, scent of the honeysuckle,
love and the imminence of love and intolerable remembering,
dreams like buried treasure, generous luck,
and memory itself, where a glance can make men dizzy—
all this was given to you, and with it
the ancient nourishment of heroes—
treachery, defeat, humiliation.
In vain have oceans been squandered on you, in vain
the sun, wonderfully seen through Whitman's eyes.
You have used up the years and they have used up you,
and still, and still, you have not written the poem."

—A.R.

El Puñal

A Margarita Bunge

En un cajón hay un puñal.

Fue forjado en Toledo, a fines del siglo pasado; Luis Melián Lafinur se lo dio a mi padre, que lo trajo del Uruguay; Evaristo Carriego lo tuvo alguna vez en la mano.

Quienes lo ven tienen que jugar un rato con él; se advierte que hace mucho que lo buscaban; la mano se apresura a apretar la empuñadura que la espera; la hoja obediente y poderosa juega con precisión en la vaina.

Otra cosa quiere el puñal.

Es más que una estructura hecha de metales; los hombres lo pensaron y lo formaron para un fin muy preciso; es, de algún modo, eterno, el puñal que anoche mató a un homre en Tacuarembó y los puñales que mataron a César. Quiere matar, quiere derramar brusca sangre.

En un cajón del escritorio, entre borradores y cartas, interminablemente sueña el puñal su sencillo sueño de tigre, y la mano se anima cuando lo rige porque el metal se anima, el metal que presiente en cada contacto al homicida para quien lo crearon los hombres.

A veces me da lástima. Tanta dureza, tanta fe, tan impasible o inocente soberbia, y los años pasan, inútiles.

The Dagger

A dagger lies in a drawer.

It was forged in Toledo toward the end of last century.
Luis Melián Lafinur gave it to my father, who brought it
from Uruguay. Evaristo Carriego once handled it.

People who catch sight of it cannot resist playing with it,
almost as if they had been looking for it for some time.
The hand eagerly grasps the expectant hilt. The powerful,
passive blade slides neatly into the sheath.

The dagger itself is after something else.

It is more than a thing of metal. Men dreamed it up and fashioned it for
a very precise purpose. In some eternal way, it is the
same dagger that last night killed a man in Tacuarembó,
the same daggers that did Caesar to death. Its will is
to kill, to spill sudden blood.

In a desk drawer, among rough drafts and letters, the dagger
endlessly dreams its simple tiger's dream, and, grasping it,
the hand comes alive because the metal comes alive, sensing
in every touch the killer for whom it was wrought.

Sometimes it moves me to pity. Such force, such purpose,
so impassive, so innocently proud, and the years go past,
uselessly.

—A.R.

Una brújula

A Esther Zemborain de Torres

Todas las cosas son palabras del
Idioma en que Alguien o Algo, noche y día,
Escribe esa infinita algarabía
Que es la historia del mundo. En su tropel

Pasan Cartago y Roma, yo, tú, él.
Mi vida que no entiendo, esta agonía
De ser enigma, azar, criptografía
Y toda la discordia de Babel.

Detrás del nombre hay lo que no se nombra;
Hoy he sentido gravitar su sombra
En esta aguja azul, lúcida y leve.

Que hacia el confín de un mar tiende su empeño,
Con algo de reloj visto en un sueño
Y algo de ave dormida que se mueve.

Un poeta del siglo xiii

Vuelve a mirar los arduos borradores
De aquel primer soneto innominado,
La página arbitraria en que ha mezclado
Tercetos y cuartetos pecadores.

Lima con lenta pluma sus rigores
Y se detiene. Acaso le ha llegado
Del porvenir y de su horror sagrado
Un rumor de remotos ruiseñores.

¿Habrá sentido que no estaba solo
Y que el arcano, el increíble Apolo
Le había revelado un arquetipo,

Un ávido cristal que apresaría
Cuanto la noche cierra o abre el día:
Dédalo, laberinto, enigma, Edipo?

Compass

Every single thing becomes a word
in a language that Someone or Something, night and day,
writes down in a never-ending scribble,
which is the history of the world, embracing

Rome, Carthage, you, me, everyone,
my life, which I do not understand, this anguish
of being enigma, accident, and puzzle,
and all the discordant languages of Babel.

Behind each name lies that which has no name.
Today I felt its nameless shadow tremble
in the blue clarity of the compass needle,

whose rule extends as far as the far seas,
something like a clock glimpsed in a dream
or a bird that stirs suddenly in its sleep.

—A.R.

A Poet of the Thirteenth Century

He looks over the laborious drafts
of that first sonnet (still to be so called),
the random scribbles cluttering the page—
triads, quatrains promiscuously scrawled.
Slowly he smoothes down angularities,
then stops. Has some faint music reached his sense,
notes of far-off nightingales relayed
out of an awesome future ages hence?
Has he realized that he is not alone
and that Apollo, unbelievably arcane,
has made an archetype within him sing—
one crystal-clear and eager to absorb
whatever night conceals or day unveils:
labyrinths, mazes, enigmas, Oedipus King?

—A.S.T.

Un soldado de Urbina

Sospechándose indigno de otra hazaña
Como aquélla en el mar, este soldado,
A sórdidos oficios resignado,
Erraba oscuro por su dura España.

Para borrar o mitigar la saña
De lo real, buscaba lo soñado
Y le dieron un mágico pasado
Los ciclos de Rolando y de Bretaña.

Contemplaría, hundido el sol, el ancho
Campo en que dura un resplandor de cobre;
Se creía acabado, solo y pobre.

Sin saber de qué música era dueño;
Atravesando el fondo de algún sueño.
Por él ya andaban don Quijote y Sancho.

A Soldier of Urbina

Beginning to fear his own unworthiness
for campaigns like the last he fought, at sea,
this soldier, resigning himself to minor duty,
wandered unknown in Spain, his own harsh country.

To get rid of or to mitigate the cruel
weight of reality, he hid his head in dream.
The magic past of Roland and the cycles
of Ancient Britain warmed him, made him welcome.

Sprawled in the sun, he would gaze on the widening
plain, its coppery glow going on and on;
he felt himself at the end, poor and alone,

unaware of the music he was hiding;
plunging deep in a dream of his own,
he came on Sancho and Don Quixote, riding.

—A.R.

Miguel de Cervantes served as an ordinary soldier with the Spanish Army in Italy
under Captain Diego Urbina in the early 1570s.

Límites

De estas calles que ahondan el poniente,
Una habrá (no sé cuál) que he recorrido
Ya por última vez, indiferente
Y sin adivinarlo, sometido

A Quién prefija omnipotentes normas
Y una secreta y rígida medida
A las sombras, los sueños y las formas
Que destejen y tejen esta vida.

Si para todo hay término y hay tasa
Y última vez y nunca más y olvido
¿Quién nos dirá de quién, en esta casa,
Sin saberlo, nos hemos despedido?

Tras el cristal ya gris la noche cesa
Y del alto de libros que una trunca
Sombra dilata por la vaga mesa,
Alguno habrá que no leeremos nunca.

Hay en el Sur más de un portón gastado
Con sus jarrones de mampostería
Y tunas, que a mi paso está vedado
Como si fuera una litografía.

Para siempre cerraste alguna puerta
Y hay un espejo que te aguarda en vano;
La encrucijada te parece abierta
Y la vigila, cuadrifronte, Jano.

Hay, entre todas tus memorias, una
Que se ha perdido irreparablemente;
No te verán bajar a aquella fuente
Ni el blanco sol ni la amarilla luna.

No volverá tu voz a lo que el persa
Dijo en su lengua de aves y de rosas,
Cuando al ocaso, ante la luz dispersa,
Quieras decir inolvidables cosas.

Limits

Of all the streets that blur into the sunset,
there must be one (which, I am not sure)
that I by now have walked for the last time
without guessing it, the pawn of that Someone

who fixes in advance omnipotent laws,
sets up a secret and unwavering scale
for all the shadows, dreams, and forms
woven into the texture of this life.

If there is a limit to all things and a measure
and a last time and nothing more and forgetfulness,
who will tell us to whom in this house
we without knowing it have said farewell?

Through the dawning window night withdraws
and among the stacked books that throw
irregular shadows on the dim table,
there must be one which I will never read.

There is in the South more than one worn gate,
with its cement urns and planted cactus,
which is already forbidden to my entry,
inaccessible, as in a lithograph.

There is a door you have closed forever
and some mirror is expecting you in vain;
to you the crossroads seem wide open,
yet watching you, four-faced, is a Janus.

There is among all your memories one
which has now been lost beyond recall.
You will not be seen going down to that fountain,
neither by white sun nor by yellow moon.

You will never recapture what the Persian
said in his language woven with birds and roses,
when, in the sunset, before the light disperses,
you wish to give words to unforgettable things.

¿Y el incesante Ródano y el lago,
Todo ese ayer sobre el cual hoy me inclino?
Tan perdido estará como Cartago
Que con fuego y con sal borró el latino.

Creo en el alba oír un atareado
Rumor de multitudes que se alejan;
Son lo que me ha querido y olvidado;
Espacio y tiempo y Borges ya me dejan.

And the steadily-flowing Rhone and the lake,
all that vast yesterday over which today I bend?
They will be as lost as Carthage,
scourged by the Romans with fire and salt.

At dawn I seem to hear the turbulent
murmur of crowds milling and fading away;
they are all I have been loved by, forgotten by;
space, time, and Borges now are leaving me.

—A.R.

Baltasar Gracián

Laberintos, retruécanos, emblemas,
Helada y laboriosa nadería,
Fue para este jesuita la poesía,
Reducida por él a estratagemas.

No hubo música en su alma; sólo un vano
Herbario de metáforas y argucias
Y la veneración de las astucias
Y el desdén de lo humano y sobrehumano.

No lo movió la antigua voz de Homero
Ni esa, de plata y luna, de Virgilio:
No vio al fatal Edipo en el exilio
Ni a Cristo que se muere en un madero.

A las claras estrellas orientales
Que palidecen en la vasta aurora,
Apodó con palabra pecadora
Gallinas de los campos celestiales.

Tan ignorante del amor divino
Como del otro que en las bocas arde,
Lo sorprendió la Pálida una tarde
Leyendo las estrofas del Marino.

Su destino ulterior no está en la historia;
Librado a las mudanzas de la impura
Tumba el polvo que ayer fue su figura,
El alma de Gracián entró en la gloria.

¿Qué habrá sentido al contemplar de frente
Los Arquetipos y los Esplendores?
Quizá lloró y se dijo: Vanamente
Busqué alimento en sombras y en errores.

¿Qué sucedió cuando el inexorable
Sol de Dios, La Verdad, mostró su fuego?
Quizá la luz de Dios lo dejó ciego
En mitad de la gloria interminable.

Baltasar Gracián

Labyrinths, symbols, all the tricks of language,
a cold and overintricate nothingness—
that, for this Jesuit, was poetry,
reduced by him to verbal stratagem.

He had no music in him, only a vain
herbal of metaphors and sophistries,
a worship of agility, and also
disdain for all things, human and superhuman.

He was not touched by the ancient voice of Homer
nor by the moon-and-silver tones of Virgil;
he did not see doomed Oedipus in exile,
nor Christ, dying on a wooden cross.

The bright stars gathered in the eastern sky,
losing their brightness in the spread of dawn,
he nicknamed, in a questionable phrase,
"Chickens of the celestial countryside."

As ignorant of love of the divine
as of that other love that burns in bodies,
the Pale One started him one afternoon
as he was reading the poems of El Marino.

His later destiny is not recorded.
The dust that formed him finally delivered
to the corrosive changes of the tomb,
the soul of Gracián entered into glory.

What did he feel in coming face to face
with all the Archetypes and Heavenly Hosts?
Perhaps he wept, and told himself "In vain
I fed myself on shadows and on errors."

What happened when at last the inexorable
Sun of God, the Truth, unveiled its fire?
Perhaps the light of Heaven left him blinded
there in the midst of that unending glory.

Sé de otra conclusión. Dado a sus temas
Minúsculos, Gracián no vio la gloria
Y sigue resolviendo en la memoria
Laberintos, retruécanos y emblemas.

I have another ending. Lost in his trivia,
Gracián never even noticed Heaven
and keeps reworking in his memory
labyrinths, symbols, all the tricks of language.

—A.R.

Baltasar Gracián (1601–1658), Jesuit philosopher and writer, was renowned for the epigrammatic concentration of his writing in such works as the *Agudeza y arte de ingenio* and the *Oráculo manual y arte de prudencia.*

Un sajón (449 A.D.)

Ya se había hundido la encorvada luna;
Lento en el alba el hombre rubio y rudo
Pisó con receloso pie desnudo
La arena minuciosa de la duna.

Más allá de la pálida bahía,
Blancas tierras miró y negros alcores,
En esa hora elemental del día
En que Dios no ha creado los colores.

Era tenaz. Obraron su fortuna
Remos, redes, arado, espada, escudo;
La dura mano que guerreaba pudo
Grabar con hierro una porfiada runa.

De una tierra de ciénagas venía
A ésta que roen los pesados mares;
Sobre él se abovedaba como el día
El Destino, y también sobre sus lares,

Woden o Thunor, que con torpe mano
Engalanó de trapos y de clavos
Y en cuyo altar sacrificó al arcano
Caballos, perros, pájaros y esclavos.

Para cantar memorias o alabanzas
Amonedaba laboriosos nombres:
La guerra era el encuentro de los hombres
Y también el encuentro de las lanzas.

Su mundo era de magias en los mares,
De reyes y de lobos y del Hado
Que no perdona y del horror sagrado
Que hay en el corazón de los pinares.

Traía las palabras esenciales
De una lengua que el tiempo exaltaría
A música de Shakespeare: noche, día,
Agua, fuego, colores y metales,

A Saxon (A.D. 449)

By now it had gone down, the sickle moon;
Slowly in the dawn the man, blond and blunt,
Trod with a tentative bare foot
The fine and shifting sand grains of the dune.

Far off, beyond the pallor of the bay,
His eye took in blank lowlands and dark hills
In that first waking moment of the day
When God has not yet brought to light the colors.

He was dogged. His survival counted on
His oars and nets, his plough, his sword, his shield;
The hand that was hard in battle still was able
To carve with iron point a stubborn rune.

He came from a land of tidal swamp and marsh
To one eroded by relentless seas;
Destiny towered above him like the arch
Of the day, and over his household deities,

Woden or Thunor, whom with clumsy hand
He garlanded with rags and iron nails,
And on whose altar he would offer up
His animals—horses, dogs, fowls—and slaves.

To give a voice to memories or hymns
He coined laborious names and metaphors;
War was a coming face to face of men,
A crossing of swords, a colloquy of spears.

His world was one of wonders on the seas,
Of kings and wolves and an impervious Fate
Which grants no pardon, and of fearful spells
Lurking in the black heart of the pine wood.

He brought with him the elemental words
Of a language that in time would flower
In Shakespeare's harmonies: night, day,
Water, fire, words for metals and colors,

Hambre, sed, amargura, sueño, guerra,
Muerte y los otros hábitos humanos;
En arduous montes y en abiertos llanos,
Sus hijos engendraron a Inglaterra.

Hunger, thirst, bitterness, sleep, fighting,
Death, and other grave concerns of men;
On broad meadows and in tangled woodland
The sons he bore brought England into being.

—A.R.

The Venerable Bede gives the year A.D. 449 as the date of the first Norse invasions of Britain.

El golem

Si (como el griego afirma en el Cratilo)
El nombre es arquetipo de la cosa,
En las letras de *rosa* está la rosa
Y todo el Nilo en la palabra *Nilo*.

Y, hecho de consonantes y vocales,
Habrá un terrible Nombre, que la esencia
Cifre de Dios y que la Omnipotencia
Guarde en letras y sílabas cabales.

Adán y las estrellas lo supieron
En el Jardín. La herrumbre del pecado
(Dicen los cabalistas) lo ha borrado
Y las generaciones lo perdieron.

Los artificios y el candor del hombre
No tienen fin. Sabemos que hubo un día
En que el pueblo de Dios buscaba el Nombre
En las vigilias de la judería.

No a la manera de otras que una vaga
Sombra insinúan en la vaga historia,
Aún está verde y viva la memoria
De Judá León, que era rabino en Praga.

Sediento de saber lo que Dios sabe,
Judá León se dio a permutaciones
De letras y a complejas variaciones
Y al fin pronunció el Nombre que es la Clave,

La Puerta, el Eco, el Huésped y el Palacio,
Sobre un muñeco que con torpes manos
Labró, para enseñarle los arcanos
De las Letras, del Tiempo y del Espacio.

El simulacro alzó los soñolientos
Párpados y vio formas y colores
Que no entendió, perdidos en rumores
Y ensayó temerosos movimientos.

The Golem

If, as the Greek maintains in the *Cratylus,*
a name is the archetype of a thing,
the rose is in the letters that spell rose
and the Nile entire resounds in its name's ring.

So, composed of consonants and vowels,
there must exist one awe-inspiring word
that God inheres in—that, when spoken, holds
Almightiness in syllables unslurred.

Adam knew it in the Garden, so did the stars.
The rusty work of sin, so the cabbalists say,
obliterated it completely;
no generation has found it to this day.

The cunning and naïveté of men
are limitless. We know there came a time
when God's people, searching for the Name,
toiled in the ghetto, matching rhyme to rhyme.

One memory stands out, unlike the rest—
dim shapes always fading from time's dim log.
Still fresh and green the memory persists
of Judah León, a rabbi once in Prague.

Thirsty to know things only known to God,
Judah León shuffled letters endlessly,
trying them out in subtle combinations
till at last he uttered the Name that is the Key,

the Gate, the Echo, the Landlord, and the Mansion,
over a dummy which, with fingers wanting grace,
he fashioned, thinking to teach it the arcana
of Words and Letters and of Time and Space.

The simulacrum lifted its drowsy lids
and, much bewildered, took in color and shape
in a floating world of sounds. Following this,
it hesitantly took a timid step.

Gradualmente se vio (como nosotros)
Aprisionado en esta red sonora
De Antes, Después, Ayer, Mientras, Ahora,
Derecha, Izquierda, Yo, Tú, Aquellos, Otros.

(El cabalista que ofició de numen
A la vasta criatura apodó Golem;
Estas verdades las refiere Scholem
En un docto lugar de su volumen.)

El rabí le explicaba el universo
"Esto es mi pie; esto el tuyo; esto la soga."
Y logró, al cabo de años, que el perverso
Barriera bien o mal la sinagoga.

Tal vez hubo un error en la grafía
O en la articulación del Sacro Nombre;
A pesar de tan alta hechicería,
No aprendió a hablar el aprendiz de hombre.

Sus ojos, menos de hombre que de perro
Y harto menos de perro que de cosa,
Seguían al rabí por la dudosa
Penumbra de las piezas del encierro.

Algo anormal y tosco hubo en el Golem,
Ya que a su paso el gato del rabino
Se escondía. (Ese gato no está en Scholem
Pero, a través del tiempo, lo adivino.)

Elevando a su Dios manos filiales,
Las devociones de su Dios copiaba
O, estúpido y sonriente, se ahuecaba
En cóncavas zalemas orientales.

El rabí lo miraba con ternura
Y con algún horror. ¿*Cómo* (se dijo)
Pude engendrar este penoso hijo
Y la inacción dejé, que es la cordura?

¿Por qué di en agregar a la infinita
Serie un símbolo más? ¿Por qué a la vana

Little by little it found itself, like us,
caught in the reverberating weft
of After, Before, Yesterday, Meanwhile, Now,
You, Me, Those, the Others, Right and Left.

That cabbalist who played at being God
gave his spacey offspring the nickname Golem.
(In a learned passage of his volume,
these truths have been conveyed to us by Scholem.)

To it the rabbi would explain the universe—
"This is my foot, this yours, this is a clog"—
year in, year out, until the spiteful thing
rewarded him by sweeping the synagogue.

Perhaps the sacred name had been misspelled
or in its uttering been jumbled or too weak.
The potent sorcery never took effect:
man's apprentice never learned to speak.

Its eyes, less human than doglike in their look,
and even less a dog's than eyes of a thing,
would follow every move the rabbi made
about a confinement always gloomy and dim.

Something coarse and abnormal was in the Golem,
for the rabbi's cat, as soon as it moved about,
would run off and hide. (There's no cat in Scholem
but across the gulf of time I make one out.)

Lifting up to its God its filial hands,
it aped its master's devotions—even the least—
or, with a stupid smile, would bend far over
in concave salaams the way men do in the East.

The rabbi watched it fondly and not a little
alarmed as he wondered: "How could I bring
such a sorry creature into this world
and give up my leisure, surely the wisest thing?

What made me supplement the endless series
of symbols with one more? Why add in vain

Madeja que en lo eterno se devana,
Di otra causa, otro efecto y otra cuita?

En la hora de angustia y de luz vaga,
En su Golem los ojos detenía.
¿Quién nos dirá las cosas que sentia
Dios, al mirar a su rabino en Praga?

to the knotty skein always unraveling
another cause and effect, with not one gain?"

In his hour of anguish and uncertain light,
upon his Golem his eyes would come to rest.
Who is to say what God must have been feeling,
Looking down and seeing His rabbi so distressed?

—A.S.T.

Una rosa y Milton

De las generaciones de las rosas
Que en el fondo del tiempo se han perdido
Quiero que una se salve del olvido,
Una sin marca o signo entre las cosas
Que fueron. El destino me depara
Este don de nombrar por vez primera
Esa flor silenciosa, la postrera
Rosa que Milton acercó a su cara,
Sin verla. Oh tú bermeja o amarilla
O blanca rosa de un jardín borrado,
Deja mágicamente tu pasado
Inmemorial y en este verso brilla,
Oro, sangre o marfil o tenebrosa
Como en sus manos, invisible rosa.

Lectores

De aquel hidalgo de cetrina y seca
Tez y de heroico afán se conjetura
Que, en víspera perpetua de aventura,
No salió nunca de su biblioteca.
La crónica puntual que sus empeños
Narra y sus tragicómicos desplantes
Fue soñada por él, no por Cervantes,
Y no es más que una crónica de sueños.
Tal es también mi suerte. Sé que hay algo
Inmortal y esencial que he sepultado
En esa biblioteca del pasado
En que leí la historia del hidalgo.
Las lentas hojas vuelve un niño y grave
Sueña con vagas cosas que no sabe.

A Rose and Milton

From all the generations of past roses,
Disintegrated in the depths of time,
I want one to be spared oblivion—
One unexceptional rose from all the things
that once existed. Destiny allows me
The privilege of choosing, this first time,
That silent flower, the very final rose
That Milton held before his face, but could
Not see. O rose, vermilion or yellow
Or white, from some obliterated garden,
Your past existence magically lasts
And glows forever in this poetry,
Gold or blood-covered, ivory or shadowed,
As once in Milton's hands, invisible rose.

—A.R.

Readers

Of that gentleman with the sallow, dry complexion
and knightly disposition, they conjecture
that, always on the edge of an adventure,
he never actually left his library.
The precise chronicle of his campaigning
and all its tragicomical reversals
was dreamed by him and not by Cervantes
and is no more than a record of his dreaming.
Such is also my luck. I know there is something
essential and immortal that I have buried
somewhere in that library of the past
in which I read the story of that knight.
The slow leaves now recall a solemn child
who dreams vague things he does not understand.

—A.R.

Juan, I, 14

Refieren las historias orientales
La de aquel rey del tiempo, que sujeto
A tedio y esplendor, sale en secreto
Y solo, a recorrer los arrabales
Y a perderse en la turba de las gentes
De rudas manos y de oscuros nombres;
Hoy, como aquel Emir de los Creyentes,
Harún, Dios quiere andar entre los hombres
Y nace de una madre, como nacen
Los linajes que en polvo se deshacen,
Y le será entregado el orbe entero,
Aire, agua, pan, mañanas, piedra y lirio,
Pero después la sangre del martirio,
El escarnio, los clavos y el madero.

El despertar

Entra la luz y asciendo torpemente
De los sueños al sueño compartido
Y las cosas recobran su debido
Y esperado lugar y en el presente
Converge abrumador y vasto el vago
Ayer: las seculares migraciones
Del pájaro y del hombre, las legiones
Que el hierro destrozó, Roma y Cartago.
Vuelve también la cotidiana historia:
Mi voz, mi rostro, mi temor, mi suerte.
¡Ah, si aquel otro despertar, la muerte,
Me deparara un tiempo sin memoria
De mi nombre y de todo lo que he sido!
¡Ah, si en esa mañana hubiera olvido!

John I:14

The oriental histories tell a tale
Of a bored king in ancient times who, fraught
With tedium and splendor, went uncaught
And secretly around the slums to sail
Amid the crowds and lose himself in their
Peasant rough hands, their humble obscure names;
Today, like that Muslim Harum, Emeer
Of the true faithful, God decides to claim
His place on earth, born of a mother in
A lineage that will dissolve in bones,
And the whole world will have its origin
With him: air, water, bread, mornings, stones,
Lily. But soon the blood of martydom,
The curse, the heavy spikes, the beams. Then numb.

—W.B.

Waking Up

Daylight leaks in, and sluggishly I surface
from my own dreams into the common dream
and things assume again their proper places
and their accustomed shapes. Into this present
the Past intrudes, in all its dizzying range—
the centuries-old habits of migration
in birds and men, the armies in their legions
all fallen to the sword, and Rome and Carthage.

The trappings of my day also come back:
my voice, my face, my nervousness, my luck.
If only Death, that other waking-up,
would grant me a time free of all memory
of my own name and all that I have been!
If only morning meant oblivion!

—A.R.

A quien ya no es joven

Ya puedes ver el trágico escenario
Y cada cosa en el lugar debido;
La espada y la ceniza para Dido
Y la moneda para Belisario.
¿A qué sigues buscando en el brumoso
Bronce de los hexámetros la guerra
Si están aquí los siete pies de tierra,
La brusca sangre y el abierto foso?
Aquí te acecha el insondable espejo
Que soñará y olvidará el reflejo
De tus postrimerías y agonías.
Ya te cerca lo último. Es la casa
Donde tu lenta y breve tarde pasa
Y la calle que ves todos los días.

Alexander Selkirk

Sueño que el mar, el mar aquél, me encierra
Y del sueño me salvan las campanas
De Dios, que santifican las mañanas
De estos íntimos campos de Inglaterra.
Cinco años padecí mirando eternas
Cosas de soledad y de infinito,
Que ahora son esa historia que repito,
Ya como una obsesión, en las tabernas.
Dios me ha devuelto al mundo de los hombres,
A espejos, puertas, números y nombres,
Y ya no soy aquél que eternamente
Miraba el mar y su profunda estepa
¿Y cómo haré para que ese otro sepa
Que estoy aquí, salvado, entre mi gente?

To One No Longer Young

Already you can see the tragic setting
And each thing there in its appointed place;
The broadsword and the ash destined for Dido,
The coin ready for Belisarius.
Why do you go on searching in the hazy
Bronze of old hexameters for war
When seven feet of ground wait for you here,
The sudden rush of blood, the open grave?
Here watching you is the inscrutable glass
that will dream up and then forget the face
Of all your dwindling days, your agonies.
The last one now draws near. It is the house
In which your slow, brief evening comes to pass
And the street that you look at every day.

—A.R.

Alexander Selkirk

I dream the sea, that sea, surrounding me,
And from the dream I'm rescued by the bells
Of God, which bless and sanctify the mornings
Of these domesticated English fields.
Five years I suffered, looking at eternal
Images of infinity and solitude,
Which have become that story I repeat
Now, like an obsession, in the pubs.
God has returned me to the world of men,
To mirrors and doors and numbers and names,
And I am no longer he who eternally
Looked at the sea and its deep barren plain.
But now what shall I do so it may find
That I am here, and safe, among my kind?

—S.K.

The experiences of the once-marooned sailor Alexander Selkirk (1676–1721) were sources for Daniel Defoe's *Robinson Crusoe*.

Odisea, libro vigésimo tercero

Ya la espada de hierro ha ejecutado
La debida labor de la venganza;
Ya los ásperos dardos y la lanza
La sangre del perverso han prodigado.
A despecho de un dios y de sus mares
A su reino y su reina ha vuelto Ulises,
A despecho de un dios y de los grises
Vientos y del estrépito de Ares.
Ya en el amor del compartido lecho
Duerme la clara reina sobre el pecho
De su rey pero ¿dónde está aquel hombre
Que en los días y noches del destierro
Erraba por el mundo como un perro
Y decía que Nadie era su nombre?

A un poeta menor de 1899

Dejar un verso para la hora triste
Que en el confín del día nos acecha,
Ligar tu nombre a su doliente fecha
De oro y de vaga sombra. Éso quisiste.
¡Con qué pasión, al declinar el día,
Trabajarías el extraño verso
Que, hasta la dispersión del universo,
La hora de extraño azul confirmaría!
No sé si lo lograste ni siquiera,
Vago hermano mayor, si has existido,
Pero estoy solo y quiero que el olvido
Restituya a los días tu ligera
Sombra para este ya cansado alarde
De unas palabras en que esté la tarde.

Odyssey, Book Twenty-three

Now has the rapier of iron wrought
The work of justice, and revenge is done.
Now spear and arrows, pitiless every one,
Have made the blood of insolence run out.
For all a god and all his seas could do
Ulysses has returned to realm and queen.
For all a god could do, and the gray-green
Gales and Ares' murderous hullabaloo.
Now in the love of their own bridal bed
The shining queen has fallen asleep, her head
Upon her king's breast. Where is that man now
Who in his exile wandered night and day
Over the world like a wild dog, and would say
His name was No One, No One, anyhow?

—R.F.

To a Minor Poet of 1899

To leave a verse concerning the sad hour
That awaits us at the limit of the day,
To bind your name to its sorrowful date
Of gold and of vague shade. That's what you wanted.
With what passion as the day drew to its close
You labored on and on at the strange verse
That, until the universe disperses,
Would confirm the hour of the strange blue!
I do not know if ever you succeeded
Nor, vague elder brother, if you existed,
But I am alone and want oblivion
To restore your fleeting shade to the days
In the supreme already worn-out effort
Of words wherein the evening may yet be.

—C.T.

Texas

Aquí también. Aquí, como en el otro
Confín del continente, el infinito
Campo en que muere solitario el grito;
Aquí también el indio, el lazo, el potro.
Aquí también el pájaro secreto
Que sobre los fragores de la historia
Canta para una tarde y su memoria;
Aquí también el místico alfabeto
De los astros, que hoy dictan a mi cálamo
Nombres que el incesante laberinto
De los días no arrastra: San Jacinto
Y esas otras Termópilas, el Alamo.
Aquí también esa desconocida
Y ansiosa y breve cosa que es la vida.

Composición escrita en un ejemplar de la gesta de Beowulf

A veces me pregunto qué razones
Me mueven a estudiar sin esperanza
De precisión, mientras mi noche avanza,
La lengua de los ásperos sajones.
Gastada por los años la memoria
Deja caer la en vano repetida
Palabra y es así como mi vida
Teje y desteje su cansada historia.
Será (me digo entonces) que de un modo
Secreto y suficiente el alma sabe
Que es inmortal y que su vasto y grave
Círculo abarca todo y puede todo.
Más allá de este afán y de este verso
Me aguarda inagotable el universo.

Texas

Here too. Here as at the other edge
Of the hemisphere, an endless plain
Where a man's cry dies a lonely death.
Here too the Indian, the lasso, the wild horse.
Here too the bird that never shows itself,
That sings for the memory of one evening
Over the rumblings of history;
Here too the mystic alphabet of stars
Leading my pen over the page to names
Not swept aside in the continual
Labyrinth of days: San Jacinto
And that other Thermopylae, the Alamo.
Here too the never understood,
Anxious, and brief affair that is life.

—M.S.

Poem Written in a Copy of <i>Beowulf</i>

At various times I have asked myself what reasons
moved me to study while my night came down,
without particular hope of satisfaction,
the language of the blunt-tongued Anglo-Saxons.
Used up by the years my memory
loses its grip on words that I have vainly
repeated and repeated. My life in the same way
weaves and unweaves its weary history.
Then I tell myself: it must be that the soul
has some secret sufficient way of knowing
that it is immortal, that its vast encompassing
circle can take in all, accomplish all.
Beyond my anxiety and beyond this writing
the universe waits, inexhaustible, inviting.

—A.R.

A una espada en York minster

En su hierro perdura el hombre fuerte,
Hoy polvo de planeta, que en las guerras
De ásperos mares y arrasadas tierras
Lo esgrimió, vano al fin, contra la muerte.
Vana también la muerte. Aquí está el hombre
Blanco y feral que de Noruega vino,
Urgido por el épico destino;
Su espada es hoy su imagen y su nombre.
Pese a la larga muerte y su destierro,
La mano atroz sigue oprimiendo el hierro
Y soy sombra en la sombra ante el guerrero
Cuya sombra está aquí. Soy un instante
Y el instante ceniza, no diamante,
Y sólo lo pasado es verdadero.

Emanuel Swedenborg

Más alto que los otros, caminaba
Aquel hombre lejano entre los hombres;
Apenas si llamaba por sus nombres
Secretos a los ángeles. Miraba
Lo que no ven los ojos terrenales:
La ardiente geometría, el cristalino
Edificio de Dios y el remolino
Sórdido de los goces infernales.
Sabía que la Gloria y el Averno
En tu alma están y sus mitologías;
Sabía, como el griego, que los días
Del tiempo son espejos del Eterno.
En árido latín fue registrando
Últimas cosas sin por qué ni cuándo.

To a Sword at York Minster

The strong man in its iron still lives on,
Now changed to planet dust who once in wars
On the rough seas and in the flattened fields
Brandished it, at last in vain, at death.
Vain, even death itself. Here is the man
Who white and feral out of Norway came
Urged forward by an epic destiny;
His sword is now his image and his name.
In spite of his long death and his exile,
The inhuman hand clutches the iron still.
And I am shade within a shade before him
Whose shade is here. I am a single instant
And the instant ashes and not diamond,
And only what is past is what is real.

—C.T.

Emanuel Swedenborg

He loomed above the others when he walked,
That man who was remote among good men;
By secret names he called them when he talked
To angels. When he gazed beyond his pen,
He saw what earthly eyes can never look upon:
Burning geometry, the crystal dome
Of God, and the disgusting whirlwind home
Of those infernal joys nourished each dawn.
He knew that Glory and the gate of Hell
And their mythologies live in your soul.
He knew, like Heraclitus, that one day
Of time's a mirror of eternity,
And in dry Latin found the final role
Of things whose why or when he wouldn't tell.

—W.B.

Jonathan Edwards
(1703–1785)

Lejos de la ciudad, lejos del foro
Clamoroso y del tiempo, que es mudanza,
Edwards, eterno ya, sueña y avanza
A la sombra de árboles de oro.
Hoy es mañana y es ayer. No hay una
Cosa de Dios en el sereno ambiente
Que no lo exalte misteriosamente,
El oro de la tarde o de la luna.
Piensa feliz que el mundo es un eterno
Instrumento de ira y que el ansiado
Cielo para unos pocos fue creado
Y casi para todos el infierno.
En el centro puntual de la maraña
Hay otro prisionero, Dios, la Araña.

Emerson

Ese alto caballero americano
Cierra el volumen de Montaigne y sale
En busca de otro goce que no vale
Menos, la tarde que ya exalta el llano.
Hacia el hondo poniente y su declive,
Hacia el confín que ese poniente dora,
Camina por los campos como ahora
Por la memoria de quien esto escribe.
Piensa: Leí los libros esenciales
Y otros compuse que el oscuro olvido
No ha de borrar. Un dios me ha concedido
Lo que es dado saber a los mortales.
Por todo el continente anda mi nombre;
No he vivido. Quisiera ser otro hombre.

Jonathan Edwards
(1703–1785)

Far from the marketplace, the city's roar,
from mutating time, eternal now at last,
Jonathan Edwards dreams and makes his way
through shadows trees of golden foliage cast.
Today is tomorrow and yesterday.
In God's cloudless cosmos all things hold
Him in exaltation mysteriously,
the gold of evening and the moon of gold.
Blissful, he thinks the world an everlasting
instrument of God's wrath, the heaven all seek
reserved for the happy few whom God acquits,
the lot of everyone else the fires of hell.
In the very center of the tangled web
another prisoner, God the Spider, sits.

—A.S.T.

Emerson

Closing the heavy volume of Montaigne,
The tall New Englander goes out
Into an evening which exalts the fields.
It is a pleasure worth no less than reading.
He walks toward the final sloping of the sun,
Toward the landscape's gilded edge;
He moves through darkening fields as he moves now
Through the memory of the one who writes this down.
He thinks: I have read the essential books
And written others which oblivion
Will not efface. I have been allowed
That which is given mortal man to know.
The whole continent knows my name.
I have not lived. I want to be someone else.

—M.S.

Camden, 1892

El olor del café y de los periódicos.
El domingo y su tedio. La mañana
Y en la entrevista página esa vana
Publicación de versos alegóricos
De un colega feliz. El hombre viejo
Está postrado y blanco en su decente
Habitación de pobre. Ociosamente
Mira su cara en el cansado espejo.
Piensa, ya sin asombro, que esa cara
Es él. La distraída mano toca
La turbia barba y la saqueada boca.
No está lejos el fin. Su voz declara:
Casi no soy, pero mis versos ritman
La vida y su esplendor. Yo fui Walt Whitman.

Paris, 1856

La larga postración lo ha acostumbrado
A anticipar la muerte. Le daría
Miedo salir al clamoroso día
Y andar entre los hombres. Derribado,
Enrique Heine piensa en aquel río,
El tiempo, que lo aleja lentamente
De esa larga penumbra y del doliente
Destino de ser hombre y ser judío.
Piensa en las delicadas melodías
Cuyo instrumento fue, pero bien sabe
Que el trino no es del árbol ni del ave
Sino del tiempo y de sus vagos días.
No han de salvarte, no, tus ruiseñores,
Tus noches de oro y tus cantadas flores.

Camden, 1892

The smell of coffee and the newspapers.
Sunday and its lassitudes. The morning,
and on the adjoining page, that vanity—
the publication of allegorical verses
by a fortunate fellow poet. The old man
lies on a white bed in his sober room,
a poor man's habitation. Languidly
he gazes at his face in the worn mirror.
He thinks, beyond astonishment now: *that man
is me,* and absentmindedly his hand
touches the unkempt beard and the worn-out mouth.
The end is close. He mutters to himself:
I am almost dead, but still my poems retain
life and its wonders. I was once Walt Whitman.

— A.R.

Paris, 1856

The long prostration has accustomed him
To anticipate his death. His concrete dread
Is going out of doors into the whim
Of day to walk about with friends. Ravaged,
Heinrich Heine thinks about that river
Of time that slowly moves away into
That lingering penumbra and the bitter
Hurt destiny of being a man and Jew.
He thinks about exquisite melodies
Whose instrument he was, and yet he knows
The trilling doesn't come from trees or birds
But time and from the days' slim vagaries.
And yet your nightingales won't save you, no,
Nor nights of gold and flowers sung in your words.

— W.B.

Los enigmas

Yo que soy el que ahora está cantando
Seré mañana el misterioso, el muerto,
El morador de un mágico y desierto
Orbe sin antes ni después ni cuándo.
Así afirma la mística. Me creo
Indigno del Infierno o de la Gloria,
Pero nada predigo. Nuestra historia
Cambia como las formas de Proteo.
¿Qué errante laberinto, qué blancura
Ciega de resplandor será mi suerte,
Cuando me entregue el fin de esta aventura
La curiosa experiencia de la muerte?
Quiero beber su cristalino Olvido,
Ser para siempre; pero no haber sido.

El instante

¿Dónde estarán los siglos, dónde el sueño
De espadas que los tártaros soñaron,
Dónde los fuertes muros que allanaron,
Dónde el Árbol de Adán y el otro Leño?
El presente está solo. La memoria
Erige el tiempo. Sucesión y engaño
Es la rutina del reloj. El año
No es menos vano que la vana historia.
Entre el alba y la noche hay un abismo
De agonías, de luces, de cuidados;
El rostro que se mira en los gastados
Espejos de la noche no es el mismo.
El hoy fugaz es tenue y es eterno;
Otro Cielo no esperes, ni otro Infierno.

The Enigmas

I who am singing these lines today
Will be tomorrow the enigmatic corpse
Who dwells in a realm, magical and barren,
Without a before or an after or a when.
So say the mystics. I say I believe
Myself undeserving of Heaven or of Hell,
But make no predictions. Each man's tale
Shifts like the watery forms of Proteus.
What errant labyrinth, what blinding flash
Of splendor and glory shall become my fate
When the end of this adventure presents me with
The curious experience of death?
I want to drink its crystal-pure oblivion,
To be forever; but never to have been.

—J.U.

The Instant

Where are the centuries, where is the dream
of sword-strife that the Tartars entertained,
where are the massive ramparts that they flattened?
Where is the wood of the Cross, the Tree of Adam?

The present is singular. It is memory
that sets up time. Both succession and error
come with the routine of the clock. A year
is no less vanity than is history.

Between dawn and nightfall is an abyss
of agonies, felicities, and cares.
The face that looks back from the wasted mirrors,
the mirrors of night, is not the same face.
The fleeting day is frail and is eternal:
expect no other Heaven, no other Hell.

—A.R.

1964

I

Ya no es mágico el mundo. Te han dejado.
Ya no compartirás la clara luna
Ni los lentos jardines. Ya no hay una
Luna que no sea espejo del pasado,
Cristal de soledad, sol de agonías.
Adiós las mutuas manos y las sienes
Que acercaba el amor. Hoy sólo tienes
La fiel memoria y los desiertos días.
Nadie pierde (repites vanamente)
Sino lo que no tiene y no ha tenido
Nunca, pero no basta ser valiente
Para aprender el arte del olvido.
Un símbolo, una rosa, te desgarra
Y te puede matar una guitarra.

II

Ya no seré feliz. Tal vez no importa.
Hay tantas otras cosas en el mundo;
Un instante cualquiera es más profundo
Y diverso que el mar. La vida es corta
Y aunque las horas son tan largas, una
Oscura maravilla nos acecha,
La muerte, ese otro mar, esa otra flecha
Que nos libra del sol y de la luna
Y del amor. La dicha que me diste
Y me quitaste debe ser borrada;
Lo que era todo tiene que ser nada.
Sólo me queda el goce de estar triste.
Esa vana costumbre que me inclina
Al Sur, a cierta puerta, a cierta esquina.

1964

I

It is not magic now, the world. Alone,
you will not share the clarity of moonlight
or the placid gardens. Now there will be no moon
that is not a reflection of the past,
mirror of solitude, a sun of sorrow.
Goodbye now to the touch of hands and bodies
that love brought close together. Now you have only
your loyal memories and the empty days.
We only lose (you vainly tell yourself)
what we do not have, what we have never had.
But, to learn the fine art of forgetting,
it is not enough to put on a brave face.
Some sign—a rose—can tear the heart from you
and a chord on a guitar can do you in.

II

I will not be happy now. It may not matter.
There are so many more things in the world.
Any random instant is as crowded
and varied as the sea. A life is brief,
and though the hours seem long, there is another
dark mystery that lies in wait for us
—death, that other sea, that other arrow
that frees us from the sun, the moon, and love.
The happiness you gave me once and later
took back from me will be obliterated.
That which was everything must turn to nothing.
I only keep the taste of my own sadness
and a vain urge that turns me to the Southside,
to a certain corner there, a certain door.

—A.R.

El forastero

Despachadas las cartas y el telegrama,
camina por las calles indefinidas
y advierte leves diferencias que no le importan
y piensa en Aberdeen o en Leyden,
más vívidas para él que este laberinto
de líneas rectas, no de complejidad,
donde lo lleva el tiempo de un hombre
cuya verdadera vida está lejos.
En una habitación numerada
se afeitará después ante un espejo
que no volverá a reflejarlo
y le parecerá que ese rostro
es más inescrutable y más firme
que el alma que lo habita
y que a lo largo de los años lo labra.
Se cruzará contigo en una calle
y acaso notarás que es alto y gris
y que mira las cosas.
Una mujer indiferente
le ofrecerá la tarde y lo que pasa
del otro lado de unas puertas. El hombre
piensa que olvidará su cara y recordará,
años después, cerca del Mar del Norte,
la persiana o la lámpara.
Esa noche, sus ojos contemplarán
en un rectángulo de formas que fueron,
al jinete y su épica llanura,
porque el Far West abarca el planeta
y se espeja en los sueños de los hombres
que nunca lo han pisado.
En la numerosa penumbra, el desconocido
se creerá en su ciudad
y lo sorprenderá salir a otra,
de otro lenguaje y de otro cielo.
Antes de la agonía,
el infierno y la gloria nos están dados;
andan ahora por esta ciudad, Buenos Aires,
que para el forastero de mi sueño
(el forastero que yo he sido bajo otros astros)
es una serie de imprecisas imágenes
hechas para el olvido.

The Stranger

The letters and the telegrams once sent,
he wanders through the indeterminate streets,
noticing oddities of no importance,
thinking perhaps of Aberdeen or Leyden,
more real to him than this labyrinthine grid
of crossing streets, with no complexities,
wherever it leads him, loose time of a man
whose real life lies elsewhere, and far away.
Later, in a numbered room somewhere,
he will shave himself, looking in a mirror
that will not ever reflect his face again,
and it will seem to him that that same face
looks more inscrutable and more decisive
than the spirit that inhabits it,
the being that fashions it across the years.
At some point he will pass you in the street.
Perhaps you will notice he is tall and gray,
and looks closely at things. Offhandedly,
a woman offers him her afternoon
and all that comes to pass behind closed doors.
He is sure he will forget her, but remembers
years afterwards, on the edge of the North Sea,
the shutters and the lamp from that same room.
Later that night, his eyes will contemplate
the shifting forms on a rectangular screen
of horsemen on their legendary plains,
for legends of the West enfold this planet
and find reflection in the dreams of men
who never have been there.
In the crowding twilight, the anonymous man,
believing himself to be in his own city,
will be amazed to emerge into another,
a different language, and an alien sky.
Before our final agony,
we are granted agonies and ecstasies;
both abound in this city, Buenos Aires,
which for the stranger walking in my dream
(the stranger I have been under other stars)
is a series of unfocused images
made for forgetting.

—A.R.

A quien está leyéndome

Eres invulnerable. ¿No te han dado
Los númenes que rigen tu destino
Certidumbre de polvo? ¿No es acaso
Tu irreversible tiempo el de aquel río
En cuyo espejo Heráclito vio el símbolo
De su fugacidad? Te espera el mármol
Que no leerás. En él ya están escritos
La fecha, la ciudad y el epitafio.
Sueños del tiempo son también los otros,
No firme bronce ni acendrado oro;
El universo es, como tú, Proteo.
Sombra, irás a la sombra que te aguarda
Fatal en el confín de tu jornada;
Piensa que de algún modo ya estás muerto.

To Whoever Is Reading Me

You are invulnerable. Have they not granted you,
those powers that preordain your destiny,
the certainty of dust? Is not your time
as irreversible as that same river
where Heraclitus, mirrored, saw the symbol
of fleeting life? A marble slab awaits you
which you will not read—on it, already written,
the date, the city, and the epitaph.
Other men too are only dreams of time,
not indestructible bronze or burnished gold;
the universe is, like you, a Proteus.
Dark, you will enter the darkness that awaits you,
doomed to the limits of your traveled time.
Know that in some sense you are already dead.

                                        —A.R.

El alquimista

Lento en el alba un joven que han gastado
La larga reflexión y las avaras
Vigilias considera ensimismado
Los insomnes braseros y alquitaras.

Sabe que el oro, ese Proteo, acecha
Bajo cualquier azar, como el destino;
Sabe que está en el polvo del camino,
En el arco, en el brazo y en la flecha.

En su oscura visión de un ser secreto
Que se oculta en el astro y en el lodo,
Late aquel otro sueño de que todo
Es agua, que vio Tales de Mileto.

Otra visión habrá; la de un eterno
Dios cuya ubicua faz es cada cosa,
Que explicará el geométrico Spinoza
En un libro más arduo que el Averno . . .

En los vastos confines orientales
Del azul palidecen los planetas,
El alquimista piensa en las secretas
Leyes que unen planetas y metales.

Y mientras cree tocar enardecido
El oro aquél que matará la Muerte.
Dios, que sabe de alquimia, lo convierte
En polvo, en nadie, en nada y en olvido.

The Alchemist

Slow in the dawn, a young man, hollow-eyed
from lengthy thought and unrewarding vigils,
is lost in his reflections, contemplating
the sleepless braziers and the silent stills.

He knows that gold, that Proteus, is lurking
in all chance happenings, like destiny;
he knows it hides in the dust along the way,
in the action of the bow, the arm, the arrow.

His occult vision of a secret being
hidden in the stars and in raw earth
echoes that other dream, that everything
is water, the dream of Thales of Miletus.

There's another vision, that of an eternal
God who appears in every single thing,
as Spinoza the geometer explains
in a book more tortuous than all of Hell.

In the vast blue expanses to the west,
the planets are beginning to grow pale.
The alchemist is thinking of his secrets,
the secret laws that link planet and metal.

And while he dreams of finding in the fire
that true gold that will put an end to dying,
God, who knows His alchemy, transforms him
to no one, nothing, dust, oblivion.

—A.R.

Alguien

Un hombre trabajado por el tiempo,
un hombre que ni siquiera espera la muerte
(las pruebas de la muerte son estadísticas
y nadie hay que no corra el albur
de ser el primer inmortal),
un hombre que ha aprendido a agradecer
las modestas limosnas de los días:
el sueño, la rutina, el sabor del agua,
una no sospechada etimología,
un verso latino o sajón,
la memoria de una mujer que lo ha abandonado
hace ya tantos años
que hoy puede recordarla sin amargura,
un hombre que no ignora que el presente
ya es el porvenir y el olvido,
un hombre que ha sido desleal
y con el que fueron desleales,
puede sentir de pronto, al cruzar la calle,
una misteriosa felicidad
que no viene del lado de la esperanza
sino de una antigua inocencia,
de su propia raíz o de un dios disperso.

Sabe que no debe mirarla de cerca,
porque hay razones más terribles que tigres
que le demostrarán su obligación
de ser un desdichado,
pero humildemente recibe
esa felicidad, esa ráfaga.

Quizá en la muerte para siempre seremos,
cuando el polvo sea polvo,
esa indescifrable raíz,
de la cual para siempre crecerá,
ecuánime o atroz,
nuestro solitario cielo o infierno.

Someone

A man worn down by time,
a man who does not even expect death
(the proofs of death are statistics
and everyone runs the risk
of being the first immortal),
a man who has learned to express thanks
for the days' modest alms:
sleep, routine, the taste of water,
an unsuspected etymology,
a Latin or Saxon verse,
the memory of a woman who left him
thirty years ago now
whom he can call to mind without bitterness,
a man who is aware that the present
is both future and oblivion,
a man who has betrayed
and has been betrayed,
may feel suddenly, when crossing the street,
a mysterious happiness
not coming from the side of hope
but from an ancient innocence,
from his own root or from some diffused god.

He knows better than to look at it closely,
for there are reasons more terrible than tigers
which will prove to him
that wretchedness is his duty,
but he accepts humbly
this felicity, this glimmer.

Perhaps in death when the dust
is dust, we will be forever
this undecipherable root,
from which will grow forever,
serene or horrible,
our solitary heaven or hell.

—W.S.M.

Everness

Sólo una cosa no hay. Es el olvido.
Dios, que salva el metal, salva la escoria
Y cifra en Su profética memoria
Las lunas que serán y las que han sido.
Ya todo está. Los miles de reflejos
Que entre los dos crepúsculos del día
Tu rostro fue dejando en los espejos
Y los que irá dejando todavía.
Y todo es una parte del diverso
Cristal de esa memoria, el universo;
No tienen fin sus arduos corredores
Y las puertas se cierran a tu paso;
Sólo del otro lado del ocaso
Verás los Arquetipos y Esplendores.

Edipo y el enigma

Cuadrúpedo en la aurora, alto en el día
Y con tres pies errando por el vano
Ámbito de la tarde, así veía
La eterna esfinge a su inconstante hermano,
El hombre, y con la tarde un hombre vino
Qué descifró aterrado en el espejo
De la monstruosa imagen, el reflejo
De su declinación y su destino.
Somos Edipo y de un eterno modo
La larga y triple bestia somos, todo
lo que seremos y lo que hemos sido.
Nos aniquilaría ver la ingente
Forma de nuestro ser; piadosamente
Dios nos depara sucesión y olvido.

Everness

One thing alone does not exist—oblivion.
God, who saves the metal, saves the dross
and stores in his prophetic memory
moons that have still to come, moons that have shone.
Everything is there. The thousands of reflections
which between the dawn and the twilight
your face has left behind in many mirrors
and those faces it will go on leaving yet.
And everything is part of that diverse
and mirroring memory, the universe;
there is no end to its exigent corridors
and the doors that close behind you as you go;
only the far side of the sunset's glow
will show you at last the Archetypes and Splendors.

—A.R.

Oedipus and the Enigma

Four-footed at dawn, in the daytime tall,
and wandering three-legged down the hollow
reaches of evening: thus did the sphinx,
the eternal one, regard his restless fellow,
mankind; and at evening came a man
who, terror-struck, discovered as in a mirror
his own decline set forth in the monstrous image,
his destiny, and felt a chill of terror.
We are Oedipus and everlastingly
we are the long tripartite beast; we are
all that we were and will be, nothing less.
It would destroy us to look steadily
at our full being. Mercifully God grants us
the ticking of the clock, forgetfulness.

—A.S.T.

Spinoza

Las traslúcidas manos del judío
Labran en la penumbra los cristales
Y la tarde que muere es miedo y frío.
(Las tardes a las tardes son iguales.)
Las manos y el espacio de jacinto
Que palidece en el confín del Ghetto
Casi no existen para el hombre quieto
Que está soñando un claro laberinto.
No lo turba la fama, ese reflejo
De sueños en el sueño de otro espejo,
Ni el temeroso amor de las doncellas.
Libre de la metáfora y del mito
Labra un arduo cristal: el infinito
Mapa de Aquél que es todas Sus estrellas.

Spinoza

Here in the twilight the translucent hands
Of the Jew polishing the crystal glass.
The dying afternoon is cold with bands
Of fear. Each day the afternoons all pass
The same. The hands and space of hyacinth
Paling in the confines of the ghetto walls
Barely exists for the quiet man who stalls
There, dreaming up a brilliant labyrinth.
Fame doesn't trouble him (that reflection of
Dreams in the dream of another mirror), nor love,
The timid love women. Gone the bars,
He's free, from metaphor and myth, to sit
Polishing a stubborn lens: the infinite
Map of the One who now is all His stars.

—W.B.

Elegía

Oh destino el de Borges,
haber navegado por los diversos mares del mundo
o por el único y solitario mar de nombres diversos,
haber sido una parte de Edimburgo, de Zürich, de las dos Córdobas,
de Colombia y de Texas,
haber regresado, al cabo de cambiantes generaciones,
a las antiguas tierras de su estirpe,
a Andalucía, a Portugal y a aquellos condados
donde el sajón guerreó con el danés y mezclaron sus sangres,
haber errado por el rojo y tranquilo laberinto de Londres,
haber envejecido en tantos espejos,
haber buscado en vano la mirada de mármol de las estatuas,
haber examinado litografías, enciclopedias, atlas,
haber visto las cosas que ven los hombres,
    la muerte, el torpe amanecer, la llanura
y las delicadas estrellas,
y no haber visto nada o casi nada
sino el rostro de una muchacha de Buenos Aires,
un rostro que no quiere que lo recuerde.
Oh destino de Borges, tal vez no más extraño que el tuyo.

Bogotá, 1963.

Elegy

Oh destiny of Borges—
to have traversed the various seas of the world
or the same solitary sea under various names,
to have been part of Edinburgh, Zurich, the two Córdobas,
Colombia, and Texas,
to have gone back across the generations
to the ancient lands of forebears,
to Andalucía, to Portugal, to those shires
where Saxon fought with Dane, mingling bloods,
to have wandered the red and peaceful maze of London,
to have grown old in so many mirrors,
to have tried in vain to catch the marble eyes of statues,
to have studied lithographs, encyclopedias, atlases,
to have witnessed the things that all men witness—
death, the weight of dawn, the endless plain
and the intricacy of the stars,
and to have seen nothing, or almost nothing
but the face of a young girl in Buenos Aires,
a face that does not want to be remembered.
Oh destiny of Borges, perhaps no stranger than yours.

—A.R.

Adam cast forth

¿Hubo un Jardín o fue el Jardín un sueño?
Lento en la vaga luz, me he preguntado.
Casi como un consuelo, si el pasado
De que este Adán, hoy mísero, era dueño,
No fue sino una mágica impostura
De aquel Dios que soñé. Ya es impreciso
En la memoria el claro Paraíso,
Pero yo sé que existe y que perdura.
Aunque no para mí. La terca tierra
Es mi castigo y la incestuosa guerra
De Caínes y Abeles y su cría.
Y, sin embargo, es mucho haber amado.
Haber sido feliz, haber tocado
El viviente Jardín, siquiera un día.

Adam Cast Forth

The Garden—was it real or was it dream?
Slow in the hazy light, I have been asking,
Almost as a comfort, if the past
Belonging to this now unhappy Adam
Was nothing but a magic fantasy
Of that God I dreamed. Now it is imprecise
In memory, that lucid paradise,
But I know it exists and will persist
Though not for me. The unforgiving earth
Is my affliction, and the incestuous wars
Of Cains and Abels and their progeny.
Nevertheless, it means much to have loved,
To have been happy, to have laid my hand on
The living Garden, even for one day.

—A.R.

A una moneda

Fría y tormentosa la noche que zarpé de Montevideo.
Al doblar el Cerro,
tiré desde la cubierta más alta
una moneda que brilló y se anegó en las aguas barrosas,
una cosa de luz que arrebataron el tiempo y la tiniebla.
Tuve la sensación de haber cometido un acto irrevocable,
de agregar a la historia del planeta
dos series incesantes, paralelas, quizá infinitas:
mi destino, hecho de zozobra, de amor y de vanas vicisitudes
y el de aquel disco de metal
que las aguas darían al blando abismo
o a los remotos mares que aún roen
despojos del sajón y del viking.
A cada instante de mi sueño o de mi vigilia
corresponde otro de la ciega moneda.
A veces he sentido remordimiento
y otras envidia,
de ti que estás, como nosotros, en el tiempo y su laberinto
y que no lo sabes.

To a Coin

Cold and stormy the night I sailed from Montevideo.
As we rounded the Cerro,
I threw from the upper deck
a coin that glinted and winked out in the muddy water,
a gleam of light swallowed by time and darkness.
I felt I had committed an irrevocable act,
adding to the history of the planet
two endless series, parallel, possibly infinite:
my own destiny, formed from anxieties, love and futile upsets
and that of that metal disk
carried away by the water to the quiet depths
or to far-off seas that still wear down
the leavings of Saxon and Viking.
Any moment of mine, asleep or wakeful,
matches a moment of the sightless coin's.
At times I have felt remorse,
at others, envy
of you, existing, as we do, in time and its labyrinth,
but without knowing it.

—A.R.

Oda escrita en 1966

Nadie es la patria. Ni siquiera el jinete
Que, alto en el alba de una plaza desierta,
Rige un corcel de bronce por el tiempo,
Ni los otros que miran desde el mármol,
Ni los que prodigaron su bélica ceniza
Por los campos de América
O dejaron un verso o una hazaña
O la memoria de una vida cabal
En el justo ejercicio de los días.
Nadie es la patria. Ni siquiera los símbolos.

Nadie es la patria. Ni siquiera el tiempo
Cargado de batallas, de espadas y de éxodos
Y de la lenta población de regiones
Que lindan con la aurora y el ocaso,
Y de rostros que van envejeciendo
En los espejos que se empañan
Y de sufridas agonías anónimas
Que duran hasta el alba
Y de la telaraña de la lluvia
Sobre negros jardines.

La patria, amigos, es un acto perpetuo
Como el perpetuo mundo. (Si el Eterno
Espectador dejara de soñarnos
Un solo instante, nos fulminaría,
Blanco y brusco relámpago, Su olvido.)
Nadie es la patria, pero todos debemos
Ser dignos del antiguo juramento
Que prestaron aquellos caballeros
De ser lo que ignoraban, argentinos,
De ser lo que serían por el hecho
De haber jurado en esa vieja casa.
Somos el porvenir de esos varones,
La justificación de aquellos muertos;
Nuestro deber es la gloriosa carga
Que a nuestra sombra legan esas sombras
Que debemos salvar.

Ode Written in 1966

No one is the homeland. Not even the rider
High in the dawn in the empty square,
Who guides a bronze steed through time,
Nor those others who look out from marble,
Nor those who squandered their martial ash
Over the plains of America
Or left a verse or an exploit
Or the memory of a life fulfilled
In the careful exercise of their duties.
No one is the homeland. Nor are the symbols.

No one is the homeland. Not even time
Laden with battles, swords, exile after exile,
And with the slow peopling of regions
Stretching into the dawn and the sunset,
And with faces growing older
In the darkening mirrors,
And with anonymous agonies endured
All night until daybreak,
And with the cobweb of rain
Over black gardens.

The homeland, friends, is a continuous act
As the world is continuous. (If the Eternal
Spectator were to cease for one instant
To dream us, the white sudden lightning
Of his oblivion would burn us up.)
No one is the homeland, but we should all
Be worthy of that ancient oath
Which those gentlemen swore—
To be something they didn't know, to be Argentines;
To be what they would be by virtue
Of the oath taken in that old house.
We are the future of those men,
The justification of those dead.
Our duty is the glorious burden
Bequeathed to our shadow by those shadows;
It is ours to save.

Nadie es la patria, pero todos lo somos.
Arda en mi pecho y en el vuestro, incesante,
Ese límpido fuego misterioso.

No one is the homeland—it is all of us.
May that clear, mysterious fire burn
Without ceasing, in my breast and yours.

—W.S.M.

El sueño

Si el sueño fuera (como dicen) una
Tregua, un puro reposo de la mente,
¿Por qué, si te despiertan bruscamente,
Sientes que te han robado una fortuna?
¿Por qué es tan triste madrugar? La hora
Nos despoja de un don inconcebible,
Tan íntimo que sólo es traducible
En un sopor que la vigilia dora
De sueños, que bien pueden ser reflejos
Truncos de los tesoros de la sombra,
De un orbe intemporal que no se nombra
Y que el día deforma en sus espejos.
¿Quién serás esta noche en el oscuro
Sueño, del otro lado de su muro?

El mar

Antes que el sueño (o el terror) tejiera
Mitologías y cosmogonías,
Antes que el tiempo se acuñara en días,
El mar, el siempre mar, ya estaba y era.
¿Quién es el mar? ¿Quién es aquel violento
Y antiguo ser que roe los pilares
De la tierra y es uno y muchos mares
Y abismo y resplandor y azar y viento?
Quien lo mira lo ve por vez primera.
Siempre. Con el asombro que las cosas
Elementales dejan, las hermosas
Tardes, la luna, el fuego de una hoguera.
¿Quién es el mar, quién soy? Lo sabré el día
Ulterior que sucede a la agonía.

Dream

If dreaming really were a kind of truce
(as people claim), a sheer repose of mind,
why then if you should waken up abruptly,
do you feel that something has been stolen from you?
Why should it be so sad, the early morning?
It robs us of an inconceivable gift,
so intimate it is only knowable
in a trance which the nightwatch gilds with dreams,
dreams that might very well be reflections,
fragments from the treasure-house of darkness,
from the timeless sphere that does not have a name,
and that the day distorts in its mirrors.
Who will you be tonight in your dreamfall
into the dark, on the other side of the wall?

—A.R.

The Sea

Before our human dream (or terror) wove
Mythologies, cosmogonies, and love,
Before time coined its substance into days,
The sea, the always sea, existed: was.
Who is the sea? Who is that violent being,
Violent and ancient, who gnaws the foundations
Of earth? He is both one and many oceans;
He is abyss and splendor, chance and wind.
Who looks on the sea, sees it the first time,
Every time, with the wonder distilled
From elementary things—from beautiful
Evenings, the moon, the leap of a bonfire.
Who is the sea, and who am I? The day
That follows my last agony shall say.

—J.U.

Una mañana de 1649

Carlos avanza entre su pueblo. Mira
A izquierda y a derecha. Ha rechazado
Los brazos de la escolta. Liberado
De la necesidad de la mentira,
Sabe que hoy va a la muerte, no al olvido,
Y que es un rey. La ejecución lo espera;
La mañana es atroz y verdadera.
No hay temor en su carne. Siempre ha sido,
A fuer de buen tahúr, indiferente.
Ha apurado la vida hasta las heces;
Ahora está solo entre la armada gente.
No lo infama el patíbulo. Los jueces
No son el Juez. Saluda levemente
Y sonríe. Lo ha hecho tantas veces.

A un poeta sajón

La nieve de Nortumbria ha conocido
Y ha olvidado la huella de tus pasos
Y son innumerables los ocasos
Que entre nosotros, gris hermano, han sido.
Lento en la lenta sombra labrarías
Metáforas de espadas en los mares
Y del horror que mora en los pinares
Y de la soledad que traen los días.
¿Dónde buscar tus rasgos y tu nombre?
Ésas son cosas que el antiguo olvido
Guarda. Nunca sabré cómo habrá sido
Cuando sobre la tierra fuiste un hombre.
Seguiste los caminos del destierro;
Ahora sólo eres tu cantar de hierro.

A Morning of 1649

Charles comes out among his people, looks
Both left and right. Already he has waived
The attendance of an escort. Liberated
From need of lies, he knows this very day
He goes to death, but not to oblivion—
That he is a king. The execution waits;
The morning is both terrible and true.
There is no shiver in his body. He,
Like a good gambler, has always been
Aloof. And he has drunk life to the lees.
Now he moves singly in an armed mob.
The block does not dishonor him. The judges
Are not the Judge. Lightly he nods his head
And smiles. He has done it now so many times.

—A.R.

To a Saxon Poet

The snowfalls of Northumbria have known
And have forgotten the imprint of your feet,
And numberless are the suns that now have set
Between your time and mine, my ghostly kinsman.
Slow in the growing shadows you would fashion
Metaphors of swords on the great seas
And of the horror lurking in the pine trees
And of the loneliness the days brought in.
Where can your features and your name be found?
These are things buried in oblivion.
Now I shall never know how it must have been
For you as a living man who walked his ground.
Exiled, you wandered through your lonely ways.
Now you live only in your iron lays.

—A.R.

Al hijo

No soy yo quien te engendra. Son los muertos.
Son mi padre, su padre y sus mayores;
Son los que un largo dédalo de amores
Trazaron desde Adán y los desiertos
De Caín y de Abel, en una aurora
Tan antigua que ya es mitología,
Y llegan, sangre y médula, a este día
Del porvenir, en que te engendro ahora.
Siento su multitud. Somos nosotros
Y, entre nosotros, tú y los venideros
Hijos que has de engendrar. Los postrimeros
Y los del rojo Adán. Soy esos otros,
También. La eternidad está en las cosas
Del tiempo, que son formas presurosas.

To the Son

It was not I who begot you. It was the dead—
my father, and his father, and their forebears,
all those who through a labyrinth of loves
descend from Adam and the desert wastes
of Cain and Abel, in a dawn so ancient
it has become mythology by now,
to arrive, blood and marrow, at this day
in the future, in which I now beget you.
I feel their multitudes. They are who we are,
and you among us, you and the sons to come
that you will beget. The latest in the line
and in red Adam's line. I too am those others.
Eternity is present in the things
of time and its impatient happenings.

—A.R.

Para las seis cuerdas
For Six Strings

(1965)

¿Dónde se habrán ido?

Según su costumbre, el sol
Brilla y muere, muere y brilla
Y en el patio, como ayer,
Hay una luna amarilla,
Pero el tiempo, que no ceja,
Todas las cosas mancilla—
Se acabaron los valientes
Y no han dejado semilla.

¿Dónde están los que salieron
A libertar las naciones
O afrontaron en el Sur
Las lanzas de los malones?
¿Dónde están los que a la guerra
Marchaban en batallones?
¿Dónde están los que morían
En otras revoluciones?

—No se aflija. En la memoria
De los tiempos venideros
También nosotros seremos
Los tauras y los primeros.

El ruin será generoso
Y el flojo será valiente:
No hay cosa como la muerte
Para mejorar la gente.

¿Dónde está la valerosa
Chusma que pisó esta tierra,
La que doblar no pudieron
Perra vida y muerte perra,
Los que en el duro arrabal
Vivieron como en la guerra,
Los Muraña por el Norte
Y por el Sur los Iberra?

¿Qué fue de tanto animoso?
¿Qué fue de tanto bizarro?

Where Can They Have Gone?

In keeping with its custom, the sun
Sparkles and wanes, sparkles and wanes
And in the patio, like the night
Before, a yellow moon obtains,
But subtle time, which won't relent,
Affects all matter with its stains—
The valiant have disappeared
And left no hope. No seed remains.

Where are the ones who took their leave
To liberate the struggling nations
Or in the South defied the lances
Of Indian raids and conflagrations?
Where are those who marched off to war
In regiments, in strict formations?
Where are they now, who gave their deaths
To other worthy revolutions?

—Do not despair. In memory
Of uninaugurated years
We too will be uplifted as
Protectors and as pioneers.

The pettiest will be generous
And the most craven will be brave:
Nothing improves a reputation
Like confinement to a grave.

What has become of the intrepid
Masses who stepped upon this earth,
Who would not be encumbered by
Death's bitter end, life's bitter berth,
The ones who lived as though at war
At the hard edge, in comfort's dearth,
The poor Iberras of the South
And the Murañas of the North?

What has become of so much spirit?
What has become of so many heroes?

A todos los gastó el tiempo,
A todos los tapa el barro.
Juan Muraña se olvidó
Del cadenero y del carro
Y ya no sé si Moreira
Murió en Lobos o en Navarro.

—No se aflija. En la memoria . . .

All lie beneath the mud and clay,
All spent by infinite tomorrows.
Juan Muraña forgot about
The shackle-bearer and the barrow
And I no longer know if Moreira
Died in Lobos or Navarro.

—Do not despair. In memory . . .

—E.M.

Milonga de Manuel Flores

Manuel Flores va a morir.
Eso es moneda corriente;
Morir es una costumbre
Que sabe tener la gente.

Y sin embargo me duele
Decirle adiós a la vida,
Esa cosa tan de siempre,
Tan dulce y tan conocida.

Miro en el alba mis manos,
Miro en las manos las venas;
Con extrañeza las miro
Como si fueran ajenas.

Vendrán los cuatro balazos
Y con los cuatro el olvido;
Lo dijo el sabio Merlín:
Morir es haber nacido.

¡Cuánta cosa en su camino
Estos ojos habrán visto!
Quién sabe lo que verán
Después que me juzgue Cristo.

Manuel Flores va a morir.
Eso es moneda corriente;
Morir es una costumbre
Que sabe tener la gente.

Milonga of Manuel Flores

Manuel Flores is doomed to die.
That's as sure as your money.
Dying is a custom
well-known to many.

But even so, it pains me
to say goodbye to living,
that state so well-known now,
so sweet, so solid-seeming.

I look at my hand in the dawning.
I look at the veins contained there.
I look at them in amazement
as I would look at a stranger.

Tomorrow comes the bullet,
oblivion descending.
Merlin the magus said it:
being born has an ending.

So much these eyes have seen,
such things, such places!
Who knows what they will see
when I've been judged by Jesus.

Manuel Flores is doomed to die.
That's as sure as your money.
Dying is a custom
well-known to many.

—A.R.

Un cuchillo en el norte

Allá por el Maldonado,
Que hoy corre escondido y ciego,
Allá por el barrio gris
Que cantó el pobre Carriego,

Tras una puerta entornada
Que da al patio de la parra,
Donde las noches oyeron
El amor de la guitarra,

Habrá un cajón y en el fondo
Dormirá con duro brillo,
Entre esas cosas que el tiempo
Sabe olvidar, un cuchillo.

Fue de aquel Saverio Suárez,
Por más mentas el Chileno,
Que en garitos y elecciones
Probó siempre que era bueno.

Los chicos, que son el diablo,
Lo buscarán con sigilo
Y probarán en la yema
Si no se ha mellado el filo.

Cuántas veces habrá entrado
En la carne de un cristiano
Y ahora está arrumbado y solo,
A la espera de una mano,

Que es polvo. Tras el cristal
Que dora un sol amarillo,
A través de años y casas,
Yo te estoy viendo, cuchillo.

A Blade in the Northside

Down there along the Maldonado
That today runs blind and hidden,
Down there in the gray barrio
That poor Carriego has sung and written,

Beyond a door that is half open
And looks upon the grapevine arbor,
Where the long evenings listened to
A lone guitar's delighted ardor,

Will be a box, and at the bottom,
With a rough luster that does not fade,
Will sleep, among those things that time
Has learned how to forget, a blade.

It belonged to that Saverio Suárez,
Better known as el Chileno,
Who always proved himself the best
In the election and casino.

The little boys, who are the devil,
Will look for it when they are not watched
And try its metal in the yolk
For places where the edge is notched.

How many times it must have slipped
Into a Christian's mortal breast
And now it lies alone, neglected,
And waiting for a desperate fist,

Which is dust. Behind the glass
That has been lent a golden hue
By a yellow sun, through years and houses,
Blade, I am beholding you.

—E.M.

Milonga de Don Nicanor Paredes

Venga un rasgueo y ahora,
Con el permiso de ustedes,
Le estoy cantando, señores,
A don Nicanor Paredes.

No lo vi rígido y muerto
Ni siquiera lo vi enfermo;
Lo veo con paso firme
Pisar su feudo, Palermo.

El bigote un poco gris
Pero en los ojos el brillo
Y cerca del corazón
El bultito del cuchillo.

El cuchillo de esa muerte
De la que no le gustaba
Hablar; alguna desgracia
De cuadreras o de taba.

De atrio, más bien. Fue caudillo,
Si no me marra la cuenta,
Allá por los tiempos bravos
Del ochocientos noventa.

Lacia y dura la melena
Y aquel empaque de toro;
La chalina sobre el hombro
Y el rumboso anillo de oro.

Entre sus hombres había
Muchos de valor sereno;
Juan Muraña y aquel Suárez
Apellidado el Chileno.

Cuando entre esa gente mala
Se armaba algún entrevero
Él lo paraba de golpe,
De un grito o con el talero.

Milonga of Don Nicanor Paredes

Let the chords commence and now,
Most humbly, I will present
My song to Don Nicanor Paredes,*
Gentlemen, with your assent.

I did not see him stiff and dead,
Not even withering and gaunt.
I see him walking with firm tread
Across Palermo, his first haunt.

The mustache graying at the ends,
But in the eyes a youthful vigor,
And, kept forever near the heart,
The little bundle of the dagger.

The dagger of that mysterious death
He carried with him, some disgrace
Of which he did not care to speak;
A game of bones or luckless race.

Of the courtyard, shall we say.
He was, or so the story goes,
A local boss there in the wild
Nineteenth century's mortal throes.

Black and thick, the suit of clothes
And the long, heavy mane of hair;
The poncho pulled across his shoulder,
The pompous gold ring he would wear.

There were many of cool courage
Among his infamous companions;
That Suarez, whom the people called
El Chileno, and Juan Muraña.

When among those reckless spirits
Some skirmish suddenly broke out
He stopped it with a single blow,
With a horsewhip or a shout.

Varón de ánimo parejo
En la buena o en la mala;
"En casa del jabonero
El que no cae se rafala."

Sabía contar sucedidos,
Al compás de la vihuela,
De las casas de Junín
Y de las carpas de Adela.

Ahora está muerto y con él
Cuánta memoria se apaga
De aquel Palermo perdido
Del baldío y de la daga.

Ahora está muerto y me digo:
¿Qué hará usted, don Nicanor,
En un cielo sin caballos
Ni envido, retruco y flor?

A man of balanced disposition
Through every strait and circumstance.
"In the house of the soapmaker
Those who don't fall learn how to dance."

To rhythmic playing, he could tell
Stories of the things he had seen
Beneath the awnings of Adela
And in the brothels of Junín.

Now he is dead, and with his death
Such memories have been put to rest
Of lost Palermo, its sad lots,
And of the dagger at his breast.

Now he is dead and I ask aloud:
What will you do, Don Nicanor,
In a heaven where no horses run,
Where there is no debt, no stake, no score?

—E.M.

*Don Nicanor Parodes was the most powerful *candillo* of the Palermo neighborhood where Borges spent his childhood and early adolescence.

Milonga de Albornoz

Alguien ya contó los días,
Alguien ya sabe la hora,
Alguien para Quien no hay
Ni premuras ni demora.

Albornoz pasa silbando
Una milonga entrerriana;
Bajo el ala del chambergo
Sus ojos ven la mañana,

La mañana de este día
Del ochocientos noventa;
En el bajo del Retiro
Ya le han perdido la cuenta

De amores y de trucadas
Hasta el alba y de entreveros
A fierro con los sargentos,
Con propios y forasteros.

Se la tienen bien jurada
Más de un taura y más de un pillo;
En una esquina del Sur
Lo está esperando un cuchillo.

No un cuchillo sino tres,
Antes de clarear el día,
Se le vinieron encima
Y el hombre se defendía.

Un acero entró en el pecho
Ni se le movió la cara;
Alejo Albornoz murió
Como si no le importara.

Pienso que le gustaría
Saber que hoy anda su historia
En una milonga. El tiempo
Es olvido y es memoria.

Milonga of Albornoz

Someone has counted the hours,
Someone knows the day,
Someone impervious
to hurry or delay.

Whistling a local milonga,
Albornoz sidles by.
Under the brim of his black hat,
morning is in his eye.

The morning of this day.
1890, or so.
On the borders of Retiro
they have lost count by now

of his loves and his games of truco
lasting till dawn, and the dangers—
knife fights with army sergeants,
with his own kind, and with strangers.

More than one thug and crony
has sworn to end his life.
In some corner of the Southside
it waits for him, the knife.

Not one knife but three.
The day had barely dawned
when they faced him, three of them,
and the man took his stand.

A knife thrust found his heart.
His face gave nothing away.
Alejo Albornoz died
as something everyday.

I think that it would please him
that they still tell his story
in a milonga. For time
is both loss and memory.

—A.R.

Alejo Albornoz was a local hoodlum who died in a knifefight around 1902.

Elogio de la sombra
In Praise of Darkness

(1969)

Prólogo

Sin proponérmelo al principio, he consagrado mi ya larga vida a las letras, a la cátedra, al ocio, a las tranquilas aventuras del diálogo, a la filología, que ignoro, al misterioso hábito de Buenos Aires y a las perplejidades que no sin alguna soberbia se llaman metafísica. Tampoco le ha faltado a mi vida la amistad de unos pocos, que es lo que importa. Creo no tener un solo enemigo o, si los hubo, nunca me lo hicieron saber. La verdad es que nadie puede herirnos salvo la gente que queremos. Ahora, a los setenta años de mi edad (la frase es de Whitman), doy a la prensa este quinto libro de versos.

Carlos Frías me ha sugerido que aproveche su prólogo para una declaración de mi estética. Mi pobreza, mi voluntad, se oponen a ese consejo. No soy poseedor de una estética. El tiempo me ha enseñado algunas astucias: eludir los sinónimos, que tienen la desventaja de sugerir diferencias imaginarias; eludir hispanismos, argentinismos, arcaísmos y neologismos; preferir las palabras habituales a las palabras asombrosas; intercalar en un relato rasgos circunstanciales, exigidos ahora por el lector; simular pequeñas incertidumbres, ya que si la realidad es precisa la memoria no lo es; narrar los hechos (esto lo aprendí en Kipling y en las sagas de Islandia) como si no los entendiera del todo; recordar que las normas anteriores no son obligaciones y que el tiempo se encargará de abolirlas. Tales astucias o hábitos no configuran ciertamente una estética. Por lo demás, descreo de las estéticas. En general no pasan de ser abstracciones inútiles; varían para cada escritor y aun para cada texto y no pueden ser otra cosa que estímulos o instrumentos ocasionales.

Éste, escribí, es mi quinto libro de versos. Es razonable presumir que no será mejor o peor que los otros. A los espejos, laberintos y espadas que ya prevé mi resignado lector se han agregado dos temas nuevos: la vejez y la ética. Ésta, según se sabe, nunca dejó de preocupar a cierto amigo muy querido que la literatura me ha dado, a Robert Louis Stevenson. Una de las virtudes por las cuales prefiero las naciones protestantes a las de tradición católica es su cuidado de la ética. Milton quería educar a los niños de su academia en el conocimiento de la física, de las matemáticas, de la astronomía y de las ciencias naturales; el doctor Johnson observaría al promediar el siglo XVIII: "La prudencia y la justicia son preeminencias y virtudes que corresponden a todas las épocas y a todos los lugares; somos perpetuamente moralistas y sólo a veces geómetras."

En estas páginas conviven, creo que sin discordia, las formas de la prosa y del verso. Podría invocar antecedentes ilustres—el *De Consolatione* de Boecio, los cuentos de Chaucer, el Libro de las Mil y Una Noches—; prefiero declarar que esas divergencias me parecen accidentales y que desearía que

Prologue

Without thinking about it at the beginning, I have dedicated my now long life to literature; to teaching; to idle hours; to the tranquil ventures of conversation; to philology, of which I know nothing; to my mysterious habit called Buenos Aires, and to those perplexities which not without some pomposity are called metaphysics. At the same time, I should say that my life has not been lacking in the friendship of a certain few, the only kind of friendship of value. I do not think I have a single enemy or, if I have had one, that person never made himself known to me. The truth is but for those we love, no one can hurt us. Now, at three score and ten, I publish my fifth book of poems.

My publisher Carlos Frías suggested that I make use of this "prologue" to describe my *ars poetica*. Both my inner poverty and my will oppose his idea. I do not possess an aesthetic. Time has taught me a few devices: avoid synonyms, which have the disadvantage of implying imaginary differences; avoid Hispanisms, Argentinisms, archaic usage, and neologisms; to choose ordinary rather than surprising words; to take care to weave the circumstantial details into a story that readers now insist on; to intrude slight uncertainties, since reality is precise and memory is not; to narrate events as if I did not entirely understand them (I got this from Kipling and the Icelandic sagas). Keep in mind that the aforementioned rules are not obligatory and that time will take care of them anyway. Such habitual tricks hardly constitute an aesthetic theory. Moreover, I don't believe in any aesthetic theories. In general, they are little more than useless abstractions; they vary with each writer and each text, and can be no more than occasional stimulants or instruments.

As I said, this is my fifth book of poems. It is reasonable to presume that it will not be better or worse than the others. Adding to the mirrors, mazes, and swords that my resigned reader expects, two new themes have appeared: old age and ethics. The latter, as everyone knows, was a recurring preoccupation of a certain dear friend given to me by reading him—Robert Louis Stevenson. One of the virtues for which I prefer Protestant nations to those with a Catholic tradition is their regard for ethics. Milton wanted to educate the children in his academy in a knowledge of physics, mathematics, astronomy, and the natural sciences. Doctor Johnson would pronounce a century later that "Prudence and Justice are virtues and excellencies of all times and of all places; we are perpetually moralists, but we are geometricians only by chance."

In these pages I believe that the forms of prose and verse coexist without discord. I might invoke illustrious precedents—Boethius' *De consolatione*

este libro fuera leído como un libro de versos. Un volumen, en sí, no es un hecho estético, es un objeto físico entre otros; el hecho estético sólo puede ocurrir cuando lo escriben o lo leen. Es común afirmar que el verso libre no es otra cosa que un simulacro tipográfico; pienso que en esa afirmación acecha un error. Más allá de su ritmo, la forma tipográfica del versículo sirve para anunciar al lector que la emoción poética, no la información o el razonamiento, es lo que está esperándolo. Yo anhelé alguna vez la vasta respiración de los psalmos* o de Walt Whitman; al cabo de los años compruebo, no sin melancolía, que me he limitado a alternar algunos metros clásicos; el alejandrino, el endecasílabo, el heptasílabo.

En alguna milonga he intentado imitar, respetuosamente, el florido coraje de Ascasubi y de las coplas de los barrios.

La poesía no es menos misteriosa que los otros elementos del orbe. Tal o cual verso afortunado no puede envanecernos, porque es don del Azar o del Espíritu; sólo los errores son nuestros. Espero que el lector descubra en mis páginas algo que pueda merecer su memoria; en este mundo la belleza es común.

—J.L.B.

Buenos Aires, 24 de junio de 1969.

---

*Deliberadamente escribo *psalmos*. Los individuos de la Real Academia Española quieren imponer a este continente sus incapacidades fonéticas; nos aconsejan el empleo de formas rústicas: *neuma, sicología, síquico*. Últimamente se les ha ocurrido escribir *vikingo* por *viking*. Sospecho que muy pronto oiremos hablar de la obra de Kiplingo.

philosophiae, Chaucer's tales, *The Arabian Nights' Entertainments*, but I would prefer to declare that the differences between prose and verse are slight, and that I would like this book to be read as a book of poems. A book itself is not an aesthetic act, it is a physical object among others. The aesthetic act can only take place when a book is written or read.

It is often stated that free verse is no more than a typographical pretense; I think that an error lurks in such a certainty. Beyond its rhythm, the typographical layout of free verse is there to inform the reader that what awaits him is not facts or reasoning, but poetic emotion. On occasions long ago I aspired to the vast breathing of the psalms* or of Walt Whitman. After many years I realize (not without a bit of sadness) that in all my efforts in free verse I just went from one classical meter to another—the alexandrine, the eleven-syllable line, the seven-syllable line.

In my milongas, I have done my dutiful best to imitate the unfettered courage of Hilario Ascasubi and the street ballads of the barrios.

Poetry is no less mysterious than the other elements making up our earth. One or two good lines can hardly make us vain, because they are gifts of Chance or of the Spirit; errors come from us only. I hope the reader will discover something worthy of his memory in these pages; in this world beauty is of all of us.

—J.L.B.

Buenos Aires, June 24, 1969

*In the original, I deliberately wrote the word "psalmos." The members of the Spanish Academy wish to impose upon the American continent their own phonetic incapacities, asking us to use such rustic mispronunciations as "neuma," "sicología," "síquico." Just recently, they decided to write "Vikingo" instead of "Viking." I fear that we will soon be hearing about the work of the writer "Kiplingo."

Cambridge

Nueva Inglaterra y la mañana.
Doblo por Craigie.
Pienso (yo lo he pensado)
que el nombre Craigie es escocés
y que la palabra crag es de origen celta.
Pienso (ya lo he pensado)
que en este invierno están los antiguos inviernos
de quienes dejaron escrito
que el camino está prefijado
y que ya somos del Amor o del Fuego.
La nieve y la mañana y los muros rojos
pueden ser formas de la dicha,
pero yo vengo de otros ciudades
donde los colores son pálidos
y en las que una mujer, al caer la tarde,
regará las plantas del patio.
Alzo los ojos y los pierdo en el ubicuo azul.
Más allá están los árboles de Longfellow
y el dormido río incesante.
Nadie en las calles, pero no es un domingo.
No es un lunes,
el día que nos depara la ilusión de empezar.
No es un martes,
el día que preside el planeta rojo.
No es un miércoles,
el día de aquel dios de los laberintos
que en el Norte fue Odín.
No es jueves,
el día que ya se resigna al domingo.
No es un viernes,
el día regido por la divinidad que en las selvas
entreteje los cuerpos de los amantes.
No es un sábado.
No está en el tiempo sucesivo
sino en los reinos espectrales de la memoria.
Como en los sueños
detrás de las altas puertas no hay nada,
ni siquiera el vacío.
Como en los sueños,

Cambridge

New England and the morning.
I turn at Craigie.
I think, or I have thought,
that the name Craigie is Scottish
and the word crag is of Celtic origin.
I think, or I've already thought,
that in this winter are the former winters
of those who've written
that the path is predestined
and that we're already made for Love or Fire.
The snow, the morning, and the red walls
may be forms of bliss,
but I come from other cities
where the colors are pale
and where a woman, this afternoon,
will water the plants in her garden.
I raise my eyes, lost in ubiquitous blue.
Further on are Longfellow's trees
and the drowsy, ceaseless river.
No one in the streets, but it's not a Sunday.
Not a Monday,
the day that grants us the illusion of beginning.
Not a Tuesday,
the day the red planet rules.
Not a Wednesday,
the day of that god of labyrinths
who was Odin in the North.
Not a Thursday,
the day that already resigns itself to Sunday.
Not a Friday,
the day governed by the deity who in the forests
intertwines lovers' bodies.
Not a Saturday.
It's not in successive time
but in the spectral realms of memory.
As in dreams
behind high doors there is nothing,
not even emptiness.
As in dreams,

detrás del rostro que nos mira no hay nadie.
Anverso sin reverso,
moneda de una sola cara, las cosas.
Esas miserias son los bienes
que el precipitado tiempo nos deja.
Somos nuestra memoria,
somos ese quimérico museo de formas inconstantes,
ese montón de espejos rotos.

behind the face that looks at us there is no one.
Obverse without a reverse,
one-sided coin, the side of things.
That pittance is the boon
tossed to us by hastening time.
We are our memory,
we are that chimerical museum of shifting shapes,
that pile of broken mirrors.

—H.R.

New England, 1967

Han cambiado las formas de mi sueño;
ahora son laterales casas rojas
y el delicado bronce de las hojas
y el casto invierno y el piadoso leño.
Como en el día séptimo, la tierra
es buena. En los crepúsculos persiste
algo que casi no es, osado y triste,
un antiguo rumor de Biblia y guerra.
Pronto (nos dicen) llegará la nieve
y América me espera en cada esquina,
pero siento en la tarde que declina
el hoy tan lento y el ayer tan breve.
Buenos Aires, yo sigo caminando
por tus esquinas, sin por qué ni cuándo.

—*Cambridge, 1967.*

James Joyce

En un día del hombre están los días
del tiempo, desde aquel inconcebible
día inicial del tiempo, en que un terrible
Dios prefijó los días y agonías
hasta aquel otro en que el ubicuo río
del tiempo terrenal torne a su fuente,
que es lo Eterno, y se apague en el presente,
el futuro, el ayer, lo que ahora es mío.
Entre el alba y la noche está la historia
universal. Desde la noche veo
a mis pies los caminos del hebreo,
Cartago aniquilada, Infierno y Gloria.
Dame, Señor, coraje y alegría
para escalar la cumbre de este día.

—*Cambridge, 1968.*

New England, 1967

The forms and colors of my dreams have changed;
now there are red houses side by side
and the fragile bronze of the dying leaves
and the chaste winter and the righteous firewood.
As on the seventh day, the earth is good.
Deep in the twilight something carries on
that nearly does not exist, bold and sad,
an old murmur of Bibles and of war.
Soon (they say) the first snow will arrive;
America waits for me on every street,
but I feel in the falling light of afternoon
today so long and yesterday so brief.
Buenos Aires, it is along your streets
I go on walking, not knowing why or when.

—*Cambridge, 1967*

—S.K.

James Joyce

In one day of mankind are all the days
of time, from that unimaginable
first day of time, when a formidable
God prearranged the days and agonies,
to that other day when the perpetual river
of earthly time flows round to its headwaters,
the Eternal, and is extinguished in the present,
the future, the past, the passing—what is now mine.
The story of the world is told from dawn
to darkness. From the depths of night I've seen
at my feet the wanderings of the Jews,
Carthage destroyed, Hell, and Heaven's bliss.
Grant me, Lord, the courage and the joy
I need to scale the summit of this day.

—*Cambridge, 1968*

—S.K.

El laberinto

Zeus no podría desatar las redes
de piedra que me cercan. He olvidado
los hombres que antes fui; sigo el odiado
camino de monótonas paredes
que es mi destino. Rectas galerías
que se curvan en círculos secretos
al cabo de los años. Parapetos
que ha agrietado la usura de los días.
En el pálido polvo he descifrado
rastros que temo. El aire me ha traído
en las cóncavas tardes un bramido
o el eco de un bramido desolado.
Sé que en la sombra hay Otro, cuya suerte
es fatigar las largas soledades
que tejen y destejen este Hades
y ansiar mi sangre y devorar mi muerte.
Nos buscamos los dos. Ojalá fuera
éste el último día de la espera.

The Labyrinth

Zeus himself could not undo the web
of stone closing around me. I have forgotten
the men I was before; I follow the hated
path of monotonous walls
that is my destiny. Severe galleries
which curve in secret circles
to the end of the years. Parapets
cracked by the days' usury.
In the pale dust I have discerned
signs that frighten me. In the concave
evenings the air has carried a roar
toward me, or the echo of a desolate howl.
I know there is an Other in the shadows,
whose fate it is to wear out the long solitudes
which weave and unweave this Hades
and to long for my blood and devour my death.
Each of us seeks the other. If only this
were the final day of waiting.

—S.K.

Las cosas

El bastón, las monedas, el llavero,
La dócil cerradura, las tardías
Notas que no leerán los pocos días
Que me quedan, los naipes y el tablero,
Un libro y en sus páginas la ajada
Violeta, monumento de una tarde
Sin duda inolvidable y ya olvidada,
El rojo espejo occidental en que arde
Una ilusoria aurora. ¡Cuántas cosas,
Limas, umbrales, atlas, copas, clavos,
Nos sirven como tácitos esclavos,
Ciegas y extrañamente sigilosas!
Durarán más allá de nuestro olvido;
No sabrán nunca que nos hemos ido.

Things

My cane, my pocket change, this ring of keys,
The obedient lock, the belated notes
The few days left to me will not find time
To read, the deck of cards, the tabletop,
A book and crushed in its pages the withered
Violet, monument to an afternoon
Undoubtedly unforgettable, now forgotten,
The mirror in the west where a red sunrise
Blazes its illusion. How many things,
Files, doorsills, atlases, wine glasses, nails,
Serve us like slaves who never say a word,
Blind and so mysteriously reserved.
They will endure beyond our vanishing;
And they will never know that we have gone.

—S.K.

Rubaíyát

Torne en mi voz la métrica del persa
A recordar que el tiempo es la diversa
Trama de sueños ávidos que somos
Y que el secreto Soñador dispersa.

Torne a afirmar que el fuego es la ceniza,
La carne el polvo, el río la huidiza
Imagen de tu vida y de mi vida
Que lentamente se nos va de prisa.

Torne a afirmar que el arduo monumento
Que erige la soberbia es como el viento
Que pasa, y que a la luz inconcebible
de Quien perdura, un siglo es un momento.

Torne a advertir que el ruiseñor de oro
Canta una sola vez en el sonoro
Ápice de la noche y que los astros
Avaros no prodigan su tesoro.

Torne la luna al verso que tu mano
Escribe como torna en el temprano
Azul a tu jardín. La misma luna
De ese jardín te ha de buscar en vano.

Sean bajo la luna de las tiernas
Tardes tu humilde ejemplo las cisternas,
En cuyo espejo de agua se repiten
Unas pocas imágenes eternas.

Que la luna del persa y los inciertos
Oros de los crepúsculos desiertos
Vuelvan. Hoy es ayer. Eres los otros
Cuyo rostro es el polvo. Eres los muertos.

Rubaíyát

Let Persian meter modulate my verse,
Reminding it that time's own woven course
Is all the avid various dreams we are
And which the secret Dreamer will disperse.

Let it say once more that fire is ashes only,
Flesh dust and the river that rushes by
The image of your life and mine
That escapes us without speed but in a hurry.

Let it say again the arduous monument
Pride erects has gone the way the wind went
And compared to the inconceivable light
Of the One who lasts, a century's an instant.

Let it warn that the golden nightingale
Sings only once within the night's far pale
Its resonant song and that the frugal stars
In showing their treasure are not prodigal.

Let the moon come to the verse you pen
As it will return to your garden
Amidst the early blue of spring. The same
Moon of that garden will look for you in vain.

Beneath the moon of tender evenings may
Pools be the humble paradigm of your day,
Pools in whose mirrors of water will recur
A scattering of the images of eternity.

Let the Persian's moon and the unsteady
Gold of deserted twilights be repeated.
Today is yesterday. You are the others
Whose faces are the dust. You are the dead.

—C.T.

Junio, 1968

En la tarde de oro
o en una serenidad cuyo símbolo
podría ser la tarde de oro,
el hombre dispone los libros
en los anaqueles que aguardan
y siente el pergamino, el cuero, la tela
y el agrado que dan
la previsión de un hábito
y el establecimiento de un orden.
Stevenson y el otro escocés, Andrew Lang,
reanudarán aquí, de manera mágica,
la lenta discusión que interrumpieron
los mares y la muerte
y a Reyes no le desagradará ciertamente
la cercanía de Virgilio.
(Ordenar bibliotecas es ejercer,
de un modo silencioso y modesto,
el arte de la crítica.)
El hombre, que está ciego,
sabe que ya no podrá descifrar
los hermosos volúmenes que maneja
y que no le ayudarán a escribir
el libro que lo justificará ante los otros,
pero en la tarde que es acaso de oro
sonríe ante el curioso destino
y siente esa felicidad peculiar
de las viejas cosas queridas.

June, 1968

In the golden afternoon, or in
a serenity the gold of afternoon
might symbolize,
a man arranges books
on waiting shelves
and feels the parchment, the leather, the cloth,
and the pleasure bestowed
by looking forward to a habit
and establishing an order.
Here Stevenson and Andrew Lang, the other Scot,
will magically resume
their slow discussion
which seas and death cut short,
and surely Reyes will not be displeased
by the closeness of Virgil.
(In a modest, silent way,
by ranging books on shelves
we ply the critic's art.)
The man is blind, and knows
he won't be able to decode
the handsome volumes he is handling,
and that they will never help him write
the book that will justify his life in others' eyes;
but in the afternoon that might be gold
he smiles at his curious fate
and feels that peculiar happiness
which comes from loved old things.

—H.R.

El guardián de los libros

Ahí están los jardines, los templos y la justificación de los templos,
La recta música y las rectas palabras,
Los sesenta y cuatro hexagramas,
Los ritos que son la única sabiduría
Que otorga el Firmamento a los hombres,
El decoro de aquel emperador
Cuya serenidad fue reflejada por el mundo, su espejo,
De suerte que los campos daban sus frutos
Y los torrentes respetaban sus márgenes,
El unicornio herido que regresa para marcar el fin.
Las secretas leyes eternas,
El concierto del orbe;
Esas cosas o su memoria están en los libros
Que custodio en la torre.

Los tártaros vinieron del Norte
En crinados potros pequeños;
Aniquilaron los ejércitos
Que el Hijo del Cielo mandó para castigar su impiedad,
Erigieron pirámides de fuego y cortaron gargantas,
Mataron al perverso y al justo,
Mataron al esclavo encadenado que vigila la puerta,
Usaron y olvidaron a las mujeres
Y siguieron al Sur,
Inocentes como animales de presa,
Crueles como chuchillos.
En el alba dudosa
El padre de mi padre salvó los libros.
Aquí están en la torre donde yazgo,
Recordando los días que fueron de otros,
Los ajenos y antiguos.

En mis ojos no hay días. Los anaqueles
Están muy altos y no los alcanzan mis años.
Leguas de polvo y sueño cercan la torre.
¿A qué engañarme?
La verdad es que nunca he sabido leer,
Pero me consuelo pensando
Que lo imaginado y lo pasado ya son lo mismo

The Guardian of the Books

There they are, the gardens, the temples, the justification of the temples,
The correct music and the correct words,
The sixty-four hexagrams,
The rites which are the only wisdom
That the Firmament conferred on men,
The decorum of the emperor
Whose serenity was reflected by the world, his mirror,
So that the fields yielded their fruits
And the rivers respected their margins,
The wounded unicorn that returns to give sign of the end,
The secret eternal laws,
The concord of the orb;
These things or the memory of them are in the books
Which I guard in the tower.

The Tartars came from the North
On small long-maned colts;
They annihilated the armies
Sent by the Son of Heaven to punish their impiety,
They built pyramids of fire and slashed throats,
They killed the evil man and the just,
They killed the chained slave who watches the door,
They used and forgot the women
And kept moving south,
Innocent like beasts of prey,
Cruel like knives.
In the uncertain dawn
My father's father rescued the books.
Here they are in the tower where I lie,
Remembering the days that belonged to others,
The alien and the ancient.

In my eyes there are no days. The shelves
Are too high and my years do not reach them.
Leagues of desert and dream besiege the tower.
Why deceive myself?
The truth is I've never known how to read,
But I comfort myself thinking
That the imagined and the past are one and the same

Para un hombre que ha sido
Y que contempla lo que fue la ciudad
Y ahora vuelve a ser el desierto.
¿Qué me impide soñar que alguna vez
Descifré la sabiduría
Y dibujé con aplicada mano los símbolos?
Mi nombre es Hsiang. Soy el que custodia los libros
Que acaso son los últimos,
Porque nada sabemos del Imperio
Y del Hijo del Cielo.
Ahí están en los altos anaqueles,
Cercanos y lejanos a un tiempo,
Secretos y visibles como los astros.
Ahí están los jardines, los templos.

To a man who has had his day
And who contemplates that which was the city
And now is turning into desert.
What can stop me from dreaming that once
I could decipher wisdom
And drew the symbols with practiced hand?
My name is Hsiang. I am he who guards the books,
Which are perhaps the last ones to remain,
Because we know nothing of the Empire
And the Son of Heaven.
There they are on the high shelves,
Near and far at the same time,
Secret and visible like the stars.
There they are, the gardens, the temples.

—C.T.

Invocación a Joyce

Dispersos en dispersas capitales,
solitarios y muchos,
jugábamos a ser el primer Adán
que dio nombre a las cosas.
Por los vastos declives de la noche
que lindan con la aurora,
buscamos (lo recuerdo aún) las palabras
de la luna, de la muerte, de la mañana
y de los otros hábitos del hombre.
Fuimos el imagismo, el cubismo,
los conventículos y sectas
que las crédulas universidades veneran.
Inventamos la falta de puntuación,
la omisión de mayúsculas,
las estrofas en forma de paloma
de los bibliotecarios de Alejandría.
Ceniza, la labor de nuestras manos
y un fuego ardiente nuestra fe.
Tú, mientras tanto, forjabas
en las ciudades del destierro,
an aquel destierro que fue
tu aborrecido y elegido instrumento,
el arma de tu arte,
erigías tus arduos laberintos,
infinitesimales e infinitos,
admirablemente mezquinos,
más populosos que la historia.
Habremos muerto sin haber divisado
la biforme fiera o la rosa
que son el centro de tu dédalo,
pero la memoria tiene sus talismanes,
sus ecos de Virgilio,
y así en las calles de la noche perduran
tus infiernos espléndidos,
tantas cadencias y metáforas tuyas,
los oros de tu sombra.
Qué importa nuestra corbardía si hay en la tierra
un solo hombre valiente,
qué importa la tristeza si hubo en el tiempo

Invocation to Joyce

Scattered in scattered capitals,
solitary and many,
we played at being the first Adam
who gave names to things.
Down the vast slopes of night
that extend into dawn
we searched (I remember it still) for the words
of the moon, of death, of the morning,
and of the other usages of man.
We were imagism, cubism,
the conventicals and sects
that the credulous universities venerate.
We invented the lack of punctuation,
the leaving out of capital letters,
the stanzas in the form of a dove
from the libraries of Alexandria.
Ash, the work of our hands,
and the glowing fire our faith.
You, meanwhile, forged
in the cities of exile
in that exile which was
your loathed and chosen instrument,
the weapon of your art,
you raised your arduous labyrinths,
infinitesimal and infinite,
admirably ignoble,
more populous than history.
We shall have died without having made out
the biform beast or the rose
which are the center of your labyrinth,
but memory holds on to its talismans,
its Virgilian echoes,
and so in the streets of the night
your splendid infernos survive,
your many cadences and metaphors,
the gold glints of your shadow.
What does our cowardice matter if there is on earth
a single valiant man,
what does sadness matter if there was in time

alguien que se dijo feliz,
qué importa mi perdida generación,
ese vago espejo,
si tus libros la justifican.
Yo soy los otros. Yo soy todos aquellos
que ha rescatado tu obstinado rigor.
Soy los que no conoces y los que salvas.

somebody who called himself happy,
what does my lost generation matter,
that vague mirror,
if your books justify it.
I am the others. I am all those
whom your obstinate rigor has redeemed.
I am those you do not know and those you continue to save.

—C.T.

Dos versiones de "Ritter, Tod und Teufel"

I

Bajo el yelmo quimérico el severo
Perfil es cruel como la cruel espada
Que aguarda. Por la selva despojada
Cabalga imperturbable el caballero.
Torpe y furtiva, la caterva obscena
Lo ha cercado: el Demonio de serviles
Ojos, los laberínticos reptiles
Y el blanco anciano del reloj de arena.
Caballero de hierro, quien te mira
Sabe que en ti no mora la mentira
Ni el pálido temor. Tu dura suerte
Es mandar y ultrajar. Eres valiente
Y no serás indigno ciertamente,
Alemán, del Demonio y de la Muerte.

II

Los caminos son dos. El de aquel hombre
De hierro y de soberbia, y que cabalga,
Firme en su fe, por la dudosa selva
Del mundo, entre las befas y la danza
Inmóvil del Demonio y de la Muerte,
Y el otro, el breve, el mío. ¿En qué borrada
Noche o mañana antigua descubrieron
Mis ojos la fantástica epopeya,
El perdurable sueño de Durero,
El héroe y la caterva de sus sombras
Que me buscan, me acechan y me encuentran:
A mí, no al paladín, exhorta el blanco
Anciano coronado de sinuosas
Serpientes. La clepsidra sucesiva
Mide mi tiempo, no su eterno ahora.
Yo seré la ceniza y la tiniebla;
Yo, que partí después, habré alcanzado
Mi término mortal; tú, que no eres,
Tú, caballero de la recta espada
Y de la selva rígida, tu paso
Proseguirás mientras los hombres duren.
Imperturbable, imaginario, eterno.

Two versions of "Knight, Death, and the Devil"

I

Under the unreal helmet the severe
Profile is cruel like the cruel sword
Waiting, poised. Through the stripped forest
Rides the horseman unperturbed.
Clumsily, furtively, the obscene mob
Closes in on him: the Devil with servile
Eyes, the labyrinthine reptiles
And the ashen old man with the hourglass.
Iron rider, whoever looks at you
Knows that in you neither the lie
Nor pale fear dwells. Your hard fate
Is to command and offend. You are brave
And you are certainly not unworthy,
German, of the Devil and of Death.

II

There are two roads. That of the man
Of iron and arrogance, who rides,
Firm in his faith, through the doubtful woods
Of the world, between the taunts and the rigid
Dance of the Devil with Death,
And the other, the short one, mine. In what vanished
Long-ago night or morning did my eyes
Discover the fantastic epic,
The enduring dream of Dürer,
The hero and the mob with all its shadows
Searching me out, and catching me in ambush?
It is me, and not the paladin, whom the hoary
Old man crowned with sinuous snakes
Is warning. The future's water clock
Measures my time, not his eternal now.
I am the one who will be ashes and darkness;
I, who set out later, will have reached
My mortal destination; you, who do not exist,
You, rider of the raised sword
And the rigid woods, your pace
Will keep on going as long as there are men.
Composed, imaginary, eternal.

—S.K.

Fragmentos de un evangelio apócrifo

3. Desdichado el pobre en espíritu, porque bajo la tierra será lo que ahora es en la tierra.

4. Desdichado el que llora, porque ya tiene el hábito miserable del llanto.

5. Dichosos los que saben que el sufrimiento no es una corona de gloria.

6. No basta ser el último para ser alguna vez el primero.

7. Feliz el que no insiste en tener razón, porque nadie la tiene o todos la tienen.

8. Feliz el que perdona a los otros y el que se perdona a sí mismo.

9. Bienaventurados los mansos, porque no condescienden a la discordia.

10. Bienaventurados los que no tienen hambre de justicia, porque saben que nuestra suerte, adversa o piadosa, es obra del azar, que es inescrutable.

11. Bienaventurados los misericordiosos, porque su dicha está en el ejercicio de la misericordia y no en la esperanza de un premio.

12. Bienaventurados los de limpio corazón, porque ven a Dios.

13. Bienaventurados los que padecen persecución por causa de la justicia, porque les importa más la justicia que su destino humano.

14. Nadie es la sal de la tierra; nadie, en algún momento de su vida, no lo es.

15. Que la luz de una lámpara se encienda, aunque ningún hombre la vea. Dios la verá.

16. No hay mandamiento que no pueda ser infringido, y también los que digo y los que los profetas dijeron.

17. El que matare por la causa de la justicia, a por la causa que él cree justa, no tiene culpa.

18. Los actos de los hombres no merecen ni el fuego ni los cielos.

19. No odies a tu enemigo, porque si lo haces, eres de algún modo su esclavo. Tu odio nunca será mejor que tu paz.

20. Si te ofendiere tu mano derecha, perdónala; eres tu cuerpo y eres tu alma y es arduo, o imposible, fijar la frontera que los divide . . .

24. No exageres el culto de la verdad; no hay hombre que al cabo de un día, no haya mentido con razón muchas veces.

25. No jures, porque todo juramento es un énfasis.

26. Resiste al mal, pero sin asombro y sin ira. A quien te hiriere en la mejilla derecha, puedes volverle la otra, siempre que no te mueva el temor.

27. Yo no hablo de venganzas ni de perdones; el olvido es la única venganza y el único perdón.

28. Hacer el bien a tu enemigo puede ser obra de justicia y no es arduo; amarlo, tarea de ángeles y no de hombres.

29. Hacer el bien a tu enemigo es el mejor modo de complacer tu vanidad.

Fragments from an Apocryphal Gospel

3. Wretched are the poor in spirit, for under the earth they will be as they are on earth.

4. Wretched is he who weeps, for he has the miserable habit of weeping.

5. Lucky are those who know that suffering is not a crown of heavenly bliss.

6. It is not enough to be last in order sometimes to be first.

7. Happy is he who does not insist on being right, for no one is or everyone is.

8. Happy is he who forgives others and who forgives himself.

9. Blessed are the meek, for they do not agree to disagree.

10. Blessed are those who do not hunger for justice, for they know that our fate, for better or worse, is the work of chance, which is past understanding.

11. Blessed are the merciful, for their happiness is in the act of mercy and not in the hope of reward.

12. Blessed are the pure in heart, for they see God.

13. Blessed are those who suffer persecution for a just cause, for justice matters more to them than their personal destiny.

14. No one is the salt of the earth; and no one, at some moment in their life, is not.

15. Let the light of one lamp be lit, even though no man see it. God will see it.

16. There is no commandment that cannot be broken, including the ones I give and those the prophets spoke.

17. He who kills for a just cause, or for a cause he believes just, is not guilty.

18. The acts of men are worthy of neither fire nor heaven.

19. Do not hate your enemy, for if you do, you are in some way his slave. Your hate will never be greater than your peace.

20. If your right hand should offend you, forgive it; you are your body and you are your soul and it is hard if not impossible to fix the boundary between them . . .

24. Do not make too much of the cult of truth; there is no man who at the end of a day has not lied, rightly, numerous times.

25. Do not swear, because every oath is bombast.

26. Resist evil, but without shock and without anger. Whoever strikes you on the right cheek, turn the other to him, as long as you are not moved by fear.

27. I do not speak of revenge nor of forgiveness; oblivion is the only revenge and the only forgiveness.

30. No acumules oro en la tierra, porque el oro es padre del ocio, y éste, de la tristeza y del tedio.
31. Piensa que los otros son justos o lo serán, y si no es así, no es tuyo el error.
32. Dios es más generoso que los hombres y los medirá con otra medida.
33. Da lo santo a los perros, echa tus perlas a los puercos; lo que importa es dar.
34. Busca por el agrado de buscar, no por el de encontrar . . .
39. La puerta es la que elige, no el hombre.
40. No juzgues al árbol por sus frutos ni al hombre por sus obras; pueden ser peores o mejores.
41. Nada se edifica sobre la piedra, todo sobre la arena, pero nuestro deber es edificar como si fuera piedra la arena . . .
47. Feliz el pobre sin amargura o el rico sin soberbia.
48. Felices los valientes, los que aceptan con ánimo parejo la derrota o las palmas.
49. Felices los que guardan en la memoria palabras de Virgilio o de Cristo, porque éstas darán luz a sus días.
59. Felices los amados y los amantes y los que pueden prescindir del amor.
51. Felices los felices.

28. To do your enemy a good turn can be the work of justice and is not difficult; to love him, a job for angels and not men.
29. To do good for your enemy is the best way to gratify your vanity.
30. Do not accumulate gold on earth, for gold is the father of idleness, and it, of sadness and boredom.
31. Believe that others are just or will be, and if it proves untrue, it is not your fault.
32. God is more generous than men and will measure them by a different standard.
33. Give what is holy to dogs, cast your pearls before swine; the important thing is to give.
34. Seek for the pleasure of seeking, not of finding . . .
39. The door, not the man, is the one that chooses.
40. Do not judge the tree by its fruits nor the man by his works; they may be worse or better.
41. Nothing is built on stone, everything on sand, but our duty is to build as if sand were stone . . .
47. Happy are the poor without bitterness and the rich without pride.
48. Happy are the brave, who accept applause or defeat in the same spirit.
49. Happy are those who hold in memory words of Virgil or Christ, for these will brighten their days.
50. Happy are the loved and the lovers and those who can do without love.
51. Happy are the happy.

—S.K.

His end and his beginning

Cumplida la agonía, ya solo, ya solo y desgarrado y rechazado, se hundió en el sueño. Cuando despertó, lo aguardaban los hábitos cotidianos y los lugares: se dijo que no debía pensar demasiado en la noche anterior y, alentado por esa voluntad, se vistió sin apuro. En la oficina, cumplió pasablemente con sus deberes, si bien con esa incómoda impresión de repetir algo ya hecho, que nos da la fatiga. Le pareció notar que los otros desviaban la mirada; acaso ya sabían que estaba muerto. Esa noche empezaron las pesadillas; no le dejaban el menor recuerdo, sólo el temor de que volvieran. A la larga el temor prevaleció; se interponía entre él y la página que debía escribir o el libro que trataba de leer. Las letras hormigueaban y pululaban; los rostros, los rostros familiares, iban borrándose; las cosas y los hombres fueron dejándolo. Su mente se aferró a esas formas cambiantes, como en un frenesí de tenacidad.

Por raro que parezca, nunca sospechó la verdad; ésta lo iluminó de golpe. Comprendió que no podía recordar las formas, los sonidos y los colores de los sueños; no había formas, colores ni sonidos, y no eran sueños. Eran su realidad, una realidad más allá del silencio y de la visión y, por consiguiente, de la memoria. Esto lo consternó más que el hecho de que a partir de la hora de su muerte, había estado luchando en un remolino de insensatas imágenes. Las voces que había oído eran ecos; los rostros, máscaras; los dedos de su mano eran sombras, vagas e insustanciales sin duda, pero también queridas y conocidas.

De algún modo sintió que su deber era dejar atrás esas cosas; ahora pertenecía a este nuevo mundo, ajeno de pasado, de presente y de porvenir. Poco a poco este mundo lo circundó. Padeció muchas agonías, atravesó regiones de desesperación y de soledad. Esas peregrinaciones eran atroces porque trascendían todas sus anteriores percepciones, memorias y esperanzas. Todo el horror yacía en su novedad y esplendor. Había merecido la Gracia, desde su muerte había estado siempre en el cielo.

His End and His Beginning

After dying, now alone, torn apart, and rejected by his body, he fell asleep. When we woke up, his usual habits and customs were waiting for him. He told himself that he shouldn't think too much about what happened the night before and, spurred on by this resolution, he dressed in a leisurely fashion. At the office, he went about his tasks efficiently enough, though he had the unsettling impression that he was repeating something that had already been done before, caused often by fatigue. He had the sense that the others were avoiding looking at him, perhaps because they knew he had already died. That evening his nightmares began and, though he could retain nothing the next morning, he was still fearful that there would be more. After a while, this fear was justified; it came between him and the page he was working on or the book he was attempting to read. The letters on the paper slithered and pulsated, and some faces familiar to him grew indistinct, men and objects gradually drifted away from him. His mind gripped on to these changing forms as if in a frenzy of tenacity.

As strange as it might seem, he never suspected the truth; it came to him all at once. He finally understood that he could not remember shapes, sounds, or colors in his dreams, that there really were no shapes or sounds or colors, and that they were not dreams at all. They were his reality, a reality well beyond silence and sight, and therefore beyond memory. This perturbed him much more than the fact that after dying he had been fighting against a chaos of senseless images. The voices he had been hearing were echoes; the faces, masks. The fingers of his hand were shadows, blurry and unreal, but still familiar and recognizable to him.

Somehow though, he knew that it was his duty to leave behind all those things. He now belonged to another world, detached from past, present, and future. Gradually this new world began to surround him. He underwent much agony, went through regions of despair and solitude. These wanderings were particularly atrocious, because they went beyond all of his former perceptions, remembrances, and hopes. All their horror came from being so new and splendorous. He was worthy of Grace—all that time since death he had always been in heaven.

—A.C.

Elogio de la sombra

La vejez (tal es el nombre que los otros le dan)
puede ser el tiempo de nuestra dicha.
El animal ha muerto o casi ha muerto.
Quedan el hombre y su alma.
Vivo entre formas luminosas y vagas
que no son aún la tiniebla.
Buenos Aires,
que antes se desgarraba en arrabales
hacia la llanura incesante,
ha vuelto a ser la Recoleta, el Retiro,
las borrosas calles del Once
y las precarias casas viejas
que aún llamamos el Sur.
Siempre en mi vida fueron demasiadas las cosas;
Demócrito de Abdera se arrancó los ojos para pensar;
el tiempo ha sido mi Demócrito.
Esta penumbra es lenta y no duele;
fluye por un manso declive
y se parece a la eternidad.
Mis amigos no tienen cara,
las mujeres son lo que fueron hace ya tantos años,
las esquinas pueden ser otras,
no hay letras en las páginas de los libros.
Todo esto debería atemorizarme,
pero es una dulzura, un regreso.
De las generaciones de los textos que hay en la tierra
sólo habré leído unos pocos,
los que sigo leyendo en la memoria,
leyendo y transformando.
Del Sur, del Este, del Oeste, del Norte,
convergen los caminos que me han traído
a mi secreto centro.
Esos caminos fueron ecos y pasos,
mujeres, hombres, agonías, resurrecciones,
días y noches,
entresueños y sueños,
cada ínfimo instante del ayer
y de los ayeres del mundo,
la firme espada del danés y la luna del persa,

In Praise of Darkness

Old age (the name that others give it)
can be the time of our greatest bliss.
The animal has died or almost died.
The man and his spirit remain.
I live among vague, luminous shapes
that are not darkness yet.
Buenos Aires,
whose edges disintegrated
into the endless plain,
has gone back to being the Recoleta, the Retiro,
the nondescript streets of the Once,
and the rickety old houses
we still call the South.
In my life there were always too many things.
Democritus of Abdera plucked out his eyes in order to think:
Time has been my Democritus.
This penumbra is slow and does not pain me;
it flows down a gentle slope,
resembling eternity.
My friends have no faces,
women are what they were so many years ago,
these corners could be other corners,
there are no letters on the pages of books.
All this should frighten me,
but it is a sweetness, a return.
Of the generations of texts on earth
I will have read only a few—
the ones that I keep reading in my memory,
reading and transforming.
From South, East, West, and North
the paths converge that have led me
to my secret center.
Those paths were echoes and footsteps,
women, men, death-throes, resurrections,
days and nights,
dreams and half-wakeful dreams,
every inmost moment of yesterday
and all the yesterdays of the world,
the Dane's staunch sword and the Persan's moon,

los actos de los muertos,
el compartido amor, las palabras,
Emerson y la nieve y tantas cosas.
Ahora puedo olvidarlas. Llego a mi centro,
a mi álgebra y mi clave,
a mi espejo.
Pronto sabré quién soy.

the acts of the dead,
shared love, and words,
Emerson and snow, so many things.
Now I can forget them. I reach my center,
my algebra and my key,
my mirror.
Soon I will know who I am.

—H.R.

El oro de los tigres
The Gold of the Tigers

(1972)

Prólogo

De un hombre que ha cumplido los setenta años que nos aconseja David poco podemos esperar, salvo el manejo consabido de unas destrezas, una que otra ligera variación y hartas repeticiones. Para eludir o siquiera para atenuar esa monotonía, opté por aceptar, con tal vez temeraria hospitalidad, los misceláneos temas que se ofrecieron a mi rutina de escribir. La parábola sucede a la confidencia, el verso libre o blanco al soneto. En el principio de los tiempos, tan dócil a la vaga especulación y a las inapelables cosmogonías, no habrá habido cosas poéticas o prosaicas. Todo sería un poco mágico. Thor no era el dios del trueno; era el trueno y el dios.

Para un verdadero poeta, cada momento de la vida, cada hecho, debería ser poético, ya que profundamente lo es. Que yo sepa, nadie ha alcanzado hasta hoy esa alta vigilia. Browning y Blake se acercaron más que otro alguno; Whitman se la propuso, pero sus deliberadas enumeraciones no siempre pasan de catálogos insensibles.

Descreo de las escuelas literarias, que juzgo simulacros didácticos para simplificar lo que enseñan, pero si me obligaran a declarar de dónde proceden mis versos, diría que del modernismo, esa gran libertad, que renovó las muchas literaturas cuyo instrumento común es el castellano y que llegó, por cierto, hasta España. He conversado más de una vez con Leopoldo Lugones, hombre solitario y soberbio; éste solía desviar el curso del diálogo para hablar de "mi amigo y maestro, Rubén Darío". (Creo, por lo demás, que debemos recalcar las afinidades de nuestro idioma, no sus regionalismos.)

Mi lector notará en algunas páginas la preocupación filosófica. Fue mía desde niño, cuando mi padre me reveló, con ayuda del tablero del ajedrez (que era, lo recuerdo, de cedro) la carrera de Aquiles y la tortuga.

En cuanto a las influencias que se advertirán en este volumen ... En primer término, los escritores que prefiero—he nombrado ya a Robert Browning—; luego, los que he leído y repito; luego, los que nunca he leído pero que están en mí. Un idioma es una tradición, un modo de sentir la realidad, no un arbitrario repertorio de símbolos.

—J.L.B.
Buenos Aires, 1972.

Prologue

For anyone who has lived out seventy years, according to the Book of David, there is little to hope for except to go on plying familiar skills, with an occasional mild variation and with tedious repetitions. To escape, or possibly to extenuate, that monotony, I chose to admit, perhaps with rash hospitality, the miscellaneous interests that crossed my everyday writer's attention. Parable follows on the heels of confession, free or blank verse on the sonnet. In the earliest times, which were so susceptible to vague speculation and the inevitable ordering of the universe, there can have existed no division between the poetic and the prosaic. Everything must have been tinged with magic. Thor was not the god of thunder; he was the thunder and the god.

For a true poet, every moment of existence, every act, ought to be poetic since, in essence, it is so. As far as I know, no one to this day has attained that high state of awareness. Browning and Blake got closer to it than anyone else. Whitman aimed in that direction, but his careful enumerations do not always rise above a kind of crude cataloguing.

I distrust literary schools, which I judge to be didactic constructs designed to simplify what they preach; but if I were obliged to name the influence behind my poems, I would say they stemmed from *modernismo*—that enormous liberation that gave new life to the many literatures that use the Castilian language and that certainly carried as far as Spain. I have spoken more than once with Leopoldo Lugones—that solitary, proud man—and he would interrupt the flow of the conversation to mention "my friend and master, Rubén Darío." (I think, furthermore, that we ought to emphasize the affinities within our language, and not its regional differences.)

My reader will notice, in some pages, a philosophical preoccupation. It has been with me since my childhood, when my father showed me, with the help of a chessboard (it was, I remember, a cedarwood board), the paradox of the race between Achilles and the tortoise.

As for the influences that show up in this volume . . . First, the writers I prefer—I have already mentioned Robert Browning; next, those I have read and whom I echo; then, those I have never read but who are in me. A language is a tradition, a way of grasping reality, not an arbitrary assemblage of symbols.

—J.L.B.
Buenos Aires, 1972
—A.R.

Tankas

1

Alto en la cumbre
Todo el jardín es luna,
Luna de oro.
Más precioso es el roce
De tu boca en la sombra.

2

La voz del ave
Que la penumbra esconde
Ha enmudecido.
Andas por tu jardín.
Algo, lo sé, te falta.

3

La ajena copa,
La espada que fue espada
En otra mano,
La luna de la calle,
¿Dime, acaso no bastan?

4

Bajo la luna
El tigre de oro y sombra
Mira sus garras.
No sabe que en el alba
Han destrozado un hombre.

5

Triste la lluvia
Que sobre el mármol cae,
Triste ser tierra.
Triste no ser los días
Del hombre, el sueño, el alba.

6

No haber caído,
Como otros de mi sangre,
En la batalla.
Ser en la vana noche
El que cuenta las sílabas.

Tankas

1

High on the summit,
the garden is all moonlight,
the moon is golden.
More precious is the contact
of your lips in the shadow.

2

The sound of a bird
which the twilight is hiding
has fallen silent.
You pace the garden.
I know that you miss something.

3

The curious goblet,
the sword which was a sword once
in another grasp,
the moonlight on the street—
tell me, are they not enough?

4

Underneath the moon,
tiger of gold and shadow
looks down at his claws,
unaware that in the dawn
they lacerated a man.

5

Wistful is the rain
falling upon the marble,
sad to become earth,
sad no longer to be part
of man, of dream, of morning.

6

Not to have fallen,
like others of my lineage,
cut down in battle.
To be in the fruitless night
he who counts the syllables.

—A.R.

Susana Bombal

Alta en la tarde, altiva y alabada,
Cruza el casto jardín y está en la exacta
Luz del instante irreversible y puro
Que nos da este jardín y la alta imagen,
Silenciosa. La veo aquí y ahora,
Pero también la veo en un antiguo
Crepúsculo de Ur de los Caldeos
O descendiendo por las lentas gradas
De un templo, que es innumerable polvo
Del planeta y que fue piedra y soberbia,
O descifrando el mágico alfabeto
De las estrellas de otras latitudes
O aspirando una rosa en Inglaterra.
Está donde haya música, en el leve
Azul, en el hexámetro del griego,
En nuestras soledades que la buscan,
En el espejo de agua de la fuente,
En el mármol del tiempo, en una espada,
En la serenidad de una terraza
Que divisa ponientes y jardines.

Y detrás de los mitos y las máscaras,
El alma, que está sola.
                              —*Buenos Aires, 3 de noviembre de 1970.*

Susana Bombal

Tall in the evening, arrogant, aloof,
she crosses the chaste garden and is caught
in the shutter of that pure and fleeting instant
which gives to us this garden and this vision,
unspeaking, deep. I see her here and now,
but simultaneously I also see her
haunting an ancient, twilit Ur of the Chaldees
or coming slowly down the shallow steps,
of a temple, which was once proud stone but now
has turned to an infinity of dust,
or winkling out the magic alphabet
locked in the stars of other latitudes,
or breathing in a rose's scent, in England.
She is where music is, and in the gentle
blue of the sky, in Greek hexameters,
and in our solitudes, which seek her out.
She is mirrored in the water of the fountain,
in time's memorial marble, in a sword,
in the serene air of a patio,
looking out on sunsets and on gardens.

And behind the myths and the masks,
her soul, always alone.

—A.R.

—Buenos Aires, November 3, 1970

El ciego

A Mariana Grondona

I

Lo han despojado del diverso mundo,
De los rostros, que son lo que eran antes,
De las cercanas calles, hoy distantes,
Y del cóncavo azul, ayer profundo.
De los libros le queda lo que deja
La memoria, esa forma del olvido
Que retiene el formato, no el sentido,
Y que los meros títulos refleja.
El desnivel acecha. Cada paso
Puede ser la caída. Soy el lento
Prisionero de un tiempo soñoliento
Que no marca su aurora ni su ocaso.
Es de noche. No hay otros. Con el verso
Debo labrar mi insípido universo.

II

Desde mi nacimiento, que fue el noventa y nueve
De la cóncavas parras y el aljibe profundo,
El tiempo minucioso, que en la memoria es breve,
Me fue hurtando las formas visibles de este mundo.
Los días y las noches limaron los perfiles
De las letras humanas y los rostros amados;
En vano interrogaron mis ojos agotados
Las vanas bibliotecas y los vanos atriles.
El azul y el bermejo son ahora una niebla
Y dos voces inútiles. El espejo que miro
Es una cosa gris. En el jardín aspiro,
Amigos, una lóbrega rosa de la tiniebla.
Ahora sólo perduran las formas amarillas
Y sólo puedo ver para ver pesadillas.

The Blind Man

I

He is divested of the diverse world,
of faces, which still stay as once they were,
of the adjoining streets, now far away,
and of the concave sky, once infinite.
Of books, he keeps no more than what is left him
by memory, that brother of forgetting,
which keeps the formula but not the feeling
and which reflects no more than tag and name.
Traps lie in wait for me. My every step
might be a fall. I am a prisoner
shuffling through a time that feels like dream,
taking no note of mornings or of sunsets.
It is night. I am alone. In verse like this,
I must create my insipid universe.

II

Since I was born, in 1899,
beside the concave vine and the deep cistern,
frittering time, so brief in memory,
kept taking from me all my eye-shaped world.
Both days and nights would wear away the profiles
of human letters and of well-loved faces.
My wasted eyes would ask their useless questions
of pointless libraries and lecterns.
Blue and vermilion both are now a fog,
both useless sounds. The mirror I look into
is gray. I breathe a rose across the garden,
a wistful rose, my friends, out of the twilight.
Only shades of yellow stay with me
and I can see only to look on nightmares.

—A.R.

La busca

Al término de tres generaciones
Vuelvo a los campos de los Acevedo,
Que fueron mis mayores. Vagamente
Los he buscado en esta vieja casa
Blanca y rectangular, en la frescura
De sus dos galerías, en la sombra
Creciente que proyectan los pilares,
En el intemporal grito del pájaro,
En la lluvia que abruma la azotea,
En el crepúsculo de los espejos,
En un reflejo, un eco, que fue suyo
Y que ahora es mío, sin que yo lo sepa.
He mirado los hierros de la reja
Que detuvo las lanzas del desierto,
La palmera partida por el rayo,
Los negros toros de Aberdeen, la tarde,
Las casuarinas que ellos nunca vieron.
Aquí fueron la espada y el peligro,
Las duras proscripciones, las patriadas;
Firmes en el caballo, aquí rigieron
La sin principio y la sin fin llanura
Los estancieros de las largas leguas.
Pedro Pascual, Miguel, Judas Tadeo . . .
Quién me dirá si misteriosamente,
Bajo ese techo de una sola noche,
Más allá de los años y del polvo,
Más allá del cristal de la memoria,
No nos hemos unido y confundido,
Yo en el sueño, pero ellos en la muerte.

The Search

Three generations gone and I return
To the fields of the Acevedos
Who were my ancestors. Vaguely
I have searched for them in this old house
White and rectangular, in the coolness
Of its two verandas, in the lengthening
Shadow that its pillars cast,
In the timeless shriek of a bird,
In the rain that wears the terraced roof away,
In the twilight of the mirrors,
In a reflection, an echo which was theirs
And now is mine without my knowing it.
I have looked at the windows' wrought-iron bars
Which deflected the desert spears,
The palm-trees struck by lightning,
The black bulls from Aberdeen, the evening,
The casuarinas they never saw.
Here was the sword and here was danger
And the hard proscriptions, the risings;
Firm on their horses, here
The long-leagued ranchers ruled
The plain with no beginning and no end.
Pedro, Pascal, Miguel, Judas, Tadeo . . .
Who will tell me whether mysteriously,
Under this roof of one sole night,
Far beyond the years and dust,
Beyond the crystal of the memory,
We have not joined and fused in one,
I in a dream, but they in death.

—C.T.

1971

Dos hombres caminaron por la luna.
Otros después. ¿Qué puede la palabra,
Qué puede lo que el arte sueña y labra,
Ante su real y casi irreal fortuna?
Ebrios de horror divino y de aventura,
Esos hijos de Whitman han pisado
El páramo lunar, el inviolado
Orbe que, antes de Adán, pasa y perdura.
El amor de Endimión en su montaña,
El hipogrifo, la curiosa esfera
De Wells, que en mi recuerdo es verdadera,
Se confirman. De todos es la hazaña.
No hay en la tierra un hombre que no sea
Hoy más valiente y más feliz. El día
Inmemorial se exalta de energía
Por la sola virtud de la Odisea
De esos amigos mágicos. La luna,
Que el amor secular busca en el cielo
Con triste rostro y no saciado anhelo,
Será su monumento, eterna y una.

1971

Two men walked on the surface of the moon.
Others will, later. What are words to do?
And what of the dreams and fashionings of art
before this real, almost unreal, event?
Heady with daring and with holy dread,
those sons of Whitman now have left their print
on the moon's wasteland, the unviolated
prehuman sphere, changing and permanent.
The love of Endymion in his mountain vigil,
the hippogriff, the curious sphere of Wells,
which in my memory is real and true,
now all take substance. Triumph belongs to all.
Today there is not a single man on earth
who does not feel more confident, more sure.
The unforgettable day thrills with new force
from the single rightness of the odyssey
of those benign magicians. The moon,
which earthly love still seeks out in the sky
with sorrowing face and still-unslaked desire,
will be its monument, everlasting, one.

—A.R.

Cosas

El volumen caído que los otros
Ocultan en la hondura del estante
Y que los días y las noches cubren
De lento polvo silencioso. El ancla
De Sidón que los mares de Inglaterra
Oprimen en su abismo ciego y blando.
El espejo que no repite a nadie
Cuando la casa se ha quedado sola.
Las limaduras de uña que dejamos
A lo largo del tiempo y del espacio.
El polvo indescifrable que fue Shakespeare.
Las modificaciones de la nube.
La simétrica rosa momentánea
Que el azar dio una vez a los ocultos
Cristales del pueril calidoscopio.
Los remos de Argos, la primera nave.
Las pisadas de arena que la ola
Soñolienta y fatal borra en la playa.
Los colores de Turner cuando apagan
Las luces en la recta galería
Y no resuena un paso en la alta noche.
El revés del prolijo mapamundi.
La tenue telaraña en la pirámide.
La piedra ciega y la curiosa mano.
El sueño que he tenido antes del alba
Y que olvidé cuando clareaba el día.
El principio y el fin de la epopeya
De Finsburh, hoy unos contados versos
De hierro, no gastado por los siglos.
La letra inversa en el papel secante.
La tortuga en el fondo del aljibe.
Lo que no puede ser. El otro cuerno
Del unicornio. El Ser que es Tres y es Uno.
El disco triangular. El inasible
Instante en que la flecha del eleata,
Inmóvil en el aire, da en el blanco.
La flor entre las páginas de Bécquer.
El péndulo que el tiempo ha detenido.
El acero que Odín clavó en el árbol.

Things

The fallen volume, hidden by the others
from sight in the recesses of the bookshelves,
and which the days and nights muffle over
with slow and noiseless dust. Also, the anchor
of Sidon, which the seas surrounding England
press down into its blind and soft abyss.
The mirror which shows nobody's reflection
after the house has long been left alone.
Fingernail filings which we leave behind
across the long expanse of time and space.
The indecipherable dust, once Shakespeare.
The changing figurations of a cloud.
The momentary but symmetric rose
which once, by chance, took substance in the shrouded
mirrors of a boy's kaleidoscope.
The oars of Argus, the original ship.
The sandy footprints which the fatal wave
as though asleep erases from the beach.
The colors of a Turner when the lights
are turned out in the narrow gallery
and not a footstep sounds in the deep night.
The other side of the dreary map of the world.
The tenuous spiderweb in the pyramid.
The sightless stone and the inquiring hand.
The dream I had in the approaching dawn
and later lost in the clearing of the day.
The ending and beginning of the epic
of Finsburgh, today a few sparse verses
of iron, unwasted by the centuries.
The mirrored letter on the blotting paper.
The turtle in the bottom of the cistern.
And things that cannot be. The other horn
of the unicorn. The Being, Three in One.
The triangular disc. The imperceptible moment
in which the Eleatic arrow,
motionless in the air, reaches the mark.
The violet pressed between the leaves of Bécquer.
The pendulum which time has stayed in place.
The weapon Odin buried in the tree.

El texto de las no cortadas hojas.
El eco de los cascos de lar carga
De Junín, que de algún eterno modo
No ha cesado y es parte de la trama.
La sombra de Sarmiento en las aceras.
La voz que oyó el pastor en la montaña.
La osamenta blanqueando en el desierto.
La bala que mató a Francisco Borges.
El otro lado del tapiz. Las cosas
Que nadie mira, salvo el Dios de Berkeley.

The volume with its pages still unslit.
The echo of the hoofbeats at the charge
of Junín, which in some enduring mode
never has ceased, is part of the webbed scheme.
The shadow of Sarmiento on the sidewalks.
The voice heard by the shepherd on the mountain.
The skeleton bleaching white in the desert.
The bullet which shot dead Francisco Borges.
The other side of the tapestry. The things
which no one sees, except for Berkeley's God.

—A.R.

Habla un busto de Jano

Nadie abriere o cerrare alguna puerta
Sin honrar la memoria del Bifronte,
Que las preside. Abarco el horizonte
De inciertos mares y de tierra cierta.
Mis dos caras divisan el pasado
Y el porvenir. Los veo y son iguales
Los hierros, las discordias y los males
Que Alguien pudo borrar y no ha borrado
Ni borrará. Me faltan las dos manos
Y soy de piedra inmóvil. No podría
Precisar si contemplo una porfía
Futura o la de ayeres hoy lejanos.
Veo mi ruina: la columna trunca
Y las caras, que no se verán nunca.

A Bust of Janus Speaks

No one is to open or close a single door
without homage to me, who see two ways,
doors' tutelary. Horizon lines
of stable land, unstable seas, yield to my gaze.
My two faces penetrate the past,
discern the future. Common to both I see,
drawn swords, evil, discord;
one who could have removed them let them be
and does so still. Missing are my two hands.
I am of stone fixed in place. I cannot say
for sure whether the things that I behold
are future disputes or quarrels of yesterday.
I look about my ruins: truncated column,
faces powerless to glance each other's way.

—A.S.T.

Poema de la cantidad

Pienso en el parco cielo puritano
De solitarias y perdidas luces
Que Emerson miraría tantas noches
Desde la nieve y el rigor de Concord.
Aquí son demasiadas las estrellas.
El hombre es demasiado. Las innúmeras
Generaciones de aves y de insectos,
Del jaguar constelado y de la sierpe,
De ramas que se tejen y entretejen,
Del café, de la arena y de las hojas
Oprimen las mañanas y prodigan
Su minucioso laberinto inútil.
Acaso cada hormiga que pisamos
Es única ante Dios, que la precisa
Para la ejecución de las puntuales
Leyes que rigen Su curioso mundo.
Si así no fuera, el universo entero
Sería un error y un oneroso caos.
Los espejos del ébano y del agua,
El espejo inventivo de los sueños,
Los líquenes, los peces, las madréporas,
Las filas de tortugas en el tiempo,
Las luciérnagas de una sola tarde,
Las dinastías de las araucarias,
Las perfiladas letras de un volumen
Que la noche no borra, son sin duda
No menos personales y enigmáticas
Que yo, que las confundo. No me atrevo
A juzgar a la lepra o a Calígula.
                              —*San Pablo, 1970.*

Poem of Quantity

I think of the stark and puritanical sky
with its remote and solitary stars
which Emerson so many nights would look at
from the snow-bound severity of Concord.
Here, the night sky overflows with stars.
Man is too numerous. Endless generations
of birds and insects, multiplying themselves,
of serpents and the spotted jaguar,
of growing branches, weaving, interweaving,
of grains of sand, of coffee and of leaves
descend on every day and recreate
their minuscule and useless labyrinth.
It may be every ant we trample on
is single before God, Who counts on it
for the unfolding of the measured laws
which regulate His curious universe.
The entire system, if it was not so,
would be an error and a weighty chaos.
Mirrors of water, mirrors of ebony,
the all-inventive mirror of our dreams,
lichens, fishes, and the riddled coral,
the clawmarks left by tortoises in time,
the fireflies of a single afternoon,
the dynasties of the Araucarians,
the delicate shapes of letters in a volume
which night does not blot out, unquestionably
are no less personal and enigmatic
than I, who mix them up. I would not dare
to judge the lepers or Caligula.

—A.R.

El centinela

Entra la luz y me recuerdo; ahí está.

Empieza por decirme su nombre, que es (ya se entiende) el mío.

Vuelvo a la esclavitud que ha durado más de siete veces diez años.

Me impone su memoria.

Me impone las miserias de cada día, la condición humana.

Soy su viejo enfermero; me obliga a que la lave los pies.

Me acecha en los espejos, en la caoba, en los cristales de las tiendas.

Una u otra mujer lo ha rechazado y debo compartir su congoja.

Me dicta ahora este poema, que no me gusta.

Me exige el nebuloso aprendizaje del terco anglosajón.

Me ha convertido al culto idolátrico de militares muertos, con los que
    acaso no podría cambiar una sola palabra.

En el último tramo de la escalera siento que está a mi lado.

Está en mis pasos, en mi voz.

Minuciosamente lo odio.

Advierto con fruición casi no ve.

Estoy en una celda circular y el infinito muro se estrecha.

Ninguno de los dos engaña al otro, pero los dos mentimos.

Nos conocemos demasiado, inseparable hermano.

Bebes el agua de mi copa y devoras mi pan.

La puerta del suicida está abierta, pero los teólogos afirman que en la
    sombra ulterior del otro reino estaré yo, esperándome.

The Watcher

The light enters and I remember who I am; he is there.
He begins by telling me his name which (it should now be clear) is mine.
I revert to the servitude which has lasted more than seven times ten years.
He saddles me with his rememberings.
He saddles me with the miseries of every day, the human condition.
I am his old nurse; he requires me to wash his feet.
He spies on me in mirrors, in mahogany, in shop windows.
One or another woman has rejected him, and I must share his anguish.
He dictates to me now this poem, which I do not like.
He insists I apprentice myself tentatively to the stubborn Anglo-Saxon.
He has won me over to the hero worship of dead soldiers, people with
      whom I could scarcely exchange a single word.
On the last flight of stairs, I feel him at my side.
He is in my footsteps, in my voice.
Down to the last detail, I abhor him.
I am gratified to remark that he can hardly see.
I am in a circular cell and the infinite wall is closing in.
Neither of the two deceives the other, but we both lie.
We know each other too well, inseparable brother.
You drink the water from my cup and you wolf down my bread.
The door to suicide is open, but theologians assert that, in the subsequent
      shadows of the other kingdom, there will I be, waiting for myself.

—A.R.

Al idioma alemán

Mi destino es la lengua castellana,
El bronce de Francisco de Quevedo,
Pero en la lenta noche caminada
Me exaltan otras músicas más íntimas.
Alguna me fue dada por la sangre—
Oh voz de Shakespeare y de la Escritura—,
Otras por el azar, que es dadivoso,
Pero a ti, dulce lengua de Alemania,
Te he elegido y buscado, solitario.
A través de vigilias y gramáticas,
De la jungla de las declinaciones,
Del diccionario, que no acierta nunca
Con el matiz preciso, fui acercándome.
Mis noches están llenas de Virgilio,
Dije una vez; también pude haber dicho
de Hölderlin y de Angelus Silesius.
Heine me dio sus altos ruiseñores;
Goethe, la suerte de un amor tardío,
A la vez indulgente y mercenario;
Keller, la rosa que una mano deja
En la mano de un muerto que la amaba
Y que nunca sabrá si es blanca o roja.
Tú, lengua de Alemania, eres tu obra
Capital: el amor entrelazado
De las voces compuestas, las vocales
Abiertas, los sonidos que permiten
El estudioso hexámetro del griego
Y tu rumor de selvas y de noches.
Te tuve alguna vez. Hoy, en la linde
De los años cansados, te diviso
Lejana como el álgebra y la luna.

To the German Language

My destiny is in the Spanish language,
the bronze words of Francisco de Quevedo,
but in the long, slow progress of the night,
different, more intimate musics move me.
Some have been handed down to me by blood—
voices of Shakespeare, language of the Scriptures—
others by chance, which has been generous;
but you, gentle language of Germany,
I chose you, and I sought you out alone.
By way of grammar books and patient study,
through the thick undergrowth of the declensions,
the dictionary, which never puts its thumb on
the precise nuance, I kept moving closer.
My nights were full of overtones of Virgil,
I once said; but I could as well have named
Hölderlin and Angelus Silesius.
Heine lent me his lofty nightingales;
Goethe, the good fortune of late love,
at the same time both greedy and indulgent;
Keller, the rose which one hand leaves behind
in the closed fist of a dead man who adored it,
who will never know if it is white or red.
German language, you are your masterpiece:
love interwound in all your compound voices
and open vowels, sounds that accommodate
the studious hexameters of Greek
and undercurrents of jungles and of nights.
Once, I had you. Now, at the far extreme
of weary years, I feel you have become
as out of reach as algebra and the moon.

—A.R.

1891

Apenas lo entreveo y ya lo pierdo.
Ajustado el decente traje negro,
La frente angosta y el bigote ralo,
Y con una chalina como todas,
Camina entre la gente de la tarde
Ensimismado y sin mirar a nadie.
En una esquina de la calle Piedras
Pide una caña brasilera. El hábito.
Alguien le grita adiós. No le contesta.
Hay en los ojos un rencor antiguo.
Otra cuadra. Una racha de milonga
Le llega desde un patio. Esos changangos
Están siempre amolando la paciencia,
Pero al andar se hamaca y no lo sabe.
Sube su mano y palpa la firmeza
Del puñal en la sisa del chaleco.
Va a cobrarse una deuda. Falta poco.
Unos pasos y el hombre se detiene.
En el zaguán hay una flor de cardo.
Oye el golpe del balde en el aljibe
Y una voz que conoce demasiado.
Empuja la cancel que aún está abierta
Como si lo esperaran. Esta noche
Tal vez ya lo habrán muerto.

1891

I catch a glimpse of him and then I lose him—
best black suit well-brushed and narrow-fitting,
nondescript neckerchief around the throat,
narrow forehead, straggling mustache,
he walks among the people of the evening,
lost in himself, not seeing anyone.
At a corner counter on the Calle Piedras
he takes a shot of spirits, out of habit.
Someone calls out to him. He doesn't answer.
Behind his eyes, an old resentment smolders.
Another block. A fragment of milonga
falls from a patio. Those cheap guitars
keep gnawing at the edges of his temper,
but still, his walk keeps time, unconsciously.
He lifts his hand and pats the solid handle
of the dagger in the collar of his waistcoat.
He goes to reclaim a debt. It is not far.
A few steps, and the man stops in his walking.
In the passageway, there is a flowering thistle.
He hears the clunk of a bucket in the cistern
and a voice already too well known to him.
He pushes the far door, which is already open
as though he were expected. This very evening
perhaps they will have shown him his own death.

—A.R.

El sueño de Pedro Henríquez Ureña

El sueño que Pedro Henríquez Ureña tuvo en el alba de uno de los días de 1946 curiosamente no constaba de imágenes sino de pausadas palabras. La voz que las decía no era la suya pero se parecía a la suya. El tono, pese a las posibilidades patéticas que el tema permitía, era impersonal y común. Durante el sueño, que fue breve. Pero sabía que estaba durmiendo en su cuarto y que su mujer estaba a su lado. En la oscuridad el sueño le dijo:

Hará unas cuantas noches, en una esquina de la calle Córdoba, discutiste con Borges la invocación del Anónimo Sevillano *Oh Muerte, ven callada como sueles venir en la saeta.* Sospecharon que era el eco deliberado de algún texto latino, ya que esas traslaciones correspondían a los hábitos de una época, del todo ajena a nuestro concepto del plagio, sin duda menos literario que comercial. Lo que no sospecharon, lo que no podían sospechar, es que el diálogo era profético. Dentro de unas horas, te apresurarás por el último andén de Constitución, para dictar tu clase en la Universidad de La Plata. Alcanzarás el tren, pondrás la cartera en la red y te acomodarás en tu asiento, junto a la ventanilla. Alguien, cuyo nombre no sé pero cuya cara estoy viendo, te dirigirá unas palabras. No le contestarás, porque estarás muerto. Ya te habrás despedido como siempre de tu mujer y de tus hijas. No recordarás este sueño porque tu olvido es necesario para que se cumplan los hechos.

The Dream of Pedro Henríquez Ureña

The dream which Pedro Henríquez Ureña dreamed close to dawn one day in 1946 consisted, oddly enough, not of images but of slow, specific words. The voice which spoke them was not his own, but resembled it. Its tone, in spite of the mournful possibilities implicit in what it said, was impersonal and matter-of-fact. During the dream, which was short, Pedro knew that he was asleep in his own room, with his wife at his side. In the dark, the dream addressed him:

Some nights ago, on a corner of the Calle Córdoba, you discussed with Borges the invocation of the Anonymous One of Seville: "O Death come in silence as you are wont to do in the hands of the clock." You both suspected it to be the deliberate echo of some Latin text, inasmuch as these transliterations corresponded with the habits of a particular time, totally outside our own notions of plagiarism, unquestionably less literary than practical. What you did not suspect, what you could not suspect, is that the dialogue was a prophetic one. In a few hours, you will be hurrying along the last platform of Constitution Station, to give your class at the University of La Plata. You will catch the train, put your briefcase on the rack and settle in your seat, beside the window. Someone, whose name I do not know but whose face I am seeing, will address some words to you. You will not reply, because you will be dead. You will already have said goodbye, as usual, to your wife and children. You will not remember this dream, because your forgetting is necessary to the fulfillment of these events.

—A.R.

El palacio

El Palacio no es infinito.

Los muros, los terraplenes, los jardines, los laberintos, las gradas, las terrazas, los antepechos, las puertas, las galerías, los patios circulares o rectangulares, los claustros, las encrucijadas, los aljibes, las antecámaras, las cámaras, las alcobas, las bibliotecas, los desvanes, las cárceles, las celdas sin salida y los hipogeos, no son menos cuantiosos que los granos de arena del Ganges, pero su cifra tiene un fin. Desde las azoteas, hacia el poniente, no falta quien divise las herrerías, las carpinterías, las caballerizas, los astilleros y las chozas de los esclavos.

A nadie le está dado recorrer más que una parte infinitesimal del palacio. Alguno no conoce sino los sótanos. Podemos percibir unas caras, unas voces, unas palabras, pero lo que percibimos es ínfimo. Ínfimo y precioso a la vez. La fecha que el acero graba en la lápida y que los libros parroquiales registran es posterior a nuestra muerte: ya estamos muertos cuando nada nos toca, ni una palabra, ni un anhelo, ni una memoria. Yo sé que no estoy muerto.

The Palace

The Palace is not infinite.

The walls, the ramparts, the gardens, the labyrinths, the staircases, the terraces, the parapets, the doors, the galleries, the circular or rectangular patios, the cloisters, the intersections, the cisterns, the anterooms, the chambers, the alcoves, the libraries, the attics, the dungeons, the sealed cells and the vaults, are not less in quantity than the grains of sand in the Ganges, but their number has a limit. From the roofs, toward sunset, many people can make out the forges, the workshops, the stables, the boatyards, and the huts of the slaves.

It is granted to no one to traverse more than an infinitesimal part of the palace. Some know only the cellars. We can take in some faces, some voices, some words, but what we perceive is of the feeblest. Feeble and precious at the same time. The date which the chisel engraves in the tablet, and which is recorded in the parochial registers, is later than our own death; we are already dead when nothing touches us, neither a word nor a yearning nor a memory. I know that I am not dead.

—A.R.

Hengist quiere hombres
(A.D. 449)

Hengist quiere hombres.

Acudirán de los confines de arena que se pierden en largos mares, de chozas llenas de humo, de tierras pobres, de hondos bosques de lobos, en cuyo centro indefinido está el Mal.

Los labradores dejarán el arado y los pescadores las redes.

Dejarán sus mujeres y sus hijos, porque el hombre sabe que en cualquier lugar de la noche puede hallarlas y hacerlos.

Hengist el mercenario quiere hombres.

Los quiere para debelar una isla que todavía no se llama Inglaterra.

Lo seguirán sumisos y crueles.

Saben que siempre fue el primero en la batalla de hombres.

Saben que una vez olvidó su deber de venganza y que le dieron una espada desnuda y que la espada hizo su obra.

Atravesarán a remo los mares, sin brújula y sin mástil.

Traerán espadas y broqueles, yelmos con la forma del jabalí, conjuros para que se multipliquen las mieses, vagas cosmogonías, fábulas de los hunos y de los godos.

Conquistarán la tierra, pero nunca entrarán en las ciudades que Roma abandonó, porque son cosas demasiado complejas para su mente bárbara.

Hengist los quiere para la victoria, para el saqueo, para la corrupción de la carne y para el olvido.

Hengist los quiere (pero no lo sabe) para la fundación del mayor imperio, para que canten Shakespeare y Whitman, para que dominen el mar las naves de Nelson, para que Adán y Eva se alejen, tomados de la mano y silenciosos, del Paraíso que han perdido.

Hengist los quiere (pero no lo sabrá) para que yo trace estas letras.

Hengist Wants Men
(A.D. 449)

Hengist wants men.

They will rally from the edges of sand which dissolve into broad seas, from huts filled with smoke, from threadbare landscapes, from deep forests haunted by wolves, in whose vague center Evil lurks.

The ploughman will abandon the plough and the fishermen their nets.

They will leave their wives and their children, for a man knows that anywhere in the night he can encounter the one and engender the other.

Hengist the mercenary wants men.

He wants them to subdue an island which is not yet called England.

Cowed and vicious, they will follow him.

They know him always to have been the first among men in battle.

They know that once he forgot his vow of vengeance and that they gave him a naked sword and that the sword did its work.

They will try their oars against the seas, with neither compass nor mast.

They will bear swords and bucklers, helmets in the likeness of the boar's head, spells to make the cornfields multiply, vague cosmogonies, legends of the Huns and the Goths.

They will conquer the ground, but never will they enter the cities which Rome abandoned, for these are things too complicated for their primitive minds.

Hengist wants them for the victory, for the pillaging, for for the corruption of the flesh, and for oblivion.

Hengist wants them (but he does not know it) for the founding of the greatest of empires, for the singing of Shakespeare and Whitman, for Nelson's ships to rule the sea, for Adam and Eve to be banished, hand in hand and silent, from the Paradise they have lost.

Hengist wants them (but he cannot know it) so that I may form these letters.

—A.R.

A un gato

No son más silenciosos los espejos
Ni más furtiva el alba aventurera;
Eres, bajo la luna, esa pantera
Que nos es dado divisar de lejos.
Por obra indescifrable de un decreto
Divino, te buscamos vanamente;
Más remoto que el Ganges y el poniente,
Tuya es la soledad, tuyo el secreto.
Tu lomo condesciende a la morosa
Caricia de mi mano. Has admitido,
Desde esa eternidad que ya es olvido.
El amor de la mano recelosa.
En otro tiempo estás. Eres el dueño
De un ámbito cerrado como un sueño.

To a Cat

Mirrors are not more wrapt in silences
nor the arriving dawn more secretive;
you, in the moonlight, are that panther figure
which we can only spy at from a distance.
By the mysterious functioning of some
divine decree, we seek you out in vain;
remoter than the Ganges or the sunset,
yours is the solitude, yours is the secret.
Your back allows the tentative caress
my hand extends. And you have condescended,
since that eternity, by now forgotten,
to take love from a flattering human hand.
You live in other time, lord of your realm—
a world as closed and separate as dream.

—A.R.

El oro de los tigres

Hasta la hora del ocaso amarillo
Cuántas veces habré mirado
Al poderoso tigre de Bengala
Ir y venir por el predestinado camino
Detrás de los barrotes de hierro,
Sin sospechar que eran su cárcel.
Después vendrían otros tigres,
El tigre de fuego de Blake;
Después vendrían otros oros,
El metal amoroso que era Zeus,
El anillo que cada nueve noches
Engendra nueve anillos y éstos, nueve,
Y no hay un fin.
Con los años fueron dejándome
Los otros hermosos colores
Y ahora sólo me quedan
La vaga luz, la inextricable sombra
Y el oro del principio.
Oh ponientes, oh tigres, oh fulgores
Del mito y de la épica,
Oh un oro más precioso, tu cabello
Que ansían estas manos.

East Lansing, 1972.

The Gold of the Tigers

Up to the moment of the yellow sunset,
how many times will I have cast my eyes on
the sinewy-bodied tiger of Bengal
to-ing and fro-ing on its paced-out path
behind the labyrinthine iron bars,
never suspecting them to be a prison.
Afterwards, other tigers will appear:
the blazing tiger of Blake, burning bright;
and after that will come the other golds—
the amorous gold shower disguising Zeus,
the gold ring which, on every ninth night,
gives light to nine rings more, and these, nine more,
and there is never an end.
All the other overwhelming colors,
in company with the years, kept leaving me,
and now alone remains
the amorphous light, the inextricable shadow
and the gold of the beginning.
O sunsets, O tigers, O wonders
of myth and epic,
O gold more dear to me, gold of your hair
which these hands long to touch.

East Lansing, 1972

—A.R.

La rosa profunda
The Unending Rose

(1975)

Prólogo

La doctrina romántica de una Musa que inspira a los poetas fue la que profesaron los clásicos; la doctrina clásica del poema como una operación de la inteligencia fue enunciada por un romántico, Poe, hacia 1846. El hecho es paradójico. Fuera de unos casos aislados de inspiración onírica—el sueño del pastor que refiere Beda, el ilustre sueño de Coleridge—, es evidente que ambas doctrinas tienen su parte de verdad, salvo que corresponden a distintas etapas del proceso. (Por Musa debemos entender lo que los hebreos y Milton llamaron el Espíritu y lo que nuestra triste mitología llama lo Subconsciente.) En lo que me concierne, el proceso es más o menos invariable. Empiezo por divisar una forma, una suerte de isla remota, que será después un relato o una poesía. Veo el fin y veo el principio, no lo que se halla entre los dos. Esto gradualmente me es revelado, cuando los astros o el azar son propicios. Más de una vez tengo que desandar el camino por la zona de sombra. Trato de intervenir lo menos posible en la evolución de la obra. No quiero que la tuerzan mis opiniones, que son lo más baladí que tenemos. El concepto de arte comprometido es una ingenuidad, porque nadie sabe del todo lo que ejecuta. Un escritor, admitió Kipling, puede concebir una fábula, pero no penetrar su moraleja. Debe ser leal a su imaginación, y no a las meras circunstancias efímeras de una supuesta "realidad".

La literatura parte del verso y puede tardar siglos en discernir la posibilidad de la prosa. Al cabo de cuatrocientos años, los anglosajones dejaron una poesía no pocas veces admirable y una prosa apenas explícita. La palabra habría sido en el principio un símbolo mágico, que la usura del tiempo desgastaría. La misión del poeta sería restituir a la palabra, siquiera de un modo parcial, su primitiva y ahora oculta virtud. Dos deberes tendría todo verso: comunicar un hecho preciso y tocarnos físicamente, como la cercanía del mar. He aquí un ejemplo de Virgilio:

> Sunt lacrymae rerum et mentem mortalia tangunt

Uno de Meredith:

> Not till the fire is dying in the grate
> Look we for any kinship with the stars

O este alejandrino de Lugones, cuyo español quiere regresar al latín:

> El hombre numeroso de penas y de días.

Tales versos prosiguen en la memoria su cambiante camino.

Al término de tantos—y demasiados—años de ejercicio de la literatura, no profeso una estética. ¿A qué agregar a los límites naturales que nos im-

Prologue

The romantic notion of a Muse who inspires poets was advanced by classical writers; the classical idea of the poem as a function of the intelligence was put forward by a romantic, Poe, around 1846. The fact is paradoxical. Apart from isolated cases of oneiric inspiration—the shepherd's dream referred to by Bede, the famous dream of Coleridge—it is obvious that both doctrines are partially true, unless they correspond to distinct stages in the process. (For Muse, we must read what the Hebrews and Milton called Spirit, and what our own woeful mythology refers to as the Subconscious.) In my own case, the process is more or less unvarying. I begin with the glimpse of a form, a kind of remote island, which will eventually be a story or a poem. I see the end and I see the beginning, but not what is in between. That is gradually revealed to me, when the stars or chance are propitious. More than once, I have to retrace my steps by way of the shadows. I try to interfere as little as possible in the evolution of the work. I do not want it to be distorted by my opinions, which are the most trivial things about us. The notion of art as compromise is a simplification, for no one knows entirely what he is doing. A writer can conceive a fable, Kipling acknowledged, without grasping its moral. He must be true to his imagination, and not to the mere ephemeral circumstances of a supposed "reality."

Literature starts out from poetry and can take centuries to arrive at the possibility of prose. After four hundred years, the Anglo-Saxons left behind a poetry which was not just occasionally admirable and a prose which was scarcely explicit. The word must have been in the beginning a magic symbol, which the usury of time wore out. The mission of the poet should be to restore to the word, at least in a partial way, its primitive and now secret force. All verse should have two obligations: to communicate a precise instance and to touch us physically, as the presence of the sea does. I have here an example from Virgil:

> sunt lacrymae rerum et mentem mortalia tangunt

One from Meredith:

> Not till the fire is dying in the grate
> Look we for any kinship with the stars

Or this alexandrine from Lugones, in which the Spanish is trying to return to the Latin:

> El hombre numeroso de penas y de días.

Such verses move along their shifting path in the memory.

pone el hábito los de una teoría cualquiera? Las teorías, como las convicciones de orden político o religioso, no son otra cosa que estímulos. Varían para cada escritor. Whitman tuvo razón al negar la rima; esa negación hubiera sido una insensatez en el caso de Hugo.

Al recorrer las pruebas de este libro, advierto con algún desagrado que la ceguera ocupa un lugar plañidero que no ocupa en mi vida. La ceguera es una clausura, pero también es una liberación, una soledad propicia a las invenciones, una llave y un álgebra.

—J.L.B.
—*Buenos Aires, junio de 1975.*

After so many—too many—years of practicing literature, I do not profess any aesthetic. Why add to the natural limits which habit imposes on us those of some theory or other? Theories, like convictions of a political or religious nature, are nothing more than stimuli. They vary for every writer. Whitman was right to do away with rhyme; that negation would have been stupid in Victor Hugo's case.

Going over the proofs of this book, I notice with some distaste that blindness plays a mournful role, which it does not play in my life. Blindness is a confinement, but it is also a liberation, a solitude propitious to invention, a key and an algebra.

—J.L.B.

Buenos Aires, June, 1975

—A.R.

Yo

La calavera, el corazón secreto,
Los caminos de sangre que no veo,
Los túneles del sueño, ese Proteo,
Las vísceras, la nuca, el esqueleto.
Soy esas cosas. Increíblemente
Soy también la memoria de una espada
Y la de un solitario sol poniente
Que se dispersa en oro, en sombra, en nada.
Soy el que ve las proas desde el puerto;
Soy los contados libros, los contados
Grabados por el tiempo fatigados;
Soy el que envidia a los que ya se han muerto.
Más raro es ser el hombre que entrelaza
Palabras en un cuarto de una casa.

I

The skull within, the secret, shuttered heart,
the byways of the blood I never see,
the underworld of dreaming, that Proteus,
the nape, the viscera, the skeleton.
I am all those things. Amazingly,
I am too the memory of a sword
and of a solitary, falling sun,
turning itself to gold, then gray, then nothing.
I am the one who sees the approaching ships
from harbor. And I am the dwindled books,
the rare engravings worn away by time;
the one who envies those already dead.
Stranger to be the man who interlaces
such words as these, in some room in a house.

—A.R.

El sueño

Cuando los relojes de la media noche prodiguen
Un tiempo generoso,
Iré más lejos que los bogavantes de Ulises
A la región del sueño, inaccesible
A la memoria humana.
De esa región inmersa rescato restos
Que no acabo de comprender:
Hierbas de sencilla botánica,
Animales algo diversos,
Diálogos con los muertos,
Rostros que realmente son máscaras,
Palabras de lenguajes muy antiguos
Y a veces un horror incomparable
Al que nos puede dar el día.
Seré todos o nadie. Seré el otro
Que sin saberlo soy, el que ha mirado
Ese otro sueño, mi vigilia. La juzga,
Resignado y sonriente.

The Dream

While the clocks of the midnight hours are squandering
an abundance of time,
I shall go, farther than the shipmates of Ulysses,
to the territory of dream, beyond the reach
of human memory.
From that underwater world I save some fragments,
inexhaustible to my understanding:
grasses from some primitive botany,
animals of all kinds,
conversations with the dead,
faces which all the time are masks,
words out of very ancient languages,
and at times, horror, unlike anything
the day can offer us.
I shall be all or no one. I shall be the other
I am without knowing it, he who has looked on
that other dream, my waking state. He weighs it up,
resigned and smiling.

—A.R.

Browning resuelve ser poeta

Por estos rojos laberintos de Londres
descubro que he elegido
la más curiosa de las profesiones humanas,
salvo que todas, a su modo, lo son.
Como los alquimistas
que buscaron la piedra filosofal
en el azogue fugitivo,
haré que las comunes palabras
—naipes marcados del tahúr, moneda de la plebe—
rindan la magia que fue suya
cuando Thor era el numen y el estrépito,
el trueno y la plegaria.
En el dialecto de hoy
diré a mi vez las cosas eternas;
trataré de no ser indigno
del gran eco de Byron.
Este polvo que soy será invulnerable.
Si una mujer comparte mi amor
mi verso rozará la décima esfera de los cielos concéntricos;
si una mujer desdeña mi amor
haré de mi tristeza una música,
un alto río que siga resonando en el tiempo.
Viviré de olvidarme.
Seré la cara que entreveo y que olvido,
seré Judas que acepta
la divina misión de ser traidor,
seré Calibán en la ciénaga,
seré un soldado mercenario que muere
sin temor y sin fe,
seré Polícrates que ve con espanto
el anillo devuelto por el destino,
seré el amigo que me odia.
El persa me dará el ruiseñor y Roma la espada.
Máscaras, agonías, resurrecciones,
destejerán y tejerán mi suerte
y alguna vez seré Robert Browning.

Browning Resolves to Be a Poet

In these red London labyrinths
I find that I have chosen
the most curious of human professions,
though given that all are curious, in their way.
Like alchemists
who looked for the philosopher's stone
in elusive quicksilver,
I shall make ordinary words—
the marked cards of the sharper, the people's coinage—
yield up the magic that was theirs
whcn Thor was inspiration and eruption,
thunder and worship.
In the wording of the day,
I in my turn will say eternal things;
I will try to be not unworthy
of the great echo of Byron.
This dust that is me will be invulnerable.
If a woman shares my love,
my poem will graze the tenth sphere of the concentric heavens;
if a woman shrugs off my love,
I will make music out of my misery,
a vast river reverberating through time.
I will live by forgetting myself.
I will be the face I half-see and forget,
I will be Judas who accepts
the blessed destiny of being a traitor,
I will be Caliban in the swamp,
I will be a mercenary dying
without fear or faith,
I will be Polycrates, horrified to see
the ring returned by destiny,
I will be the friend who hates me.
Persia will grant me the nightingale, Rome the sword.
Agonies, masks, and resurrections
will weave and unweave my fate
and at some point I will be Robert Browning.

—A.R.

El suicida

No quedará en la noche una estrella.
No quedará la noche.
Moriré y conmigo la suma
Del intolerable universo.
Borraré las pirámides, las medallas,
Los continentes y las caras.
Borraré la acumulación del pasado.
Haré polvo la historia, polvo el polvo.
Estoy mirando el último poniente.
Oigo el último pájaro.
Lego la nada a nadie.

The Suicide

Not a single star will be left in the night.
The night will not be left.
I will die and, with me,
the weight of the intolerable universe.
I shall erase the pyramids, the medallions,
the continents and faces.
I shall erase the accumulated past.
I shall make dust of history, dust of dust.
Now I am looking on the final sunset.
I am hearing the last bird.
I bequeath nothingness to no one.

                                —A.R.

Al ruiseñor

¿En qué noche secreta de Inglaterra
O del constante Rhin incalculable,
Perdida entre las noches de mis noches,
A mi ignorante oído habrá llegado
Tu voz cargada de mitologías,
Ruiseñor de Virgilio y de los persas?
Quizá nunca te oí, pero a mi vida
Se une tu vida, inseparablemente.
Un espíritu errante fue tu símbolo
En un libro de enigmas. El Marino
Te apodaba sirena de los bosques
Y cantas en la noche de Julieta
Y en la intrincada página latina
Y desde los pinares de aquel otro
Ruiseñor de Judea y de Alemania,
Heine el burlón, el encendido, el triste.
Keats te oyó para todos, para siempre.
No habrá uno solo entre los claros nombres
Que los pueblos te dan sobre la tierra
Que no quiera ser digno de tu música,
Ruiseñor de la sombra. El agareno
Te soñó arrebatado por el éxtasis
El pecho traspasado por la espina
De la cantada rosa que enrojeces
Con tu sangre final. Asiduamente
Urdo en la hueca tarde este ejercicio,
Ruiseñor de la arena y de los mares,
Que en la memoria, exaltación y fábula
Ardes de amor y mueres melodioso.

To the Nightingale

Out of what secret English summer evening
or night on the incalculable Rhine,
lost among all the nights of my long night,
could it have come to my unknowing ear,
your song, encrusted with mythology,
nightingale of Virgil and the Persians?
Perhaps I never heard you, but my life
is bound up with your life, inseparably.
The symbol for you was a wandering spirit
in a book of enigmas. The poet, El Marino,
nicknamed you the "siren of the forest";
you sing throughout the night of Juliet
and through the intricate pages of the Latin
and from his pinewoods, Heine, that other
nightingale of Germany and Judea,
called you mockingbird, firebird, bird of mourning.
Keats heard your song for everyone, forever.
There is not one among the shimmering names
people have given you across the earth
that does not seek to match your own music,
nightingale of the dark. The Muslim dreamed you
in the delirium of ecstasy,
his breast pierced by the thorn of the sung rose
you redden with your blood. Assiduously
in the black evening I contrive this poem,
nightingale of the sands and all the seas,
that in exultation, memory, and fable,
you burn with love and die in liquid song.

—A.R.

Soy

Soy el que sabe que no es menos vano
Que el vano observador que en el espejo
De silencio y cristal sigue el reflejo
O el cuerpo (da lo mismo) del hermano.
Soy, tácitos amigos, el que sabe
Que no hay otra venganza que el olvido
Ni otro perdón. Un dios ha concedido
Al odio humano esta curiosa llave.
Soy el que pese a tan ilustres modos
De errar, no ha descifrado el laberinto
Singular y plural, arduo y distinto,
Del tiempo, que es de uno y es de todos.
Soy el que es nadie, el que no fue una espada
En la guerra. Soy eco, olvido, nada.

Un ciego

No sé cuál es la cara que me mira
Cuando miro la cara del espejo;
No sé qué anciano acecha en su reflejo
Con silenciosa y ya cansada ira.
Lento en mi sombra, con la mano exploro
Mis invisibles rasgos. Un destello
Me alcanza. He vislumbrado tu cabello
Que es de ceniza o es aún de oro.
Repito que he perdido solamente
La vana superficie de las cosas.
El consuelo es de Milton y es valiente,
Pero pienso en las letras y en las rosas.
Pienso que si pudiera ver mi cara
Sabría quién soy en esta tarde rara.

I Am

I am he who knows himself no less vain
than the vain looker-on who in the mirror
of glass and silence follows the reflection
or body (it's the same thing) of his brother.
I am, my silent friends, the one who knows
there is no other pardon or revenge
than sheer oblivion. A god has granted
this odd solution to all human hates.
Despite my many wondrous wanderings,
I am the one who never has unraveled
the labyrinth of time, singular, plural,
grueling, strange, one's own and everyone's.
I am no one. I did not wield a sword
in battle. I am echo, emptiness, nothing.

—A.R.

A Blind Man

I do not know what face is looking back
whenever I look at the face in the mirror;
I do not know what old face seeks its image
in silent and already weary anger.
Slow in my blindness, with my hand I feel
the contours of my face. A flash of light
gets through to me. I have made out your hair,
color of ash and at the same time, gold.
I say again that I have lost no more
than the inconsequential skin of things.
These wise words come from Milton, and are noble,
but then I think of letters and of roses.
I think, too, that if I could see my features,
I would know who I am, this precious afternoon.

—A.R.

1972

Temí que el porvenir (que ya declina)
Sería un profundo corredor de espejos
Indistintos, ociosos y menguantes,
Una repetición de vanidades,
Y en la penumbra que precede al sueño
Rogué a mis dioses, cuyo nombre ignoro,
Que enviaran algo o alguien a mis días.
Lo hicieron. Es la Patria. Mis mayores
La sirvieron con largas proscripciones,
Con penurias, con hambre, con batallas,
Aquí de nuevo está el hermosos riesgo.
No soy aquellas sombras tutelares
Que honré con versos que no olvida el tiempo.
Estoy ciego. He cumplido los setenta;
No soy el oriental Francisco Borges
Que murió con dos balas en el pecho,
Entre las agonías de los hombres,
En el hedor de un hospital de sangre,
Pero la Patria, hoy profanada quiere
Que con mi oscura pluma de gramático,
Docta en las nimiedades académicas
Y ajena a los trabajos de la espada,
Congregue el gran rumor de la epopeya
Y exija mi lugar. Lo estoy haciendo.

1972

I feared that the future, now already dwindling,
would be an extending corridor of mirrors,
useless and vague, their images on the wane,
a repetition of all vanities,
and in the half-light which precedes the dream,
I begged my gods, whose names I do not know,
to send something or someone into my days.
They did. It is my country. My own forebears
gave themselves up to it through long proscriptions,
in penury, in hunger, and in battle.
Here, once again, comes the alluring challenge.
I am not those tutelary figures
I praised in verses still alive in time.
I am blind, and I have lived out seventy years.
I am not Francisco Borges from the east
who died with a brace of bullets in his breast
among the final agonies of men
in the death-stench of a hospital of blood;
but my country, violated now, insists
that with my tentative grammarian's pen,
well-schooled in academic tinkerings,
far from the warlike business of the sword,
I assemble the great rumble of the epic
and carve out my own place. I am doing it.

—A.R.

Elegía

Tres muy antiguas caras me desvelan:
Una el Océano, que habló con Claudio,
Otra el Norte de aceros ignorantes
Y atroces en la aurora y el ocaso,
La tercera la muerte, ese otro nombre
Del incesante tiempo que nos roe.
La carga secular de los ayeres
De la historia que fue o que fue soñada
Me abruma, personal como una culpa.
Pienso en la nave ufana que devuelve
A los mares el cuerpo de Scyld Sceaving
Que reinó en Dinamarca bajo el cielo;
Pienso en el alto lobo, cuyas riendas
Eran sierpes, que dio al barco incendiado
la blancura del dios hermoso y muerto;
Pienso en piratas cuya carne humana
Es dispersión y limo bajo el peso
De los mares que fueron su aventura;
Pienso en las tumbas que los navegantes
Vieron desde boreales Odiseas.
Pienso en mi propia, en mi perfecta muerte,
Sin la urna cineraria y sin la lágrima.

Elegy

Three very ancient faces stay with me:
one is the Ocean, which would talk with Claudius,
another the North, with its unfeeling temper,
savage both at sunrise and at sunset;
the third is Death, that other name we give
to passing time, which wears us all away.
The secular burden of those yesterdays
from history which happened or was dreamed,
oppresses me as personally as guilt.
I think of the proud ship, carrying back
to sea the body of Scyld Sceaving,
who ruled in Denmark underneath the sky;
I think of the great wolf, whose reins were serpents,
who lent the burning boat the purity
and whiteness of the beautiful dead god;
I think of pirates too, whose human flesh
is scattered through the slime beneath the weight
of waters which were ground for their adventures;
I think of mausoleums which the sailors
saw in the course of Northern odysseys.
I think of my own death, my perfect death,
without a funeral urn, without a tear.

—A.R.

El desterrado
(1977)

Alguien recorre los senderos de Itaca
Y no se acuerda de su rey, que fue a Troya
Hace ya tantos años;
Alguien piensa en las tierras heredadas
Y en el arado nuevo y el hijo
Y es acaso feliz.
En el confín del orbe yo, Ulises,
Descendí a la Casa de Hades
Y vi la sombra del tebano Tiresias
Que desligó el amor de las serpientes
Y la sombra de Heracles
Que mata sombras de leones en la pradera
Y asimismo está en el Olimpo.
Alguien hoy anda por Bolívar y Chile
Y puede ser feliz o no serlo.
Quién me diera ser él.

The Exile
(1977)

Someone makes tracks along the paths of Ithaca
and has forgotten his king, who was at Troy
so many years ago;
someone is thinking of his new-won lands,
his new plough and his son,
and is happy, in the main.
Within the confines of the globe, myself, Ulysses,
descended deep into the Hall of Hades
and saw the shade of Tiresius of Thebes
who unlocked the love of the serpents
and the shade of Hercules
who kills the shades of lions on the plain
and at the same time occupies Olympus.
Someone today walks streets—Chile, Bolívar—
perhaps happy, perhaps not.
I wish I could be he.

—A.R.

Talismanes

Un ejemplar de la primera edición de la *Edda Islandorum* de Snorri,
    impresa en Dinamarca.
Los cinco tomos de la obra de Schopenhauer.
Los dos tomos de las *Odiseas* de Chapman.
Una espada que guerreó en el desierto.
Un mate con un pie de serpientes que mi bisabuelo trajo de Lima.
Un prisma de cristal.
Unos daguerrotipos borrosos.
Un globo terráqueo de madera que me dio Cecilia Ingenieros y que fue de
    su padre.
Un bastón de puño encorvado que anduvo por las llanuras de América, por
    Colombia y por Texas.
Varios cilindros de metal con diplomas.
La toga y el birrete de un doctorado.
Las Empresas de Saavedra Fajardo, en olorosa pasta española.
La memoria de una mañana.
Líneas de Virgilio y de Frost.
La voz de Macedonio Fernández.
El amor o el diálogo de unos pocos.
Ciertamente son talismanes, pero de nada sirven contra la sombra que no
    puedo nombrar, contra la sombra que no debo nombrar.

Talismans

A copy of the first edition of the *Edda Islandorum*, by Snorri, printed in
    Denmark.
The five volumes of the work of Schopenhauer.
The two volumes of Chapman's *Odyssey*.
A sword which fought in the desert.
A maté gourd with serpent feet which my great-grandfather brought from
    Lima.
A crystal prism.
A few eroded daguerreotypes.
A terraqueous wooden globe which Cecilia Ingenieros gave me and which
    belonged to her father.
A stick with a curved handle with which I walked on the plains of America,
    in Colombia and in Texas.
Various metal cylinders with diplomas.
The gown and mortarboard of a doctorate.
Las Empresas, by Saavedra Fajardo, bound in good-smelling Spanish board.
The memory of a morning.
Lines of Virgil and Frost.
The voice of Macedonio Fernández.
The love or the conversation of a few people.
Certainly they are talismans, but useless against the dark I cannot name,
    the dark I must not name.

—A.R.

The unending rose

A Susana Bombal

A los quinientos años de la Héjira
Persia miró desde sus alminares
La invasión de las lanzas del desierto
Y Attar de Nishapur miró una rosa
Y le dijo con tácita palabra
Como el que piensa, no como el que reza:
—Tu vaga esfera está en mi mano. El tiempo
Nos encorva a los dos y nos ignora
En esta tarde de un jardín perdido.
Tu leve peso es húmedo en el aire.
La incesante pleamar de tu fragancia
Sube a mi vieja cara que declina
Pero te sé más lejos que aquel niño
Que te entrevió en las láminas de un sueño
O aquí en este jardín, una mañana.
La blancura del sol puede ser tuya
O el oro de la luna o la bermeja
Firmeza de la espada en la victoria.
Soy ciego y nada sé, pero preveo
Que son más los caminos. Cada cosa
Es infinitas cosas. Eres música,
Firmamentos, palacios, ríos, ángeles,
Rosa profunda, ilimitada, íntima,
Que el Señor mostrará a mis ojos muertos.

The Unending Rose

To Susana Bombal

Five hundred years in the wake of the Hegira,
Persia looked down from its minarets
on the invasion of the desert lances,
and Attar of Nishapur gazed on a rose,
addressing it in words that had no sound,
as one who thinks rather than one who prays:
"Your fragile globe is in my hand; and time
is bending both of us, both unaware,
this afternoon, in a forgotten garden.
Your brittle shape is humid in the air.
The steady, tidal fullness of your fragrance
rises up to my old, declining face.
But I know you far longer than that child
who glimpsed you in the layers of a dream
or here, in this garden, once upon a morning.
The whiteness of the sun may well be yours
or the moon's gold, or else the crimson stain
on the hard sword-edge in the victory.
I am blind and I know nothing, but I see
there are more ways to go; and everything
is an infinity of things. You, you are music,
rivers, firmaments, palaces, and angels,
O endless rose, intimate, without limit,
which the Lord will finally show to my dead eyes."

—A.R.

La moneda de hierro
The Iron Coin

(1976)

Prólogo

Bien cumplidos los setenta años que aconseja el Espíritu, un escritor, por torpe que sea, ya sabe ciertas cosas. La primera, sus límites. Sabe con razonable esperanza lo que puede intentar y—lo cual sin duda es más importante—lo que le está vedado. Esta comprobación, tal vez melancólica, se aplica a las generaciones y al hombre. Creo que nuestro tiempo es incapaz de la oda pindárica o de la laboriosa novela histórica o de los alegatos en verso; creo, acaso con análoga ingenuidad, que no hemos acabado de explorar las posibilidades indefinidas del proteico soneto o de las estrofas libres de Whitman. Creo, asimismo, que la estética abstracta es una vanidosa ilusión o un agradable tema para las largas noches del cenáculo o una fuente de estímulos y de trabas. Si fuera una, el arte sería uno. Ciertamente no lo es; gozamos con pareja fruición de Hugo y Virgilio, de Robert Browning y de Swinburne, de los escandinavos y de los persas. La música de hierro del sajón no nos place menos que las delicadezas morosas del simbolismo. Cada sujeto, por ocasional o tenue que sea, nos impone una estética peculiar. Cada palabra, aunque esté cargada de siglos, inicia una página en blanco y compromete el porvenir.

En cuanto a mí . . . Sé que este libro misceláneo que el azar fue dejándome a lo largo de 1976, en el yermo universitario de East Lansing y en mi recobrado país, no valdrá mucho más ni mucho menos que los anteriores volúmenes. Este módico vaticinio, que nada nos cuesta admitir, me depara una suerte de impunidad. Puedo consentirme algunos caprichos, ya que no me juzgarán por el texto sino por la imagen indefinida pero suficientemente precisa que se tiene de mí. Puedo transcribir las vagas palabras que oí en un sueño y denominarlas *Ein Traum*. Puedo reescribir y acaso malear un soneto sobre Spinoza. Puedo tratar de aligerar, mudando el acento prosódico, el endecasílabo castellano. Puedo, en fin, entregarme al culto de los mayores y a ese otro culto que ilumina mi ocaso: la germanística de Inglaterra y de Islandia.

No en vano fui engendrado en 1899. Mis hábitos regresan a aquel siglo y al anterior y he procurado no olvidar mis remotas y ya desdibujadas humanidades. El prólogo tolera la confidencia; he sido un vacilante conversador y un buen auditor. No olvidaré los diálogos de mi padre, de Macedonio Fernández, de Alfonso Reyes y de Rafael Cansinos-Asséns. Me sé del todo indigno de opinar en materia política, pero tal vez me sea perdonado añadir que descreo de la democracia, ese curioso abuso de la estadística.

—J.L.B.

Buenos Aires, 27 de julio de 1976.

Prologue

No matter how inept, any writer who has reached the Biblical seventy years is sure of a few things. First, his own limits: He knows with reasonable certainty what he can attempt and, what is even more important, what is forbidden him. For instance, I do believe that in our time we are incapable of producing Pindaric odes, historical novels, or diatribes in verse. I also believe, perhaps with analogous ingenuousness, that we have not finished exploring the innumerable possibilities of the protean sonnet form or the free strophes of Walt Whitman. I also think that an abstract aesthetic is a vain illusion, or an appropriate theme for many-houred literary gatherings, or a source of creative stimulation or the opposite. If we agreed that all art were unitive, all art would be similar, but it most certainly is not. We take delight equally in Hugo and in Virgil, in Robert Browning and Swinburne, in the Scandinavian epic poets and in the Persian poets. The steely music of the Saxon language is no less agreeable than the delicate musings of the Symbolists. Each subject, however occasional or thin, imposes on us its own aesthetic. Each word, though weighed down by the centuries, opens up a blank page and posits the future.

In my case . . . I realize that this miscellaneous collection that chance caused me to write during 1976 in the academic wasteland of East Lansing, Michigan, and after my return to Argentina, will not be of greater or lesser value than my previous books of verse. This modest prediction, which I am not at all troubled to concede, affords me a kind of impunity. I can let myself go with a few caprices since I will no longer by judged by the text itself but rather by the vague but still sufficiently precise image that people have of me. I can transcribe the indistinct words I heard in a dream and can call it *Ein Traum*. I can redo and perhaps ruin a sonnet on Spinoza. I can attempt to lighten, by changing the prosodic accent, the Spanish eleven-syllable line. And finally, I allow myself to engage in the cult of my ancestors and that other cult which illuminates my decline: the study of Old English and Icelandic.

It was not just happenstance that I was born in 1899. My reading habits go back to the nineteenth century and well before that, and I have always tried not to lose sight of my remote and now almost forgotten humanistic education. Prologues allow confidences. I have been a vacillating Conservative and a good listener. I will never forget the conversations with my father, with Macedonio Fernández, with Alfonso Reyes and Rafael Cansinos-Asséns. I am well aware that I am unworthy of uttering opinions on political matters, but perhaps I might be forgiven for doing so by adding that I have doubts about democracy, that curious abuse of statistics.

—J.L.B.

Buenos Aires, July 27, 1976

La pesadilla

Sueño con un antiguo rey. De hierro
Es la corona y muerta la mirada.
Ya no hay caras así. La firme espada
Lo acatará, leal como su perro.
No sé si es de Nortumbria o de Noruega.
Sé que es del Norte. La cerrada y roja
Barba le cubre el pecho. No me arroja
Una mirada, su mirada ciega.
¿De qué apagado espejo, de qué nave
De los mares que fueron su aventura,
Habrá surgido el hombre gris y grave
Que me impone su antaño y su amargura?
Sé que me sueña y que me juzga, erguido.
El día entra en la noche. No se ha ido.

México

¡Cuántas cosas iguales! El jinete y el llano,
La tradición de espadas, la plata y la caoba,
El piadoso benjuí que sahúma la alcoba
Y ese latín venido a menos, el castellano.
¡Cuántas cosas distintas! Una mitología
De sangre que entretejen los hondos dioses muertos,
Los nopales que dan horror a los desiertos
Y el amor de una sombra que es anterior al día.
¡Cuántas cosas eternas! El patio que se llena
De lenta y leve luna que nadie ve, la ajada
Violeta entre las páginas de Nájera olvidada,
El golpe de la ola que regresa a la arena.
El hombre que en su lecho último se acomoda
Para esperar la muerte. Quiere tenerla, toda.

Nightmare

I'm dreaming of an ancient king. His crown
Is iron and his gaze is dead. There are
No faces like that now. And never far
His firm sword guards him, loyal like his hound.
I do not know if he is from Norway
Or Northumberland. But from the north, I know.
His tight red beard covers his chest. And no,
His blind gaze doesn't hurl a gaze my way.
From what extinguished mirror, from what ship
On seas that were his gambling wilderness
Could this man, gray and grave, venture a trip
Forcing on me his past and bitterness?
I know he dreams and judges me, is drawn
Erect. Day breaks up night. He hasn't gone.

—W.B.

Mexico

How many things alike! The horseman and the plain,
The tradition of swords, mahogany, and silver,
The pious balsam that perfumes the alcove,
And Latin reduced to something less, Castilian.
How many different things! A mythology
Of blood that interweaves the deep dead gods,
The frightening prickly pear that haunts the desert
And the love of a shadow that precedes daylight.
How many eternal things! The courtyard filled
With slow and weightless moonlight no one sees, the withered
Violet pressed between the pages of forgotten Nájera,
The impact of the wave retreating on the sand.
The man who on his deathbed settles in
To await the end. He wants it, all of it.

—S.K.

A Manuel Mujica Lainez

Isaac Luria declara que la eterna Escritura
Tiene tantos sentidos como lectores. Cada
Versión es verdadera y ha sido prefijada
Por Quien es el lector, el libro y la lectura.
Tu versión de la patria, con sus fastos y brillos,
Entra en mi vaga sombra como si entrara el día
Y la oda se burla de la Oda. (La mía
No es más que una nostalgia de ignorantes cuchillos
Y de viejo coraje.) Ya se estremece el Canto,
Ya, apenas contenidas por la prisión del verso,
Surgen las muchedumbres del futuro y diverso
Reino que será tuyo, su júbilo y su llanto.
Manuel Mujica Lainez alguna vez tuvimos
Una patria—¿recuerdas?—y los dos la perdimos.

To Manuel Mujica Lainez

The eternal Writing, Isaac Luria maintains,
Has many meanings, each authentic as the next,
True to Whomever is the reader, to the text,
And to the reading, and which each one preordains.
Your version of the fatherland, its splendid flourish,
Enters my darkness like the daylight entering
And the ode humiliates the Ode. (My rendering
Is only a nostalgia of ancient courage
And of ignorant daggers.) Now the Canto shudders,
Now the masses of a future and diverse
Kingdom whose gratitude and grieving will be yours
Surge forward, hardly burdened by the poem's fetters.
Manuel Mujica Lainez, once we both embraced
A fatherland—remember?—which we have misplaced.

—E.M.

Argentine novelist, short-story writer, biographer, and poet born in 1910, Manuel Mujica Lainez is most renowned in the English-speaking world for his historical novel *Bomarzo* (1962).

Herman Melville

Siempre lo cercó el mar de sus mayores,
Los sajones, que al mar dieron el nombre
Ruta de la ballena, en que se aúnan
Las dos enormes cosas, la ballena
Y los mares que largamente surca.
Siempre fue suyo el mar. Cuando sus ojos
Vieron en alta mar las grandes aguas
Ya lo había anhelado y poseído
En aquel otro mar, que es la Escritura,
O en el dintorno de los arquetipos.
Hombre, se dio a los mares del planeta
Y a las agotadoras singladuras
Y conoció el harpón enrojecido
Por Leviathán y la rayada arena
Y el olor de las noches y del alba
Y el horizonte en que el azar acecha
Y la felicidad de ser valiente
Y el gusto, al fin, de divisar a Itaca.
Debelador del mar, pisó la tierra
Firme que es la raíz de las montañas
Y en la que marca un vago derrotero,
Quieta en el tiempo, una dormida brújula.
A la heredada sombra de los huertos,
Melville cruza las tardes New England
Pero lo habita el mar. Es el oprobio
Del mutilado capitán del *Pequod,*
El mar indescifrable y las borrascas
Y la abominación de la blancura.
Es el gran libro. Es el azul Proteo.

Herman Melville

He was always surrounded by the sea of his elders,
The Saxons, who named the ocean
The Whale-Road, thereby uniting
The two immense things, the whale
And the seas it endlessly ploughs.
The sea was always his. By the time his eyes
First took in the great waters of the high seas
He had already longed for and possessed it
On that other ocean, which is Writing,
And in the outline of the archetypes.
A man, he gave himself to the earth's oceans
And to the exhausting days at sea
And he came to know the harpoon reddened
By Leviathan and the rippled sand
And the smells of nights and mornings
And chance on the horizon waiting in ambush
And the happiness of being brave
And the pleasure, at last, of spying Ithaca.
The ocean's conqueror, he strode the solid
Earth out of which mountains grow
And on which he charts an imprecise course
As with a sleeping compass, motionless in time.
In the inherited shadows of the gardens
Melville moves through the New England evenings,
But the sea possesses him. It is the shame
Of the *Pequod*'s mutilated captain,
The unreadable ocean with its furious squalls
And the abomination of the whiteness.
It is the great book. It is blue Proteus.

—S.K.

La luna

A María Kodama

Hay tanta soledad en ese oro.
La luna de las noches no es la luna
Que vio el primer Adán. Los largos siglos
De la vigilia humana la han colmado
De antiguo llanto. Mírala. Es tu espejo.

A Johannes Brahms

Yo, que soy un intruso en los jardines
Que has prodigado a la plural memoria
Del porvenir, quise cantar la gloria
Que hacia el azul erigen tus violines.
He desistido ahora. Para honrarte
No basta esa miseria que la gente
Suele apodar con vacuidad el arte.
Quien te honrare ha de ser claro y valiente.
Soy un cobarde. Soy un triste. Nada
Podrá justificar esta osadía
De cantar la magnífica alegría
—Fuego y cristal—de tu alma enamorada.
Mi servidumbre es la palabra impura,
Vástago de un concepto y de un sonido;
Ni símbolo, ni espejo, ni gemido,
Tuyo es el río que huye y que perdura.

The Moon

for María Kodama

There is such loneliness in that gold.
The moon of the nights is not the moon
Whom the first Adam saw. The long centuries
Of human vigil have filled her
With ancient lament. Look at her. She is your mirror.

—W.B.

To Johannes Brahms

A mere intruder in the lavish gardens
You planted in the plural memory
Of times to come, I tried to sing the bliss
Your violins erect into the blue.
But now I've given up. To honor you,
That misery which people give the empty
Name of art does not suffice.
Whoever would honor you must be bright and brave.
I am a coward. I am a sad man. Nothing
Can justify this audacity
Of singing the magnificent happiness
—Fire and crystal—of your soul in love.
My servitude is in the impure word,
Offspring of a concept and a sound;
No symbol, not a mirror, not a moan,
Yours is the river that flows and endures.

—S.K.

A mi padre

Tú quisiste morir enteramente,
La carne y la gran alma. Tú quisiste
Entrar en la otra sombra sin el triste
Gemido del medroso y del doliente.
Te hemos visto morir con el tranquilo
Ánimo de tu padre ante las balas.
La roja guerra no te dio sus alas,
La lenta parca fue cortando el hilo.
Te hemos visto morir sonriente y ciego.
Nada esperabas ver del otro lado,
Pero tu sombra acaso ha divisado
Los arquetipos que Platón el Griego
Soñó y que me explicabas. Nadie sabe
De qué mañana el mármol es la llave.

El remordimiento

He cometido el peor de los pecados
Que un hombre puede cometer. No he sido
Feliz. Que los glaciares del olvido
Me arrastren y me pierdan, despiadados.
Mis padres me engendraron para el juego
Arriesgado y hermoso de la vida,
Para la tierra, el agua, el aire, el fuego.
Los defraudé. No fui feliz. Cumplida
No fue su joven voluntad. Mi mente
Se aplicó a las simétricas porfías.
Del arte, que entreteje naderías.
Me legaron valor. No fui valiente.
No me abandona. Siempre está a mi lado
La sombra de haber sido un desdichado.

To My Father

You wished to die entirely and for good,
Your flesh and its great soul. You wished to go
Into that other shade with no sad flood
Of pleas from one whose pain and terror show.
We saw you die with that serenely calm
Spirit your father had before the lead
Of bullets. War gave you no wings, no psalm
Or shouts. The dreary Parc was cutting thread.
We saw you die smiling and also blind,
Expecting nothing on the other side.
But your shade saw or maybe barely spied
Those final archetypes you shared with me
That Plato the Greek dreamt. No one will find
That day for which your marble is the key.

                  —W.B.

Remorse

I have committed the worst sin of all
That a man can commit. I have not been
Happy. Let the glaciers of oblivion
Drag me and mercilessly let me fall.
My parents bred and bore me for a higher
Faith in the human game of nights and days;
For earth, for air, for water, and for fire.
I let them down. I wasn't happy. My ways
Have not fulfilled their youthful hope. I gave
My mind to the symmetric stubbornness
Of art, and all its webs of pettiness.
They willed me bravery. I wasn't brave.
It never leaves my side, since I began:
This shadow of having been a brooding man.

                  —W.B.

Baruch Spinoza

Bruma de oro, el occidente alumbra
La ventana. El asiduo manuscrito
Aguarda, ya cargado de infinito.
Alguien construye a Dios en la penumbra.
Un hombre engendra a Dios. Es un judío
De tristes ojos y piel cetrina;
Lo lleva el tiempo como lleva el río
Una hoja en el agua que declina.
No importa. El hechicero insiste y labra
A Dios con geometría delicada;
Desde su enfermedad, desde su nada,
Sigue erigiendo a Dios con la palabra.
El más pródigo amor le fue otorgado,
El amor que no espera ser amado.

Para una versión del I King

El porvenir es tan irrevocable
Como el rígido ayer. No hay una cosa
Que no sea una letra silenciosa
De la eterna escritura indescifrable
Cuyo libro es el tiempo. Quien se aleja
De su casa ya ha vuelto. Nuestra vida
Es la senda futura y recorrida.
Nada nos dice adiós. Nada nos deja.
No te rindas. La ergástula es oscura,
La firme trama es de incesante hierro,
Pero en algún recodo de tu encierro
Puede haber un descuido, una hendidura,
El camino es fatal como la flecha
Pero en las grietas está Dios, que acecha.

Baruch Spinoza

A haze of gold, the Occident lights up
The window. Now, the assiduous manuscript
Is waiting, weighed down with the infinite.
Someone is building God in a dark cup.
A man engenders God. He is a Jew
With saddened eyes and lemon-colored skin;
Time carries him the way a leaf, dropped in
A river, is borne off by waters to
Its end. No matter. The magician moved
Carves out his God with fine geometry;
From his disease, from nothing, he's begun
To construct God, using the word. No one
Is granted such prodigious love as he:
The love that has no hope of being loved.

—W.B.

For a Version of *I Ching*

The imminent is as immutable
As rigid yesterday. There is no matter
That rates more than a single, silent letter
In the eternal and inscrutable
Writing whose book is time. He who believes
He's left his home already has come back.
Life is a future and well-traveled track.
Nothing dismisses us. Nothing leaves.
Do not give up. The prison is bereft
Of light, its fabric is incessant iron,
But in some corner of your mean environs
You might discover a mistake, a cleft.
The road is fatal as an arrow's flight
But God is watching in the narrowest light.

—E.M.

No eres los otros

No te habrá de salvar lo que dejaron
Escrito aquellos que tu miedo implora;
No eres los otros y te ves ahora
Centro del laberinto que tramaron
Tus pasos. No te salva la agonía
De Jesús o de Sócrates ni el fuerte
Siddhartha de oro que aceptó la muerte
En un jardín, al declinar el día.
Polvo también es la palabra escrita
Por tu mano o el verbo pronunciado
Por tu boca. No hay lástima en el Hado
Y la noche de Dios es infinita.
Tu materia es el tiempo, el incesante
Tiempo. Eres cada solitario instante.

You Are Not the Others

The writings left behind by those your dread
Implores won't have to save you. You are not
The others, and you see your feet have brought
You to the center of a maze their tread
Has plotted. Jesus' pain will afford no pardon,
Nor Socrates' suffering, nor the inviolate
Golden Siddhartha, who within the twilit
Final hour of evening, in a garden,
Accepted death. These too are dust: the soundless
Verb spoken by your lips, and the word written
By your hand. In Fate there is no pity
And the enduring night of God is boundless.
Your matter is time, its unchecked and unreckoned
Passing. You are each solitary second.

—E.M.

La moneda de hierro

Aquí está la moneda de hierro. Interroguemos
Las dos contrarias caras que serán la respuesta
De la terca demanda que nadie no se ha hecho:
¿Por qué precisa un hombre que una mujer lo quiera?
Miremos. En el orbe superior se entretejen
El firmamento cuádruple que sostiene el diluvio
Y las inalterables estrellas planetarias.
Adán, el joven padre, y el joven Paraíso.
La tarde y la mañana. Dios en cada criatura.
En ese laberinto puro está tu reflejo.
Arrojemos de nuevo la moneda de hierro
Que es también un espejo mágico. Su reverso
Es nadie y nada y sombra y ceguera. Eso eres.
De hierro las dos caras labran un solo eco.
Tus manos y tu lengua son testigos infieles.
Dios es el inasible centro de la sortija.
No exalta ni condena. Hace algo más: olvida.
Calumniado de infamia ¿por qué no han de quererte?
En la sombra del otro buscamos nuestra sombra;
En el cristal del otro, nuestro cristal recíproco.

The Iron Coin

Before us is the iron coin. Now let us ask
The two opposing faces what the answer will be
To the intractable demand no one has made:
Why does a man require a woman to desire him?
Let us look. In the higher orb are interwoven
The firmament's four strata that uphold the flood
And the unalterable planetary stars.
Adam, the youthful father, and young Paradise.
The afternoon and morning. God in every creature.
In that pure labyrinth you'll find your own reflection.
Once again let us discard the iron coin,
Which is a magic mirror also. Its reverse
Is no one, nothing, shadow, blindness. You are that.
The pair of iron faces fashions a single echo.
Your hands and tongue are unreliable witnesses.
God is the unapproachable center of the ring.
He does more than exalt or sentence: he forgets.
Slandered with infamy, why shouldn't they desire you?
Within the other's shadow, we pursue our shadow.
Within the other's mirror, our reciprocal mirror.

                               —E.M.

Historia de la noche
The History of the Night

(1977)

Alejandría, A.D. 641

Desde el primer Adán que vio la noche
Y el día y la figura de su mano,
Fabularon los hombres y fijaron
En piedra o en metal o en pergamino
Cuanto ciñe la tierra o plasma el sueño.
Aquí está su labor: la Biblioteca.
Dicen que los volúmenes que abarca
Dejan atrás la cifra de los astros
O de la arena del desierto. El hombre
Que quisiera agotarla perdería
La razón y los ojos temerarios.
Aquí la gran memoria de los siglos
Que fueron, las espadas y los héroes,
Los lacónicos símbolos del álgebra,
El saber que sondea los planetas
Que rigen el destino, las virtudes
De hierbas y marfiles talismánicos,
El verso en que perdura la caricia,
La ciencia que descifra el solitario
Laberinto de Dios, la teología,
La alquimia que en el barro busca el oro
Y las figuraciones del idólatra.
Declaran los infieles que si ardiera,
Ardería la historia. Se equivocan.
Las vigilias humanas engendraron
Los infinitos libros. Si de todos
No quedara uno solo, volverían
A engendrar cada hoja y cada línea,
Cada trabajo y cada amor de Hércules,
Cada lección de cada manuscrito.
En el siglo primero de la Hégira,
Yo, aquel Omar que sojuzgó a los persas
Y que impone el Islam sobre la tierra,
Ordeno a mis soldados que destruyan
Por el fuego la larga Biblioteca,
Que no perecerá. Loados sean
Dios que no duerme y Muhammad, Su Apóstol.

Alexandria, A.D. 641

Since the first Adam who beheld the night
And the day and the shape of his own hand,
Men have made up stories and have fixed
In stone, in metal, or on parchment
Whatever the world includes or dreams create.
Here is the fruit of their labor: the Library.
They say the wealth of volumes it contains
Outnumbers the stars or the grains
Of sand in the desert. The man
Who tried to read them all would lose
His mind and the use of his reckless eyes.
Here the great memory of the centuries
That were, the swords and the heroes,
The concise symbols of algebra,
The knowledge that fathoms the planets
Which govern destiny, the powers
Of herbs and talismanic carvings,
The verse in which love's caress endures,
The science that deciphers the solitary
Labyrinth of God, theology,
Alchemy which seeks to turn clay into gold
And all the symbols of idolatry.
The faithless say that if it were to burn,
History would burn with it. They are wrong.
Unceasing human work gave birth to this
Infinity of books. If of them all
Not even one remained, man would again
Beget each page and every line,
Each work and every love of Hercules,
And every teaching of every manuscript.
In the first century of the Muslim era,
I, that Omar who subdued the Persians
And who imposes Islam on the Earth,
Order my soldiers to destroy
By fire the abundant Library,
Which will not perish. All praise is due
To God who never sleeps and to Muhammad, His Apostle.

—S.K.

Alhambra

Grata la voz del agua
A quien abrumaron negras arenas,
Grato a la mano cóncava
El mármol circular de la columna,
Gratos los finos laberintos del agua
Entre los limoneros,
Grata la música del zéjel,
Grato el amor y grata la plegaria
Dirigida a un Dios que está solo,
Grato el jazmín.

Vano el alfanje
Ante las largas lanzas de los muchos,
Vano ser el mejor.
Grato sentir o presentir, rey doliente,
Que tus dulzuras son adioses,
Que te será negada la llave,
Que la cruz del infiel borrará la luna,
Que la tarde que miras es la última.

Granada, 1976.

Alhambra

Pleasing is the water's voice
To one whom black sands overwhelmed.
Pleasing to the cupped hand
The column's marble curve.
Pleasing the water's labyrinths that lace
Through lemon trees.
Pleasing is the sweetly sung *zéjel*.
Pleasing is love, and pleasing the prayer
Offered to a solitary God.
Pleasing is the jasmine.

Vain is the cutlass
Before the long lances of the horde.
And all in vain to be the best.
Pleasing to know or to foreknow, sorrowing king,
That your courtesies become farewells,
That to you the key will be denied,
That the infidel's cross will eclipse the moon,
That the afternoon you witness is your last.

Granada, 1976

—H.R.

Caja de música

Música del Japón. Avaramente
De la clepsidra se desprenden gotas
De lenta miel o de invisible oro
Que en el tiempo repiten una trama
Eterna y frágil, misteriosa y clara.
Temo que cada una sea la última.
Son un ayer que vuelve. ¿De qué templo,
De qué leve jardín en la montaña,
De qué vigilias ante un mar que ignoro,
De qué pudor de la melancolía,
De qué perdida y rescatada tarde,
Llegan a mí, su porvenir remoto?
No lo sabré. No importa. En esa música
Yo soy. Yo quiero ser. Yo me desangro.

Music Box

Music of Japan. Drops of slow honey
Or of invisible gold are dispersed
In a miserly way from a water clock,
And repeat in time a weaving that is
Eternal, fragile, mysterious, and clear.
I fear that each one may be the last.
It's a past coming back. From what temple,
From what fresh garden in the mountain,
From what vigil before an unknown sea,
From what shyness of melancholy,
From what lost and ransomed afternoon
Does its remote future come to me?
I cannot know. No matter. I am
In that music. I want to be. I bleed.

—W.B.

Ni siquiera soy polvo

No quiero ser quien soy. La avara suerte
Me ha deparado el siglo diecisiete,
El polvo y la rutina de Castilla,
Las cosas repetidas, la mañana
Que, prometiendo el hoy, nos da la víspera,
La plática del cura y del barbero,
La soledad que va dejando el tiempo
Y una vaga sobrina analfabeta.
Soy hombre entrado en años. Una página
Casual me reveló no usadas voces
Que me buscaban, Amadís y Urganda.
Vendí mis tierras y compré los libros
Que historian cabalmente las empresas:
El Grial, que recogió la sangre humana
Que el Hijo derramó para salvarnos,
El ídolo de oro de Mahoma,
Los hierros, las almenas, las banderas
Y las operaciones de la magia.
Cristianos caballeros recorrían
Los reinos de la tierra, vindicando
El honor ultrajado o imponiendo
Justicia con los filos de la espada.
Quiera Dios que un enviado restituya
A nuestro tiempo ese ejercico noble.
Mis sueños lo divisan. Lo he sentido
A veces en mi triste carne célibe.
No sé aún su nombre. Yo, Quijano,
Seré ese paladín. Seré mi sueño.
En esta vieja casa hay una adarga
Antigua y una hoja de Toledo
Y una lanza y los libros verdaderos
Que a mi brazo prometen la victoria.
¿A mi brazo? Mi cara (que no he visto)
No proyecta una cara en el espejo.
Ni siquiera soy polvo. Soy un sueño
Que entreteje en el sueño y la vigilia
Mi hermano y padre, el capitán Cervantes,
Que militó en los mares de Lepanto
Y supo unos latines y algo de árabe . . .

I Am Not Even Dust

I do not want to be who I am. Petty luck
Has offered me the seventeenth century,
The dust and constitution of Castile,
The things that come and come again, the morning
That, promising today, gives us the evening,
The patter of the barber and the priest,
The loneliness that time continues leaving
And one illiterate and idle niece.
I am a man of years. A casual page
Revealed the unused voices that had been
Pursuing me, Urganda and Amadís.
I sold my acres and procured the books
That recollect completely the campaigns:
The Grail, which received the human blood
Poured out for our salvation by the Son,
The idol of Mohammed, made of gold,
The parapets, the battlements, the banners
And all the operations of the magic.
The knights of Christianity spilled over
The kingdoms of the world, to vindicate
Insulted dignity, or to impose
Justice with the edges of a sword.
Please God, let one be sent to reinstate
That noble practice in our century.
My dreams anticipate it. I have felt it
At moments in my celibate, sad flesh.
I don't yet know his name. But I, Quijano,
Will be that champion. I will be my dream.
In this historic house there is a shield
Of long ago and a stainless blade of Toledo
And an authentic lance and the true books
That promise to my arm full victory.
To my arm? My visage (which I have not seen)
Has never cast its image in the mirror.
I am not even dust. I am a dream
That weaves itself in sleep and wakefulness.
My brother and my father, Captain Cervantes,
Fought nobly on the waters of Lepanto,
Learned Latin and a little Arabic . . .

Para que yo pueda soñar al otro
Cuya verde memoria será parte
De los días del hombre, te suplico:
Mi Dios, mi soñador, sigue soñándome.

That I might be allowed to dream the other
Whose fertile memory will be a part
Of all the days of man, I humbly pray:
My God, my dreamer, keep on dreaming me.

—E.M.

Islandia

Qué dicha para todos los hombres,
Islandia de los mares, que existas.
Islandia de la nieve silenciosa y del agua ferviente.
Islandia de la noche que se aboveda
sobre la vigilia y el sueño.
Isla del día blanco que regresa,
joven y mortal como Bladr.
Fría rosa, isla secreta
que fuiste la memoria de Germania
y salvaste para nosotros
su apagada, enterrada mitología,
el anillo que engendra nueve anillos,
los altos lobos de la selva de hierro
que devorarán la luna y el sol,
la nave que Alguien o Algo construye
con uñas de los muertos.
Islandia de los cráteres que esperan,
y de las tranquilas majadas.
Islandia de las tardes inmóviles
y de los hombres fuertes
que son ahora marineros y barqueros y párrocos
y que ayer descubrieron un continente.
Isla de los caballos de larga crin
que engendran sobre el pasto y la lava,
isla del agua llena de monedas
y de no saciada esperanza.
Islandia de la espada y de la runa,
Islandia de la gran memoria cóncava
que no es una nostalgia.

Iceland

Iceland of the seas,
how lucky all men are that you exist.
Iceland of the silent snow and fervent water.
Iceland of the night that overarches
our wakefulness and sleep.
Island of the white returning day,
young and mortal as Balder.
Icy rose, secret island,
you were Germania's memory;
you saved for us
her snuffed-out, buried myths:
the ring that sires nine rings more,
the giant wolves from iron woods
that will devour sun and moon,
the ship Someone or Something builds
with the fingernails of the dead.
Iceland of craters that bide their time,
and of quiet flocks of sheep.
Iceland of still afternoons
and stalwart men
who are sailors now and boatmen and parishioners,
and who yesterday unearthed a continent.
Island of long-maned horses
that beget on lava beds and grass,
island of water filled with coins
and unquenched hope.
Iceland of the sword and of the rune,
Iceland of the great domed memory
that knows no longing for the past.

—H.R.

Gunnar Thorgilsson
(1816–1879)

La memoria del tiempo
Está llena de espadas y de naves
Y de polvo de imperios
Y de rumor de hexámetros
Y de altos caballos de guerra
Y de clamores y de Shakespeare.
Yo quiero recordar aquel beso
Con el que me besabas en Islandia.

Gunnar Thorgilsson
(1816–1879)

The memory of time
Is full of swords and ships
And the dust of empires
And the rumble of hexameters
And the high horses of war
And shouts and Shakespeare.
I want to recall that kiss, the kiss
You bestowed on me in Iceland.

—H.R.

Things that might have been

Pienso en las cosas que pudieron ser y no fueron.
El tratado de mitología sajona que Beda no escribió.
La obra inconcebible que a Dante le fue dada acaso entrever,
Ya corregido el último verso de la Comedia.
La historia sin la tarde de la Cruz y la tarde de la cicuta.
La historia sin el rostro de Helena.
El hombre sin los ojos, que nos han deparado la luna.
En las tres jornadas de Gettysburg la victoria del Sur.
El amor que no compartimos.
El dilatado imperio que los Vikings no quisieron fundar.
El orbe sin la rueda o sin la rosa.
El juicio de John Donne sobre Shakespeare.
El otro cuerno del Unicornio.
El ave fabulosa de Irlanda, que está en dos lugares a un tiempo.
El hijo que no tuve.

El espejo

Yo, de niño, temía que el espejo
Me mostrara otra cara o una ciega
Máscara impersonal que ocultaría
Algo sin duda atroz. Temí asimismo
Que el silencioso tiempo del espejo
Se desviara del curso cotidiano
De las horas del hombre y hospedara
En su vago confín imaginario
Seres y formas y colores nuevos.
(A nadie se lo dije; el niño es tímido.)
Yo temo ahora que el espejo encierre
El verdadero rostro de mi alma,
Lastimada de sombras y de culpas,
El que Dios ve y acaso ven los hombres.

Things That Might Have Been

I think about things that might have been and never were.
The treatise on Saxon myths that Bede omitted to write.
The inconceivable work that Dante may have glimpsed
As soon as he corrected the Comedy's last verse.
History without two afternoons: that of the hemlock, that of the Cross.
History without Helen's face.
Man without the eyes that have granted us the moon.
Over three Gettysburg days, the victory of the South.
The love we never shared.
The vast empire the Vikings declined to found.
The globe without the wheel, or without the rose.
John Donne's judgment of Shakespeare.
The Unicorn's other horn.
The fabled Irish bird which alights in two places at once.
The child I never had.

—H.R.

The Mirror

As a child I feared the mirror might reveal
Another face, or make me see a blind
Impersonal mask whose blankness must conceal
Something horrible, no doubt. I also feared
The silent time inside the looking glass
Might meander from the ordinary stream
Of mundane human hours, and harbor deep
Within its vague, imaginary space
New-found beings, colors, unknown shapes.
(I spoke of this to no one; children are shy.)
Now I fear the mirror may disclose
The true, unvarnished visage of my soul,
Bruised by shadows, black and blue with guilt—
The face God sees, that men perhaps see too.

—H.R.

Un sábado

Un hombre ciego en una casa hueca
Fatiga ciertos limitados rumbos
Y toca las paredes que se alargan
Y el cristal de las puertas interiores
Y los ásperos lomos de los libros
Vedados a su amor y la apagada
Platería que fue de los mayores
Y los grifos del agua y las molduras
Y unas vagas monedas y la llave.
Está solo y no hay nadie en el espejo.
Ir y venir. La mano roza el borde
Del primer anaquel. Sin propenérselo,
Se ha tendido en la cama solitaria
Y siente que los actos que ejecuta
Interminablemente en su crepúsculo
Obedecen a un juego que no entiende
Y que dirige un dios indescifrable.
En voz alta repite y cadenciosa
Fragmentos de los clásicos y ensaya
Variaciones de verbos y de epítetos
Y bien o mal escribe este poema.

A Saturday

A blind man living in a hollow house
Exhausts his certain narrow corridors
And puts his hands on the expansive walls
And the smooth glass of the interior doors
And the rough-textured bindings of the books
Forbidden to his love and the unpolished
Silver that belonged to his ancestors
And the old water spigots and the moldings
And one or two stray pennies and the key.
He is alone and no one is in the mirror.
Going or coming. His knuckles graze the border
Of the first shelf. Without deciding to
He has stretched out on the solitary bed
And senses that the acts he executes
Interminably in his twilit hour
Obey a game he doesn't understand
And that an enigmatic god conducts.
In a loud voice he rhythmically repeats
Some fragments from the classics and rehearses
Variations of verbs and epithets
And, good or bad, at last he writes this poem.

—E.M.

Las causas

Los ponientes y las generaciones.
Los días y ninguno fue el primero.
La frescura del agua en la garganta
De Adán. El ordenado Paraíso.
El ojo descifrando la tiniebla.
El amor de los lobos en el alba.
La palabra. El hexámetro. El espejo.
La Torre de Babel y la soberbia.
La luna que miraban los caldeos.
Las arenas innúmeras del Ganges.
Chuang-Tzu y la mariposa que lo sueña.
Las manzanas de oro de las islas.
Los pasos del errante laberinto.
El infinito lienzo de Penélope.
El tiempo circular de los estoicos.
La moneda en la boca del que ha muerto.
El peso de la espada en la balanza.
Cada gota de agua en la clepsidra.
Las águilas, los fastos, las legiones.
César en la mañana de Farsalia.
La sombra de las cruces en la tierra.
El ajedrez y el álgebra del persa.
Los rastros de las largas migraciones.
La conquista de reinos por la espada.
La brújula incesante. El mar abierto.
El eco del reloj en la memoria.
El rey adjusticiado por el hacha.
El polvo incalculable que fue ejércitos.
La voz del ruiseñor en Dinamarca.
La escrupulosa línea del calígrafo.
El rostro del suicida en el espejo.
El naipe del tahúr. El oro ávido.
Las formas de la nube en el desierto.
Cada arabesco del calidoscopio.
Cada remordimiento y cada lágrima.
Se precisaron todas esas cosas
Para que nuestras manos se encontraran.

The Causes

The sunsets and the generations
The days and none was the first.
The freshness of water in Adam's
Throat. Orderly Paradise.
The eye deciphering the darkness.
The love of wolves at dawn.
The word. The hexameter. The mirror.
The Tower of Babel and pride.
The moon which the Chaldeans gazed at.
The uncountable sands of the Ganges.
Chuang Tzu and the butterfly that dreams him.
The golden apples on the islands.
The steps in the wandering labyrinth.
Penelope's infinite tapestry.
The circular time of the Stoics.
The coin in the mouth of the dead man.
The sword's weight on the scale.
Each drop of water in the water clock.
The eagles, the memorable days, the legions.
Caesar on the morning of Pharsalus.
The shadow of crosses over the earth.
The chess and algebra of the Persians.
The footprints of long migration.
The sword's conquest of kingdoms.
The relentless compass. The open sea.
The clock echoing in the memory.
The king executed by the ax.
The incalculable dust that was armies.
The voice of the nightingale in Denmark.
The calligrapher's meticulous line.
The suicide's face in the mirror.
The gambler's card. Greedy gold.
The forms of a cloud in the desert.
Every arabesque in the kaleidoscope.
Each regret and each tear.
All those things were made perfectly clear
So our hands could meet.

—W.B.

Adán es tu ceniza

La espada morirá como el racimo.
El cristal no es más frágil que la roca.
Las cosas son su porvenir de polvo.
El hierro es el orín. La voz, el eco.
Adán, el joven padre, es tu ceniza.
El último jardín será el primero.
El ruiseñor y Píndaro son voces.
La aurora es el reflejo del ocaso.
El micenio, la máscara de oro.
El alto muro, la ultrajada ruina.
Urquiza, lo que dejan los puñales.
El rostro que se mira en el espejo
No es el de ayer. La noche lo ha gastado.
El delicado tiempo nos modela.

Qué dicha ser el agua invulnerable
Que corre en la parábola de Heráclito
O el intrincado fuego, pero ahora,
En este largo día que no pasa,
Me siento duradero y desvalido.

Adam Is Your Ashes

The sword will die just like the ripening cluster.
The glass is no more fragile than the rock.
All things are their own prophecy of dust.
Iron is rust. The voice, already echo.
Adam, the youthful father, is your ashes.
The final garden will also be the first.
The nightingale and Pindar both are voices.
The dawn is a reflection of the sunset.
The Mycenaean, his burial mask of gold.
The highest wall, the humiliated ruin.
Urquiza, he whom daggers left behind.
The face that looks upon itself in the mirror
Is not the face of yesterday. The night
Has spent it. Delicate time has molded us.

What joy to be the invulnerable water
That ran assuredly through the parable
Of Heraclitus, or the intricate fire,
But now, on this long day that doesn't end,
I feel irrevocable and alone.

—E.M.

Historia de la noche

A lo largo de sus generaciones
los hombres erigieron la noche.
En el principio era ceguera y sueño
y espinas que laceran el pie desnudo
y temor de los lobos.
Nunca sabremos quién forjó la palabra
para el intervalo de sombra
que divide los dos crepúsculos;
nunca sabremos en qué siglo fue cifra
del espacio de estrellas.
Otros engendraron el mito.
La hicieron madre de las Parcas tranquilas
que tejen el destino
y le sacrificaban ovejas negras
y el gallo que presagia su fin.
Doce casas le dieron los caldeos;
infinitos mundos, el Pórtico.
Hexámetros latinos la modelaron
y el terror de Pascal.
Luis de León vio en ella la patria
de su alma estremecida.
Ahora la sentimos inagotable
como un antiguo vino
y nadie puede contemplarla sin vértigo
y el tiempo la ha cargado de eternidad.

Y pensar que no existiría
sin esos tenues instrumentos, los ojos.

History of the Night

Down through the generations
men built the night.
In the beginning it was blindness and sleep
and thorns that tear the naked foot
and fear of wolves.
We shall never know who forged the word
for the interval of shadow
which divides the two twilights;
we shall never know in what century it stood as a cipher
for the space between the stars.
Other men engendered the myth.
They made it mother of the tranquil Fates
who weave destiny,
and sacrificed black sheep to it
and the cock which presages its end.
The Chaldeans gave it twelve houses;
infinite worlds, the Gateway.
Latin hexameters gave it form
and the terror of Pascal.
Luis de León saw in it the fatherland
of his shuddering soul.
Now we feel it to be inexhaustible
like an ancient wine
and no one can contemplate it without vertigo
and time has charged it with eternity.

And to think it would not exist
but for those tenuous instruments, the eyes.

—C.T.

La cifra
The Limit

(1981)

Descartes

Soy el único hombre en la tierra y acaso no haya tierra ni hombre
Acaso un dios me engaña.
Acaso un dios me ha condenado al tiempo, esa larga ilusión.
Sueño la luna y sueño mis ojos que perciben la luna.
He soñado la tarde y la mañana del primer día.
He soñado a Cartago y a las legiones que desolaron a Cartago.
He soñado a Lucano.
He soñado la colina del Gólgota y las cruces de Roma.
He soñado la geometría.
He soñado el punto, la línea, el plano y el volumen.
He soñado el amarillo, el azul y el rojo.
He soñado mi enfermiza niñez.
He soñado los mapas y los reinos y aquel duelo en el alba.
He soñado el inconcebible dolor.
He soñado mi espada.
He soñado a Elizabeth de Bohemia.
He soñado la duda y la certidumbre.
He soñado el día de ayer.
Quizá no tuve ayer, quizá no he nacido.
Acaso sueño haber soñado.
Siento un poco de frío, un poco de miedo.
Sobre el Danubio está la noche.
Seguiré soñando a Descartes y a la fe de sus padres.

Descartes

I am the only man on earth, but perhaps there is neither earth nor man.
Perhaps a god is deceiving me.
Perhaps a god has sentenced me to time, that lasting illusion.
I dream the moon and I dream my eyes perceiving the moon.
I have dreamed the morning and evening of the first day.
I have dreamed Carthage and the legions that laid waste to Carthage.
I have dreamed Lucan.
I have dreamed the hill of Golgotha and the Roman crosses.
I have dreamed geometry.
I have dreamed point, line, plane, and volume.
I have dreamed yellow, blue, and red.
I have dreamed my sickly chidhood.
I have dreamed maps and kingdoms, and that grief at dawn.
I have dreamed inconceivable sorrows.
I have dreamed my sword.
I have dreamed Elizabeth of Bohemia.
I have dreamed doubt and certainty.
I have dreamed the whole of yesterday.
Perhaps there was no yesterday, perhaps I was never born.
I may be dreaming of having dreamed.
I feel a twinge of cold, a twinge of fear.
Over the Danube, it is night.
I shall go on dreaming of Descartes and of the faith of his fathers.

—A.R.

Las dos catedrales

En esa biblioteca de Almagro Sur
compartimos la rutina y el tedio
y la morosa clasificación de los libros
según el orden decimal de Bruselas
y me confiaste tu curiosa esperanza
de escribir un poema que observara
verso por verso, estrofa por estrofa,
las divisiones y las proporciones
de la remota catedral de Chartres
(que tus ojos de carne no vieron nunca)
y que fuera el coro, y las naves,
y el ábside, el altar y las torres.
Ahora, Schiavo, estás muerto.
Desde el cielo platónico habrás mirado
con sonriente piedad
la clara catedral de erguida piedra
y tu secreta catedral tipográfica
y sabrás que las dos,
la que erigieron las generaciones de Francia
y la que urdió tu sombra,
son copias temporales y mortales
de un arquetipo inconcebible.

The Two Cathedrals

In that library in Almagro Sur
we shared the routine and the tedium
and the slow classification of the books
according to the Brussels decimal system
and you confided in me your curious hope
of writing a poem that would reproduce
line by line, stanza by stanza,
every section in exact proportion
of the far-off cathedral at Chartres
(which your fleshly eyes had never seen)
and that would be its choir, and its naves,
and its apse and its altar and its spires.
Now, Schiavo, you are dead.
From Plato's heaven you have likely viewed
with smiling piety
the bright cathedral of erected stone
and your secret typographical cathedral
and likely know that both,
the one that generations built in France
and the one planned by your shade,
are mortal, temporal copies
of an unimaginable archetype.

—S.K.

Beppo

El gato blanco y célibe se mira
en la lúcida luna del espejo
y no puede saber que esa blancura
y esos ojos de oro que no ha visto
nunca en la casa son su propia imagen.
¿Quién le dirá que el otro que lo observa
es apenas un sueño del espejo?
Me digo que esos gatos armoniosos,
el de cristal y el de caliente sangre,
son simulacros que concede al tiempo
un arquetipo eterno. Así lo afirma,
sombra también, Plotino en las Ennéadas.
¿De qué Adán anterior al paraíso,
de qué divinidad indescrifrable
somos los hombres un espejo roto?

Beppo

The celibate white cat surveys himself
in the mirror's clear-eyed glass,
not suspecting that the whiteness facing him
and those gold eyes that he's not seen before
in ramblings through the house are his own likeness.
Who is to tell him the cat observing him
is only the mirror's way of dreaming?
I remind myself that these concordant cats—
the one of glass, the one with warm blood coursing—
are both mere simulacra granted time
by a timeless archetype. In the *Enneads*
Plotinus, himself a shade, has said as much.
Of what Adam predating paradise,
of what inscrutable divinity
are all of us a broken mirror-image?

—A.S.T.

Al adquirir una enciclopedia

Aquí la vasta enciclopedia de Brockhaus,
aquí los muchos y cargados volúmenes y el volumen del atlas,
aquí la devoción de Alemania,
aquí los neoplatónicos y los gnósticos,
aquí el primer Adán y Adán de Bremen,
aquí el tigre y el tártaro,
aquí la escrupulosa tipografía y el azul de los mares,
aquí la memoria del tiempo y los laberintos del tiempo,
aquí el error y la verdad,
aquí la dilatada miscelánea que sabe más que cualquier hombre,
aquí la suma de la larga vigilia.
Aquí también los ojos que no sirven, las manos que no aciertan, las
    ilegibles páginas,
la dudosa penumbra de la ceguera, los muros que se alejan.
Pero también aquí una costumbre nueva,
de esta costumbre vieja, la casa,
una gravitación y una presencia,
el misterioso amor de las cosas
que nos ignoran y se ignoran.

On Acquiring an Encyclopedia

Here's the huge Brockhaus encyclopedia,
with those many crammed volumes and an atlas,
here is Germanic dedication,
here are neo-Platonists and Gnostics,
the first Adam is here and the Adam of Bremen,
the tiger and the Tartar,
painstaking typography and the blue of oceans,
here are time's memory and time's labyrinths,
here are error and truth,
here the protracted miscellany more learned than any man,
here the sum total of all late hours kept.
Here, too, are eyes of no use, hands that lose their way,
pages unreadable,
the dim semishade of blindness, walls that recede.
But also here is a habit new
to that long-standing habit, the house,
a drawing-card and a presence,
the mysterious love of things—
things unaware of themselves and of us.

—A.S.T.

Aquél

Oh días consagrados al inútil
empeño de olvidar la biografía
de un poeta menor del hemisferio
austral, a quien los hados o los astros
dieron un cuerpo que no deja un hijo
y la ceguera, que es penumbra y cárcel,
y la vejez, aurora de la muerte,
y la fama, que no merece nadie,
y el hábito de urdir endecasílabos
y el viejo amor de las enciclopedias
y de los finos mapas caligráficos
y del tenue marfil y una incurable
nostalgia del latín y fragmentarias
memorias de Edimburgo y de Ginebra
y el olvido de fechas y de nombres
y el culto del Oriente, que los pueblos
del misceláneo Oriente no comparten,
y vísperas de trémula esperanza
y el abuso de la etimología
y el hierro de las sílabas sajonas
y la luna, que siempre nos sorprende,
y esa mala costumbre, Buenos Aires,
y el sabor de las uvas y del agua
y del cacao, dulzura mexicana,
y unas monedas y un reloj de arena
y que una tarde, igual a tantas otras,
se resigna a estos versos.

That Man

Oh days given over to a fruitless
insistence on forgetting the personal history
of a minor poet from the bottom
of the world, to whom the stars or fate
granted a body that leaves behind no child
and blindness, which is a shadow and a prison
and old age, which is death's day breaking,
and fame, which no one ever deserves
and the habit of contriving lines of verse
and an old fondness for encyclopedias
and for maps some artist's delicate hand has drawn
and for slender ivory and an incurable
longing to have Latin back and fragmentary
memories of Geneva and Edinburgh
and dates and names that slip the mind
and a fondness for the Orient, which peoples
of the miscellaneous Orient do not share
and glimmers of hope for what tomorrow may bring
and an overuse of etymology
and the iron beat of Saxon syllables
and the moon that never ceases to surprise
and that bad habit, Buenos Aires,
and the taste of grapes, of water
and of cocoa, sweetness out of Mexico,
and certain coins and an hourglass
and who, one afternoon like all the rest,
settles for these lines.

—A.S.T.

Dos formas del insomnio

¿Qué es el insomnio?

La pregunta es retórica; sé demasiado bien la respuesta.

Es temer y contar en la alta noche las duras campanadas fatales, es ensayar con magia inútil una respiración regular, es la carga de un cuerpo que bruscamente cambia de lado, es apretar los párpados, es un estado parecido a la fiebre y que ciertamente no es la vigilia, es pronunciar fragmentos de párrafos leídos hace ya muchos años, es saberse culpable de velar cuando los otros duermen, es querer hundirse en el sueño y no poder hundirse en el sueño, es el horror de ser y de seguir siendo, es el alba dudosa.

¿Qué es la longevidad?

Es el horror de ser en un cuerpo humano cuyas facultades declinan, es un insomnio que se mide por décadas y no con agujas de acero, es el peso de mares y de pirámides, de antiguas bibliotecas y dinastías, de las auroras que vio Adán, es no ignorar que estoy condenado a mi carne, a mi detestada voz, a mi nombre, a una rutina de recuerdos, al castellano, que no sé manejar, a la nostalgia del latín, que no sé, a querer hundirme en la muerte y no poder hundirme en la muerte, a ser y seguir siendo.

Two Forms of Insomnia

What is insomnia?

The question is rhetorical. I know the answer only too well.

It is to count off and dread in the small hours the fateful harsh strokes of the chime. It is attempting with ineffectual magic to breathe smoothly. It is the burden of a body that abruptly shifts sides. It is shutting the eyelids down tight. It is a state like fever and is assuredly not watchfulness. It is saying over bits of paragraphs read years and years before. It is knowing how guilty you are to be lying awake when others are asleep. It is trying to sink into slumber and being unable to sink into slumber. It is the horror of being and going on being. It is the dubious daybreak.

What is longevity? It is the horror of existing in a human body whose faculties are in decline. It is insomnia measured by decades and not by metal hands. It is carrying the weight of seas and pyramids, of ancient libraries and dynasties, of the dawns that Adam saw. It is being well aware that I am bound to my flesh, to a voice I detest, to my name, to routinely remembering, to Castilian, over which I have no control, to feeling nostalgic for the Latin I do not know. It is trying to sink into death and being unable to sink into death. It is being and continuing to be.

—A.S.T.

The cloisters

De un lugar del reino de Francia
trajeron los cristales y la piedra
para construir en la isla de Manhattan
estos cóncavos claustros.
No son apócrifos.
Son fieles monumentos de una nostalgia.
Una voz americana nos dice
que paguemos lo que queramos,
porque toda esta fábrica es ilusoria
y el dinero que deja nuestra mano
se convertirá en zequíes o en humo.
Esta abadía es más terrible
que la pirámide de Ghizeh
o que el laberinto de Knossos,
porque es también un sueño.
Oímos el rumor de la fuente,
pero esa fuente está en el Patio de los Naranjos
o el cantar *Der Asra.*
Oímos claras voces latinas,
pero esas voces resonaron en Aquitania
cuando estaba cerca el Islam.
Vemos en los tapices
la resurrección y la muerte
del sentenciado y blanco unicornio,
porque el tiempo de este lugar
no obedece a un orden.
Los laureles que toco florecerán
cuando Leif Ericsson divise las arenas de América.
Siento un poco de vértigo.
No estoy acostumbrado a la eternidad.

The Cloisters

From a place in the kingdom of France
they brought the stained glass and the stones
to build on the island of Manhattan
these concave cloisters.
They are not apocryphal.
They are faithful monuments to a nostalgia.
An American voice tells us
to pay what we like,
because this whole structure is an illusion,
and the money as it leaves our hand
will turn into old currency or smoke.
This abbey is more terrible
than the pyramid at Giza
or the labyrinth of Knossos
because it is also a dream.
We hear the whisper of the fountain
but that fountain is in the Patio of the Orange Trees
or the epic of *Der Asra.*
We hear clear Latin voices
but those voices echoed in Aquitaine
when Islam was just over the border.
We see in the tapestries
the resurrection and the death
of the doomed white unicorn
because the time of this place
does not obey an order.
The laurels I touch will flower
when Leif Eriksson sights the sands of America.
I feel a touch of vertigo.
I am not used to eternity.

—W.S.M.

Nota para un cuento fantástico

En Wisconsin o en Texas o en Alabama los chicos juegan a la guerra y los dos bandos son el Norte y el Sur. Yo sé (todos los saben) que la derrota tiene una dignidad que la ruidosa victoria no merece, pero también sé imaginar que ese juego, que abarca más de un siglo y un continente, descubrirá algún día el arte divino de destejer el tiempo o, como dijo Pietro Damiano, de modificar el pasado.

Si ello acontece, si en el decurso de los largos juegos el Sur humilla al Norte, el hoy gravitará sobre el ayer y los hombres de Lee serán vencedores en Gettysburg en los primeros días de julio de 1863 y la mano de Donne podrá dar fin a su poema sobre las transmigraciones de un alma y el viejo hidalgo Alonso Quijano conocerá el amor de Dulcinea y los ocho mil sajones de Hastings derrotarán a los normandos, como antes derrotaron a los noruegos, y Pitágoras no reconocerá en un pórtico de Argos el escudo que usó cuando era Euforbo.

Note for a Fantastic Story

In Wisconsin or Texas or Alabama some boys are playing war, and the two sides are the North and the South. I know (everyone knows) that defeat has a dignity which noisy victory does not deserve, but I also know how to imagine that this game, which spans more than a century and a continent, will one day discover the divine art of undoing time or, as Pietro Damiano said, of altering the past.

If that should come to pass, if in the course of the lengthy game the South humbles the North, today will fall backward against yesterday and Lee's men will be victorious at Gettysburg in the first days of July of 1863 and the hand of Donne will be able to complete his poem on the transmigrations of a soul and the old nobleman Alonso Quijano will know the love of Dulcinea and the eight thousand Saxons at Hastings will defeat the Normans, as before they defeated the Norsemen, and Pythagoras will not recognize in a portico at Argos the shield he used when he was Euphorbus.

—S.K.

Epílogo

Ya cumplida la cifra de los pasos
que te fue dado andar sobre la tierra,
digo que has muerto. Yo también he muerto.
Yo, que recuerdo la precisa noche
del ignorado adiós, hoy me pregunto:
¿Qué habrá sido de aquellos dos muchachos
que hacia mil novecientos veintitantos
buscaban con ingenua fe platónica
por las largas aceras de la noche
del Sur o en la guitarra de Paredes
o en fábulas de esquina y de cuchillo
o en el alba, que no ha tocado nadie,
la secreta ciudad de Buenos Aires?
Hermano en los metales de Quevedo
y en el amor del numeroso hexámetro,
descubridor (todos entonces lo éramos)
de ese antiguo instrumento, la metáfora,
Francisco Luis, del estudioso libro,
ojalá compartieras esta vana
tarde conmigo, inexplicablemente,
y me ayudaras a limar el verso.

Epilogue

Now that the number of steps you were given
to walk on earth have been taken,
I say that you have died. I too have died.
I, who remember the precise night
of our unknown goodbye, now ask myself:
Whatever could have become of those two boys
who around nineteen-twentysomething
searched with ingenuous platonic faith
along night's endless sidewalks
of the South or in Paredes's guitar
or in the fables of knives and streetcorners
or in the dawn, untouched by anyone,
for the secret city of Buenos Aires?
Brother in the hard tones of Quevedo
and in our love of the rhythmic hexameter,
discoverer (as all of us were then)
of that ancient instrument, metaphor,
Francisco Luis, of the studied book,
if only you might share this vain
afternoon with me, without any explanation,
and help me perfect the lines of my poem.

—S.K.

La dicha

El que abraza a una mujer es Adán. La mujer es Eva.
Todo sucede por primera vez.
He visto una cosa blanca en el cielo. Me dicen que es la luna, pero
qué puedo hacer con una palabra y con una mitología.
Los árboles me dan un poco de miedo. Son tan hermosos.
Los tranquilos animales se acercan para que yo les diga su nombre.
Los libros de la biblioteca no tienen letras. Cuando los abro surgen.
Al hojear el atlas proyecto la forma de Sumatra.
El que prende un fósforo en el oscuro está inventando el fuego.
En el espejo hay otro que acecha.
El que mira el mar ve a Inglaterra.
El que profiere un verso de Liliencron ha entrado en la batalla.
He soñado a Cartago y a las legiones que desolaron a Cartago.
He soñado la espada y la balanza.
Loado sea el amor en el que no hay poseedor ni poseída, pero los dos se
        entregan.
Loada sea la pesadilla, que nos revela que podemos crear el infierno.
El que desciende a un río desciende al Ganges.
El que mira un reloj de arena ve la disolución de un imperio.
El que juega con un puñal presagia la muerte de César.
El que duerme es todos los hombres.
En el desierto vi la joven Esfinge, que acaban de labrar.
Nada hay tan antiguo bajo el sol.
Todo sucede por primera vez, pero de un modo eterno.
El que lee mis palabras está inventándolas.

Happiness

Whoever embraces a woman is Adam. The woman is Eve.
Everything happens for the first time.
I saw something white in the sky. They tell me it is the moon, but
what can I do with a word and a mythology.
Trees frighten me a little. They are so beautiful.
The calm animals come closer so that I may tell them their names.
The books in the library have no letters. They spring forth when I open
    them.
Leafing through the atlas I project the shape of Sumatra.
Whoever lights a match in the dark is inventing fire.
Inside the mirror an Other waits in ambush.
Whoever looks at the ocean sees England.
Whoever utters a line of Liliencron has entered into battle.
I have dreamed Carthage and the legions that destroyed Carthage.
I have dreamed the sword and the scale.
Praised be the love wherein there is no possessor and no possessed, but
    both surrender.
Praised be the nightmare, which reveals to us that we have the power to
    create hell.
Whoever goes down to a river goes down to the Ganges.
Whoever looks at an hourglass sees the dissolution of an empire.
Whoever plays with a dagger foretells the death of Caesar.
Whoever dreams is every human being.
In the desert I saw the young Sphinx, which has just been sculpted.
There is nothing else so ancient under the sun.
Everything happens for the first time, but in a way that is eternal.
Whoever reads my words is inventing them.

—S.K.

El hacedor

Somos el río que invocaste, Heráclito.
Somos el tiempo. Su intangible curso
Acarrea leones y montañas,
Llorado amor, ceniza del deleite,
Insidiosa esperanza interminable,
Vastos nombres de imperios que son polvo,
Hexámetros del griego y del romano,
Lóbrego un mar bajo el poder del alba,
El sueño, ese pregusto de la muerte,
Las armas y el guerrero, monumentos,
Las dos caras de Jano que se ignoran,
Los laberintos de marfil que urden
Las piezas de ajedrez en el tablero,
La roja mano de Macbeth que puede
Ensangrentar los mares, la secreta
Labor de los relojes en la sombra,
Un incesante espejo que se mira
En otro espejo y nadie para verlos,
Láminas en acero, letra gótica,
Una barra de azufre en un armario,
Pesadas campanadas del insomnio,
Auroras y ponientes y crepúsculos,
Ecos, resaca, arena, liquen, sueños.
Otra cosa no soy que esas imágenes
Que baraja el azar y nombra el tedio.
Con ellas, aunque ciego y quebrantado,
He de labrar el verso incorruptible
Y (es mi deber) salvarme.

The Maker

We are the river you spoke of, Heraclitus.
We are time. Its intangible course
Carries lions and mountains along,
The tears of love, the ashes of pleasure,
Insidious interminable hope,
Immense names of empires turned to dust,
Hexameters of the Greeks and of the Romans,
A gloomy ocean under the power of dawn,
Sleep, that foretaste of death,
Weapons and the warrior, monuments,
The two faces of Janus ignorant of each other,
The ivory labyrinths woven
By chess pieces moving over the board,
The red hand of Macbeth which has the power
To turn the seas to blood, the secret
Working of clocks in the shadows,
A boundless mirror which regards itself
In another mirror and no one there to see them,
Steel engravings, Gothic lettering,
A bar of sulfur left in a cabinet,
The heavy tollings of insomnia,
Sunrises and sunsets and twilights,
Echoes, undertows, sand, lichen, dreams.
I am nothing but those images
Shuffled by chance and named by tedium.
From them, even though I am blind and broken,
I must craft the incorruptible lines
And (this is my duty) save myself.

—S.K.

Yesterdays

De estirpe de pastores protestantes
y de soldados sudamericanos
que opusieron al godo y a las lanzas
del desierto su polvo incalculable,
soy y no soy. Mi verdadera estirpe
es la voz, que aún escucho, de mi padre,
conmemorando música de Swinburne,
y los grandes volúmenes que he hojeado,
hojeado y no leído, y que me bastan.
Soy lo que me contaron los filósofos.
El azar o el destino, esos dos nombres
de una secreta cosa que ignoramos,
me prodigaron patrias: Buenos Aires,
Nara, donde pasé una sola noche,
Ginebra, las dos Córdobas, Islandia . . .
Soy el cóncavo sueño solitario
en que me pierdo o trato de perderme,
la servidumbre de los dos crepúsculos,
las antiguas mañanas, la primera
vez que vi el mar o una ignorante luna,
sin su Virgilio y sin su Galileo.
Soy cada instante de mi largo tiempo,
cada noche de insomnio escrupuloso,
cada separación y cada víspera.
Soy la errónea memoria de un grabado
que hay en la habitación y que mis ojos,
hoy apagados, vieron claramente:
El Jinete, la Muerte y el Demonio.
Soy aquel otro que miró el desierto
y que en su eternidad sigue mirándolo.
Soy un espejo, un eco. El epitafio.

Yesterdays

From a lineage of Protestant ministers
and South American soldiers
who fought, with their incalculable dust,
against the Spaniards and the desert's lances,
I am and I am not. My true lineage
is the voice, which I can still hear, of my father
celebrating Swinburne's music,
and the great volumes I have leafed through,
leafed through and never read, which was enough.
I am whatever the philosophers told me.
Chance or destiny, those two names
for a secret thing we'll never understand,
lavished me with homelands: Buenos Aires,
Nara, where I spent a single night,
Geneva, Iceland, the two Córdobas . . .
I am the hollow solitary dream
in which I lose or try to lose myself,
the bondage between two twilights,
the old mornings, the first
time I saw the sea or an ignorant moon,
without its Virgil or its Galileo.
I am every instant of my lengthy time,
every night of scrupulous insomnia,
every parting and every night before.
I am the faulty memory of an engraving
that's still here in the room and that my eyes,
now darkened, once saw clearly:
The Knight, Death, and the Devil.
I am that other one who saw the desert
and in its eternity goes on watching it.
I am a mirror, an echo. The epitaph.

—S.K.

Nostalgia del presente

En aquel preciso momento el hombre se dijo:
Qué no daría yo por la dicha
de estar a tu lado en Islandia
bajo el gran día inmóvil
y de compartir el ahora
como se comparte la música
o el sabor de una fruta.
En aquel preciso momento
el hombre estaba junto a ella en Islandia.

Nostalgia for the Present

At that very instant:
Oh, what I would not give for the joy
of being at your side in Iceland
inside the great unmoving daytime
and of sharing this now
the way one shares music
or the taste of fruit.
At that very instant
the man was at her side in Iceland.

—A.S.T.

Poema

Dormías. Te despierto.
La gran mañana depara la ilusión de un principio.
Te habías olvidado de Virgilio. Ahí están los hexámetros.
Te traigo muchas cosas.
Las cuatro raíces del griego: la tierra, el agua, el fuego, el aire.
Un solo nombre de mujer.
La amistad de la luna.
Los claros colores del atlas.
El olvido, que purifica.
La memoria que elige y que redescubre.
El hábito que nos ayuda a sentir que somos inmortales.
La esfera y las agujas que parcelan el inasible tiempo.
La fragancia del sándalo.
Las dudas que llamamos, no sin alguna vanidad, metafísica.
La curva del bastón que tu mano espera.
El sabor de las uvas y de la miel.

REVERSO

Recordar a quien duerme
es un acto común y cotidiano
que podría hacernos temblar.
Recordar a quien duerme
es imponer a otro la interminable
prisión del universo
de su tiempo sin ocaso ni aurora.
Es revelarle que es alguien o algo
que está sujeto a un nombre que lo publica
y a un cúmulo de ayeres.
Es inquietar su eternidad.
Es cargarlo de siglos y de estrellas.
Es restituir al tiempo otro Lázaro
cargado de memoria.
Es infamar el agua del Leteo.

Poem

You were asleep. I wake you.
The vast morning brings the illusion of a beginning.
You had forgotten Virgil. Here are the hexameters.
I bring you many things.
The four Greek elements: earth, water, fire, air.
The single name of a woman.
The friendship of the moon.
The bright colors of the atlas.
Forgetting, which purifies.
Memory, which chooses and rediscovers.
The habits which help us feel we are immortal.
The sphere and the hands that measure elusive time.
The fragrance of sandalwood.
The doubts that we call, not without some vanity, metaphysics.
The curve of the walking stick the hand anticipates.
The taste of grapes and of honey.

REVERSE

To wake someone from sleep
is a common day-to-day act
that can set us trembling.
To wake someone from sleep
is to saddle some other with the interminable
prison of the universe
of his time, with neither sunset nor dawn.
It is to show him he is someone or something
subject to a name that lays claim to him
and an accumulation of yesterdays.
It is to trouble his eternity,
to load him down with centuries and stars,
to restore to time another Lazarus
burdened with memory.
It is to desecrate the waters of Lethe.

—A.R.

Inferno, V, 129

Dejan caer el libro, porque ya saben
que son las personas del libro.
(Lo serán de otro, el máximo,
pero eso qué puede importarles.)
Ahora son Paolo y Francesca,
no dos amigos que comparten
el sabor de una fábula.
Se miran con incrédula maravilla.
Las manos no se tocan.
Han descubierto el único tesoro;
han encontrado al otro.
No traicionan a Malatesta,
porque la traición requiere un tercero
y sólo existen ellos dos en el mundo.
Son Paolo y Francesca
y también la reina y su amante
y todos los amantes que han sido
desde aquel Adán y su Eva
en el pasto del Paraíso.
Un libro, un sueño les revela
que son formas de un sueño que fue soñado
en tierras de Bretaña.
Otro libro hará que los hombres,
sueños también, los sueñen.

Inferno V, 129

They drop the book when it grows clear to them
that the two people in the book are themselves.
(They'll be acting in another peerless one
but of what concern is that to them?)
Now they are Paolo and Francesca,
not two friends sharing
the sweet taste of a story.
Their eyes meet in wonder and disbelief.
Their hands do not touch.
They have discovered the sole treasure.
They have found the other.
They are not betraying Malatesta,
since betrayal requires a third party
and in the world just the two of them exist.
They are Paolo and Francesca
and also the queen and her lover
and all the lovers that ever were
since Adam lived with Eve
on the lawns of Paradise.
A book, a dream, has made them see
that they are creatures of a dream once dreamt
in Breton lands.
Another book will see to it that men,
also, will dream their dreams of them.

—A.S.T.

La fama

Haber visto crecer a Buenos Aires, crecer y declinar.
Recordar el patio de tierra y la parra, el zaguán y el aljibe.
Haber heredado el inglés, haber interrogado el sajón.
Profesar el amor del alemán y la nostalgia del latín.
Haber conversado en Palermo con un viejo asesino.
Agradecer el ajedrez y el jazmín, los tigres y el hexámetro.
Leer a Macedonio Fernández con la voz que fue suya.
Conocer las ilustres incertidumbres que son la metafísica.
Haber honrado espadas y razonablemente querer la paz.
No ser codicioso de islas.
No haber salido de mi biblioteca.
Ser Alonso Quijana y no atreverme a ser don Quijote.
Haber enseñado lo que no sé a quienes sabrán más que yo.
Agradecer los dones de la luna y de Paul Verlaine.
Haber urdido algún endecasílabo.
Haber vuelto a contar antiguas historias.
Haber ordenado en el dialecto de nuestro tiempo las cinco o seis
      metáforas.
Haber eludido sobornos.
Ser ciudadano de Ginebra, de Montevideo, de Austin y (como todos los
      hombres) de Roma.
Ser devoto de Conrad.
Ser esa cosa que nadie puede definir: argentino.
Ser ciego.
Ninguna de esas cosas es rara y su conjunto me depara una fama que no
      acabo de comprender.

Fame

To have seen Buenos Aires grow, grow and decline.
To recall the earthen patio, the vine, the entryway, the cistern.
To have inherited English, to have delved into Anglo-Saxon.
To avow a love of German, a nostalgia for Latin.
To have talked in the Palermo barrio with an old murderer.
To be grateful for chess and jasmine, tigers and hexameters.
To read Macedonio Fernández, in his remembered voice.
To be familiar with the renowned uncertainties of metaphysics.
To have honored the sword and to have a modest love of peace.
Not to have been covetous of islands.
Not to have left my library.
To be Alonso Quijano and not to dare to be Don Quixote.
To have taught what I do not know to those who know more than I.
To be grateful for the gifts of the moon and Paul Verlaine.
To have turned some hendecasyllables.
To have gone back to telling old stories.
To have recreated in the language of our day the five or six metaphors.
To have avoided bribes.
To be a citizen of Geneva, of Montevideo, of Austin, and (as all men are) of
    Rome.
To be devoted to Conrad.
To be what nobody can define: Argentine.
To be blind.
None of these things is exceptional, yet their coexistence brings me a fame I
    have yet to understand.

—A.R.

Los justos

Un hombre que cultiva su jardín, como quería Voltaire.
El que agradece que en la tierra haya música.
El que descubre con placer una etimología.
Dos empleados que en un café del Sur juegan un silencioso ajedrez.
El ceramista que premedita un color y una forma.
El tipógrafo que compone bien esta página, que tal vez no le agrada.
Una mujer y un hombre que leen los tercetos finales de cierto canto.
El que acaricia a un animal dormido.
El que justifica o quiere justificar un mal que le han hecho.
El que agradece que en la tierra haya Stevenson.
El que prefiere que los otros tengan razón.
Esas personas, que se ignoran, están salvando el mundo.

El cómplice

Me crucifican y yo debo ser la cruz y los clavos.
Me tienden la copa y yo debo ser la cicuta.
Me engañan y yo debo ser la mentira.
Me incendian y yo debo ser el infierno.
Debo alabar y agradecer cada instante del tiempo.
Mi alimento es todas las cosas.
El peso preciso del universo, la humillación, el júbilo.
Debo justificar lo que me hiere.
No importa mi ventura o mi desventura.
Soy el poeta.

The Just

A man who cultivates his garden, as Voltaire wished.
He who is grateful for the existence of music.
He who takes pleasure in tracing an etymology.
Two workmen playing, in a café in the South, a silent game of chess.
The potter, contemplating a color and a form.
The typographer who sets this page well, though it may not please him.
A woman and a man, who read the last tercets of a certain canto.
He who strokes a sleeping animal.
He who justifies, or wishes to, a wrong done him.
He who is grateful for the existence of Stevenson.
He who prefers others to be right.
These people, unaware, are saving the world.

—A.R.

The Accomplice

They crucify me. I have to be the cross, the nails.
They hand me the cup. I have to be the hemlock.
They trick me. I have to be the lie.
They burn me alive. I have to be that hell.
I have to praise and thank every instant of time.
My food is all things.
The precise weight of the universe. The humiliation, the rejoicing.
I have to justify what wounds me.
My fortune or misfortune does not matter.
I am the poet.

—H.R.

Shinto

Cuando nos anonada la desdicha,
durante un segundo nos salvan
las aventuras ínfimas
de la atención o de la memoria:
el sabor de una fruta, el sabor del agua,
esa cara que un sueño nos devuelve,
los primeros jazmines de noviembre,
el anhelo infinito de la brújula,
un libro que creíamos perdido,
el pulso de un hexámetro,
la breve llave que nos abre una casa,
el olor de una biblioteca o del sándalo,
el nombre antiguo de una calle,
los colores de un mapa,
una etimología imprevista,
la lisura de la uña limada,
la fecha que buscábamos,
contar las doce campanadas oscuras,
un brusco dolor físico.

Ocho millones son las divinidades del Shinto
que viajan por la tierra, secretas.
Esos modestos númenes nos tocan,
nos tocan y nos dejan.

Shinto

When sorrow lays us low
for a second we are saved
by humble windfalls
of mindfulness or memory:
the taste of a fruit, the taste of water,
that face given back to us by a dream,
the first jasmine of November,
the endless yearning of the compass,
a book we thought was lost,
the throb of a hexameter,
the slight key that opens a house to us,
the smell of a library, or of sandalwood,
the former name of a street,
the colors of a map,
an unforeseen etymology,
the smoothness of a filed fingernail,
the date we were looking for,
the twelve dark bell-strokes, tolling as we count,
a sudden physical pain.

Eight million Shinto deities
travel secretly throughout the earth.
Those modest gods touch us—
touch us and move on.

—H.R.

La cifra

La amistad silenciosa de la luna
(cito mal a Virgilio) te acompaña
desde aquella perdida hoy en el tiempo
noche o atardecer en que tus vagos
ojos la descifraron para siempre
en un jardín o un patio que son polvo.
¿Para siempre? Yo sé que alguien, un día,
podrá decirte verdaderamente:
"No volverás a ver la clara luna,
Has agotado ya la inalterable
suma de veces que te da el destino.
Inútil abrir todas las ventanas
del mundo. Es tarde. No darás con ella."
Vivimos descubriendo y olvidando
esa dulce costumbre de la noche.
Hay que mirarla bien. Puede ser última.

The Limit

The silent friendship of the moon
(I misquote Virgil) has kept you company
since that one night or evening
now lost in time, when your restless
eyes first made her out for always
in a patio or a garden since gone to dust.
For always? I know that someday someone
will find a way of telling you this truth:
"You'll never see the moon aglow again.
You've now attained the limit set for you
by destiny. No use opening every window
throughout the world. Too late. You'll never find her."
Our life is spent discovering and forgetting
that gentle habit of the night.
Take a good look. It could be the last.

—A.S.T.

Atlas

(1984)

Mi último tigre

En mi vida siempre hubo tigres. Tan entretejida está la lectura con los otros hábitos de mis días que verdaderamente no sé si mi primer tigre fue el tigre de un grabado o aquel, ya muerto, cuyo terco ir y venir por la jaula yo seguía como hechizado del otro lado de los barrotes de hierro. A mi padre le gustaban las enciclopedias; yo las juzgaba, estoy seguro, por las imágenes de tigres que me ofrecían. Recuerdo ahora los de Montaner y Simón (un blanco tigre siberiano y un tigre de Bengala) y otro, cuidadosamente dibujado a pluma y saltando, en el que había algo de río. A esos tigres visuales se agregaron los tigres hechos de palabras: la famosa hoguera de Blake (*Tyger, tyger, burning bright*) y la definición de Chesterton: *Es un emblema de terrible elegancia.* Cuando leí, de niño, los Jungle Books, no dejó de apenarme que Shere Khan fuera el villano de la fábula, no el amigo del héroe. Querría recordar, y no puedo, un sinuoso tigre trazado por el pincel de un chino, que no había visto nunca un tigre, pero que sin duda había visto el arquetipo del tigre. Ese tigre platónico puede buscarse en el libro de Anita Berry, *Art for Children.* Se preguntará muy razonablemente ¿por qué tigres y no leopardos o jaguares? Sólo puedo contestar que las manchas me desagradan y no las rayas. Si yo escribiera *leopardo* en lugar de tigre el lector intuiría inmediatamente que estoy mintiendo. A esos tigres de la vista y del verbo he agregado otro que me fue revelado por nuestro amigo Cuttini, en el curioso jardín zoológico cuyo nombre es Mundo Animal y que se abstiene de prisones.

Ese último tigre es de carne y hueso. Con evidente y aterrada felicidad llegué a ese tigre, cuya lengua lamió mi cara, cuya garra indiferente o cariñosa se demoró en mi cabeza, y que, a diferencia de sus precursores, olía y pesaba. No diré que ese tigre que me asombró es más real que los otros, ya que una encina no es más real que las formas de un sueño, pero quiero agradecer aquí a nuestro amigo, ese tigre de carne y hueso que percibieron mis sentidos esa mañana y cuya imagen vuelve como vuelven los tigres de los libros.

My Last Tiger

There have always been tigers in my life. Reading is so woven into all my daily habits that I really don't know if my first tiger was the tiger I saw in a print or the one—now dead—that paced back and forth stubbornly in its cage while I looked on as if enchanted from the other side of the iron bars. My father liked encyclopedias; I rated them—of this I am sure—according to the pictures of tigers they provided. I am remembering now the pictures in the encyclopedia of Montaner y Simón (a white Siberian tiger and a Bengal tiger) and, in another book, a meticulous pen and ink drawing of a tiger in mid-leap; there was something in him like a river. These visual tigers were soon joined by tigers made out of words: Blake's famous fire ("Tyger, tyger, burning bright . . ."), also Chesterton's definition, "an emblem of terrible elegance." When as a child I read *The Jungle Books* I could not help regretting that Shere Khan was the villain of the story, and not the hero's friend. I would like to recall, though I am unable to do so, a sinuous tiger painted by the brush of a Chinese artist who had never seen a tiger, although he had certainly seen the tiger's archetype. This Platonic tiger can be found in Anita Berry's *Art for Children.* One might reasonably ask: why tigers instead of leopards or jaguars? I can only answer that spots are not pleasing to me, while stripes are. If I were to write *leopard* instead of tiger the reader would immediately sense that I was lying. To those tigers of sight and word I have added another, one that was shown to me by our friend Cuttini in that strange zoo called Animal World, a zoo without cages or bars.

This last tiger is made of flesh and blood. In a show of terrified happiness, I went up to this tiger. Its tongue licked my face and its claws—distracted or caressing—rested on my head. Unlike its predecessors, it had smell and weight. I do not claim that this tiger, which frightened me, is more real than the others, since an oak tree is no more real than the figures in a dream. But I want to thank our friend, the flesh and blood tiger that my senses perceived that morning, whose image comes back to me like those tigers in books.

—K.K.

Los conjurados

(1985)

Inscripción

Escribir un poema es ensayar una magia menor. El instrumento de esa magia, el lenguaje, es asaz misterioso. Nada sabemos de su origen. Sólo sabemos que se ramifica en idiomas y que cada uno de ellos consta de un indefinido y cambiante vocabulario y de una cifra indefinida de posibilidades sintácticas. Con esos inasibles elementos he formado este libro. (En el poema, la cadencia y el ambiente de una palabra pueden pesar más que el sentido.)

De usted es este libro, María Kodama. ¿Será preciso que le diga que esta inscripción comprende los crepúsculos, los ciervos de Nara, la noche que está sola y las populosas mañanas, las islas compartidas, los mares, los desiertos y los jardines, lo que pierde el olvido y lo que la memoria transforma, la alta voz del muecín, la muerte de Hawkwood, los libros y las láminas?

Sólo podemos dar lo que ya hemos dado. Sólo podemos dar lo que ya es del otro. En este libro están las cosas que siempre fueron suyas. ¡Qué misterio es una dedicatoria, una entrega de símbolos!

—J.L.B.

Inscription

To write a poem is to attempt a minor magic. The instrument of that magic, language, is mysterious enough. We know nothing of its origin. We know only that it divides into diverse lexicons and that each one of them comprises an indefinite and changing vocabulary and an undefined number of syntactic possibilities. With those evasive elements I have formed this book. (In the poem, the cadence and atmosphere of a word can weigh more than its meaning.)

This book is yours, María Kodama. Must I say to you that this inscription includes twilights, the deer of Nara, night that is alone and populated mornings, shared islands, seas, deserts, and gardens, what forgetting loses and memory transforms, the high-pitched voice of the muezzin, the death of Hawkwood, some books and engravings?

We can only give what we have given. We can only give what is already the other's. In this book are things that were always yours. How mysterious a dedication is, a surrender of symbols!

—J.L.B.

—W.B.

Prólogo

A nadie puede maravillar que el primero de los elementos, el fuego, no abunde en el libro de un hombre de ochenta y tantos años. Una reina, en la hora de su muerte, dice que es fuego y aire; yo suelo sentir que soy tierra, cansada tierra. Sigo, sin embargo, escribiendo. ¿Qué otra suerte me queda, qué otra hermosa suerte me queda? La dicha de escribir no se mide por las virtudes o flaquezas de la escritura. Toda obra humana es deleznable, afirma Carlyle, pero su ejecución no lo es.

No profeso ninguna estética. Cada obra confía a su escritor la forma que busca: el verso, la prosa, el estilo barroco o el llano. Las teorías pueden ser admirables estímulos (recordemos a Whitman) pero asimismo pueden engendrar monstruos o meras piezas de museo. Recordemos el monólogo interior de James Joyce o el sumamente incómodo Polifemo.

Al cabo de los años he observado que la belleza, como la felicidad, es frecuente. No pasa un día en que no estemos, un instante, en el paraíso. No hay poeta, por mediocre que sea, que no haya escrito el mejor verso de la literatura, pero también los más desdichados. La belleza no es privilegio de unos cuantos nombres ilustres. Sería muy raro que este libro, que abarca unas cuarenta composiciones, no atesorara una sola línea secreta, digna de acompañarte hasta el fin.

En este libro hay muchos sueños. Aclaro que fueron dones de la noche o, más precisamente, del alba, no ficciones deliberadas. Apenas si me he atrevido a agregar uno que otro rasgo circunstancial, de los que exige nuestro tiempo, a partir de Defoe.

Dicto este prólogo en una de mis patrias, Ginebra.

—J.L.B.

9 de enero de 1985.

Prologue

It will surprise no one that the first of the elements, fire, does not abound in a book of a man of eighty years. A queen, in the hour of her death, says that she is fire and air. I usually feel that I am earth, tired earth. Nevertheless, I go on writing. What other fate do I have, what other beautiful fate do I have? The joy of writing is not measured by the virtues or frailties of writing. All human endeavor is perishable, Carlyle affirms, but carrying it out is not.

I profess no aesthetic. Each work entrusts its writer with the form it seeks: verse, prose, a baroque or a plain style. Theories can be admirable stimulants (let us recall Whitman) but in themselves they can engender monsters or merely museum pieces. Let us recall James Joyce's interior monologue or the supremely discomforted Polyphemus.

After all these years I have observed that beauty, like happiness, is frequent. A day does not pass when we are not, for an instant, in paradise. There is no poet, however mediocre, who has not written the best line in literature, but also the most miserable ones. Beauty is not the privilege of a few illustrious names. It would be rare if this book did not contain one single secret line worthy of staying with you to the end.

In this book there are many dreams. I make clear that they were gifts of the night, or, more precisely, of the dawn, and not pondered fictions. I have scarcely dared to add one or two circumstantial flourishes that our time, beginning with Defoe, demands.

I dictate this prologue from one of my native lands, Geneva.

—J.L.B.

January 9, 1985

—W.B.

Cristo en la cruz

Cristo en la cruz. Los pies tocan la tierra.
Los tres maderos son de igual altura.
Cristo no está en el medio. Es el tercero.
La negra barba pende sobre el pecho.
El rostro no es el rostro de las láminas.
Es áspero y judío. No lo veo
y seguiré buscándolo hasta el día
último de mis pasos por la tierra.
El hombre quebrantado sufre y calla.
La corona de espinas lo lastima.
No lo alcanza la befa de la plebe
que ha visto su agonía tantas veces.
La suya o la de otro. Da lo mismo.
Cristo en la cruz. Desordenadamente
piensa en el reino que tal vez lo espera,
piensa en una mujer que no fue suya.
No le está dada ver la teología,
la indescifrable Trinidad, los gnósticos,
las catedrales, la navaja de Occam,
la púrpura, la mitra, la liturgia,
la conversión de Guthrum por la espada,
la Inquisición, la sangre de los mártires,
las atroces Cruzadas, Juana de Arco,
el Vaticano que bendice ejércitos.
Sabe que no es un dios y que es un hombre
que muere con el día. No le importa.
Le importa el duro hierro de los clavos.
No es un romano. No es un griego. Gime.
Nos ha dejado espléndidas metáforas
y una doctrina del perdón que puede
anular el pasado. (Esa sentencia
la escribió un irlandés en una cárcel.)
El alma busca el fin, apresurada.
Ha oscurecido un poco. Ya se ha muerto.
Anda una mosca por la carne quieta.
¿De qué puede servirme que aquel hombre
haya sufrido, si yo sufro ahora?

Kyoto, 1984.

Christ on the Cross

Christ on the cross; his feet touch the earth.
The three crosses are of the same height.
Christ is not in the middle. He is just the third.
The black beard grazes his chest.
His face is not the one seen in engravings.
It is severe, Jewish. I do not see it
And I will keep on searching for it
until my last step on earth.
The fractured man suffers and says nothing.
The crown of thorns tortures him.
He does not hear the jeers of the crowd
that has seen him in agony so many times,
his or another's, it makes no difference.
Christ on the cross. Chaotically
he thinks about the kingdom that perhaps awaits him,
he thinks about the woman who was not his.
He is not able to perceive theology,
the indecipherable Trinity, the Gnostics,
the cathedrals, Occam's Razor,
the purple, the miter, the liturgy,
Guthrum's conversion by the sword,
the Inquisition, the blood of the martyrs,
the savage Crusades, Joan of Arc,
the Vatican casting its blessing over armies.
He knows that he is not a God and that he is a man
who dies with the day. It makes no difference.
What he does feel is the hard iron of the nails.
He is not a Roman, not a Greek. He whimpers.
He has left us some splendid metaphors
and a doctrine of forgiveness that can
do away with the past. (That phrase was
written by an Irishman in prison.)
The soul searches for its end, hurriedly.
Night has fallen. He has died now.
A fly crawls over the still flesh.
Of what use is it to me that this man has suffered,
if I am suffering now?

Kyoto, 1984

—A.C.

La tarde

Las tardes que serán y las que han sido
son una sola, inconcebiblemente.
Son un claro cristal, solo y doliente,
inaccesible al tiempo y a su olvido.
Son los espejos de esa tarde eterna
que en un cielo secreto se atesora.
En aquel cielo están el pez, la aurora,
la balanza, la espada y la cisterna.
Uno y cada arquetipo. Así Plotino
nos enseña en sus libros, que son nueve;
bien puede ser que nuestra vida breve
sea un reflejo fugaz de lo divino.
La tarde elemental ronda la casa.
La de ayer, la de hoy, la que no pasa.

The Afternoon

The afternoons to come and those that have been
are all one, inconceivably.
They are a clear crystal, alone and suffering,
inaccessible to time and its forgetting.
They are the mirrors of that eternal afternoon
that is treasured in a secret heaven.
In that heaven are the fish, the dawn,
the scales, the sword, and the cistern.
Each one an archetype. So Plotinus
teaches us in his books, which are nine.
It may be that our brief life
is the fleeting reflection of the divine.
The elemental afternoon encircles the house.
Yesterday's, today's, the one that is always there.

—W.S.M.

Elegía de un parque

Se perdió el laberinto. Se perdieron
todos los eucaliptos ordenados,
los toldos del verano y la vigilia
del incesante espejo, repitiendo
cada expresión de cada rostro humano,
cada fugacidad. El detenido
reloj, la entretejida madreselva,
la glorieta, las frívolas estatuas,
el otro lado de la tarde, el trino,
el mirador y el ocio de la fuente
son cosas del pasado. ¿Del pasado?
Si no hubo un principio ni habrá un término,
si nos aguarda una infinita suma
de blancos días y de negras noches,
ya somos el pasado que seremos.
Somos el tiempo, el río indivisible,
somos Uxmal, Cartago y la borrada
muralla del romano y el perdido
parque que conmemoran estos versos.

Elegy for a Park

The labyrinth has vanished. Vanished also
those orderly avenues of eucalyptus,
the summer awnings, and the watchful eye
of the ever-seeing mirror, duplicating
every expression on every human face,
everything brief and fleeting. The stopped clock,
the ingrown tangle of the honeysuckle,
the garden arbor with its whimsical statues,
the other side of evening, the trill of birds,
the mirador, the lazy swish of a fountain,
are all things of the past. Things of what past?
If there were no beginning, nor imminent ending,
if lying in store for us is an infinity
of white days alternating with black nights,
we are living now the past we will become.
We are time itself, the indivisible river.
We are Uxmal and Carthage, we are the perished
walls of the Romans and the vanished park,
the vanished park these lines commemorate.

—A.R.

Nubes (I)

No habrá una sola cosa que no sea
una nube. Lo son las catedrales
de vasta piedra y bíblicos cristales
que el tiempo allanará. Lo es la Odisea,
que cambia como el mar. Algo hay distinto
cada vez que la abrimos. El reflejo
de tu cara ya es otro en el espejo
y el día es un dudoso laberinto.
Somos los que se van. La numerosa
nube que se deshace en el poniente
es nuestra imagen. Incesantemente
la rosa se convierte en otra rosa.
Eres nube, eres mar, eres olvido.
Eres también aquello que has perdido.

Nubes (II)

Por el aire andan plácidas montañas
o cordilleras trágicas de sombra
que oscurecen el día. Se las nombra
nubes. Las formas suelen ser extrañas.
Shakespeare observó una. Parecía
un dragón. Esa nube de una tarde
en su palabra resplandece y arde
y la seguimos viendo todavía.
¿Qué son las nubes? ¿Una arquitectura
del azar? Quizá Dios las necesita
para la ejecución de Su infinita
obra y son hilos de la trama oscura.
Quizá la nube sea no menos vana
que el hombre que la mira en la mañana.

Clouds (I)

There cannot be a single thing which is
not cloud. Cathedrals have it in that tree
of boulders and stained glass with Bible myths
that time will soon erase. The Odyssey
contains it, changing like the sea, distinct
each time we open it. Your mirrored face
already is another face that blinked
in day, our dubious labyrinth of space.
We are the ones who leave. The multiple
cloudbank dissolving in the dropping sun
draws images of us. Ceaselessly will
the rose become another rose. You are
the cloud, the sea, you are oblivion,
and you are whom you've lost, now very far.

—W.B.

Clouds (II)

High in the air these placid mountains or
the cordilleras tragic in their shade
wander, darkening day. The name in store
for them is *clouds*. The shapes tend to be strange.
Shakespeare observed one, and to him it was
a dragon. A stray cloud of afternoon
glitters, burns in his word, and we transpose
it into vision we still follow. Soon
we ask: What are clouds? An architecture
of chance? Maybe God needs them as a warning
to carry out His plan of infinite
creation, and they're threads of plots obscure
and vague. Maybe a cloud is no less fixed
than someone looking at it in the morning.

—W.B.

Las hojas del ciprés

Tengo un solo enemigo. Nunca sabré de qué manera pudo entrar en mi casa, la noche del catorce de abril de 1977. Fueron dos las puertas que abrió: la pesada puerta de calle y la de mi breve departamento. Prendió la luz y me despertó de una pesadilla que no recuerdo, pero en la que había un jardín. Sin alzar la voz me ordenó que me levantara y vistiera immediatamente. Se había decidido mi muerte y el sitio destinado a la ejecución quedaba un poco lejos. Mudo de asombro, obedecí. Era menos alto que yo pero más robusto y el odio le había dado su fuerza. Al cabo de los años no había cambiado; sólo unas pocas hebras de plata en el pelo oscuro. Lo animaba una suerte de negra felicidad. Siempre me había detestado y ahora iba a matarme. El gato Beppo nos miraba desde su eternidad, pero nada hizo para salvarme. Tampoco el tigre de cerámica azul que hay en mi dormitorio, ni los hechiceros y genios de los volúmenes de *Las Mil y Una Noches*. Quise que algo me acompañara. Le pedí que me dejara llevar un libro. Elegir una Biblia hubiera sido demasiado evidente. De los doce tomos de Emerson mi mano sacó uno, al azar. Para no hacer ruido bajamos por la escalera. Conté cada peldaño. Noté que se cuidaba de tocarme, como si el contacto pudiera contaminarlo.

En la esquina de Charcas y Maipú, frente al conventillo, aguardaba un cupé. Con un ceremonioso ademán que significaba una orden hizo que yo subiera primero. El cochero ya sabía nuestro destino y fustigó al caballo. El viaje fue muy lento y, como es de suponer, silencioso. Temí (o esperé) que fuera interminable también. La noche era de luna y serena y sin un soplo de aire. No había un alma en las calles. A cada lado del carruaje las casas bajas, que eran todas iguales, trazaban una guarda. Pensé: Ya estamos en el Sur. Alto en la sombra vi el reloj de una torre; en el gran disco luminoso no había ni guarismos ni agujas. No atravesamos, que yo sepa, una sola avenida. Yo no tenía miedo, ni siquiera miedo de tener miedo, ni siquiera miedo de tener miedo de tener miedo, a la infinita manera de los eleatas, pero cuando la portezuela se abrió y tuve que bajar, casi me caí. Subimos por unas gradas de piedra. Había canteros singularmente lisos y eran muchos los árboles. Me condujo al pie de uno de ellos y me ordenó que me tendiera en el pasto, de espaldas, con los brazos en cruz. Desde esa posición divisé una loba romana y supe donde estábamos. El árbol de mi muerte era un ciprés. Sin proponérmelo, repetí la línea famosa: *Quantum lenta solent inter viburna cupressi*.

Recordé que *lenta*, en ese contexto, quiere decir flexible, pero nada tenían de flexibles las hojas de mi árbol. Eran iguales, rígidas y lustrosas y de materia muerta. En cada una había un monograma. Sentí asco y alivio.

The Leaves of the Cypress

I have only one enemy. I'll never know how he managed to enter my house on the night of April 10, 1977. He opened not one but two doors: the bulky street door and the door of my small apartment. He switched on the light and woke me out of a nightmare, which I don't recall except that in it there was a garden. Without raising his voice he ordered me to get up and dress at once. My death had been decided upon, and the place appointed for the execution was at some distance. Speechless with surprise, I obeyed. He was not as tall as I, but stockier, and hatred had given him strength. The passage of time had not changed him, merely put an occasional white hair on his dark head. He was animated by a kind of sinister joy. He had always detested me, and now he was going to kill me. Beppo the cat watched us out of his eternity but did nothing to save me. Nor did the blue earthenware tiger I have in my bedroom, nor the magicians and genies in the volume of *The Thousand and One Nights*. I needed something to keep me company. I asked him to let me take a book. A Bible would have been too obvious a sacrilege. At random my hand picked out one of the twelve volumes of Emerson. So as to make no noise we went down by the stairway. I counted every step. I observed that he was careful not to touch me, as if contact could contaminate him.

At the corner of Charcas and Maipú, outside the sprawling tenement, a carriage was waiting. With a formal gesture tantamount to an order, he directed me to step in first. The coachman was already aware of our destination and cracked the whip. The trip was very slow and, as may be imagined, silent. I feared (or hoped) that it would go on forever. It was a clear moonlit night without a breath of air. Not a soul was in the streets. On either side of the carriage the low houses, each exactly like the last, hemmed us in. I thought: by now this is the South. High up in the shadows I saw a clock on a tower. On its large luminous face there were neither figures nor hands. As far as I can tell, we did not cross a single avenue. I was not afraid, not even afraid of being afraid, nor even afraid of being afraid of being afraid, and so on ad infinitum in the Eleatic manner; but when the carriage door opened and I had to get out, I almost fell over. We climbed some stone steps. There were singularly smooth stone-filled planters and a great many trees. He led me to the foot of one and ordered me to lie down on the grass, on my back with my arms extended. From this position I could make out a Roman she-wolf and that told me where we were. The tree of my death was a cypress. Involuntarily I repeated the famous line: *Quantum lenta solent inter viburna cupressi.*

I remembered that *lenta* in that context means flexible, but there was

Supe que un gran esfuerzo podía salvarme. Salvarme y acaso perderlo, ya que, habitado por el odio, no se había fijado en el reloj ni en las monstruosas ramas. Solté mi talismán y apreté el pasto con las dos manos. Vi por primera y última vez el fulgor del acero. Me desperté; mi mano izquierda tocaba la pared de mi cuarto.

Qué pesadilla rara, pensé, y no tardé en hundirme en el sueño.

Al día siguiente descubrí que en el anaquel había un hueco; faltaba el libro de Emerson, que se había quedado en el sueño. A los diez días me dijeron que mi enemigo había salido de su casa una noche y que no había regresado. Nunca regresará. Encerrado en mi pesadilla, seguirá descubriendo con horror, bajo la luna que no vi, la ciudad de relojes en blanco, de árboles falsos que no pueden crecer y nadie sabe qué otras cosas.

nothing flexible about the leaves of my tree. They were all alike, stiff and shiny and of a dead matter. On each one there was a monogram. I felt repulsion and relief: I realized that a great effort could save me. Save me and perhaps do him in, since, consumed as he was by hatred, he had not noticed either the clock or the monstrous branches. I let go of my talisman and pressed down on the grass with both hands. For the first and last time I saw the flash of a blade. I woke up. My left hand was groping at the wall of my room.

What a strange nightmare, I thought, and quickly fell sound asleep.

The next day I discovered there was a vacant spot in the bookcase. The Emerson book was missing; it had been left back in the dream. Ten days later I was told that my enemy had left his house one night and had not returned. Nor will he ever. Shut up in my nightmare, he will go on discovering, to his horror, beneath the moon I did not see, the city of blank clocks, of false trees unable to grow, and of what else no one can tell.

—A.S.T.

La trama

¿En cuál de mis ciudades moriré?
¿En Ginebra, donde recibí la revelación
no de Calvino ciertamente, sino de Virgilio
y de Tácito?
¿En Montevideo, donde Luis Melián
Lafinur, ciego y cargado de años, murió
entre los archivos de esa imparcial
historia del Uruguay que no escribió
nunca?
¿En Nara, donde en una hostería japonesa
dormí en el suelo y soñé con la terrible
imagen del Buda, que yo había tocado y no
visto, pero que vi en el sueño?
¿En Buenos Aires, donde soy casi un
forastero, dados mis muchos años, o una
costumbre de la gente que me pide un
autógrafo?
¿En Austin, Texas, donde mi madre y yo,
en el otoño de 1961, descubrimos América?
Otros lo sabrán y lo olvidarán.
¿En qué idioma habré de morir? ¿En el
castellano que usaron mis mayores para
comandar una carga o para conversar un
truco?
¿En el inglés de aquella Biblia que mi
abuela leía frente al desierto?
Otros lo sabrán y lo olvidarán.
¿Qué hora será?
¿La del crepúsculo de la paloma, cuando
aún no hay colores, la del crepúsculo del
cuervo, cuando la noche simplifica y
abstrae las cosas visibles, o la hora trivial,
las dos de la tarde?
Otros lo sabrán y lo olvidarán.
Estas preguntas no son digresiones del
miedo, sino de la impaciente esperanza.
Son parte de la trama fatal de efectos y de
causas, que ningún hombre puede
predecir, y acaso ningún dios.

The Web

Which of my cities will I die in?
Geneva, where revelation came to me
through Virgil and Tacitus, certainly not from Calvin?
Montevideo, where Luis Melian Lafinur,
blind and heavy with years, died among the archives
of that impartial history of Uruguay
he never wrote?
Nara, where in a Japanese inn
I slept on the floor and dreamed the terrible
image of Buddha I had touched sightlessly
but saw in my dream?
Buenos Aires, where I'm almost a foreigner,
given my many years, or else a habitual target
for autograph hunters?
Austin, Texas, where my mother and I
in the autumn of '61 discovered America?
Others will know it too and will forget it.
What language am I doomed to die in?
The Spanish my ancestors used
to call for the charge or bid at truco?
The English of that Bible
my grandmother read from at the desert's edge?
Others will know it too and will forget it.
What time will it be?
In the dove-colored twilight when color fades away
or in the twilight of the crow
when night abstracts and simplifies
all visible things, or at an odd moment—
two in the afternoon?
Others will know it too and will forget it.
These questions are digressions, not from fear
but from impatient hope,
part of the fatal web of cause and effect
that no man can foresee, nor any god.

—A.R.

Grateful acknowledgment is made for permission to reprint the translations of the following works:

Willis Barnstone: "John I: 14," "Emanuel Swedenborg," "Paris, 1856," "Spinoza," "The Nightmare," "To My Father," and "Remorse" from *Six Masters of the Spanish Sonnet*, translated by Willis Barnstone (Carbondale: Southern Illinois University Press, 1993). "The Moon," "Music Box," and "The Causes" from *Twenty-four Conversations with Borges*. By permission of Willis Barnstone.

Robert S. Fitzgerald: "Sepulchral Inscription," "Patio," "Anticipation of Love," "Deathwatch on the Southside," and "Odyssey, Book Twenty-Three" from *Selected Poems 1923–1967* by Jorge Luis Borges, edited by Norman Thomas DiGiovanni (Delacorte Press, 1972). By permission of Penelope L. Fitzgerald.

W. S. Merwin: "Empty Drawing Room," "Remorse for Any Death," "Inscription On Any Tomb," "Parting," "My Whole Life," "Sunset Over Villa Ortuzar," "Ars Poetica," "To a Minor Poet of the Greek Anthology," "Someone," and "Ode Written in 1966" from *Selected Poems 1923–1967* by Jorge Luis Borges, edited by Norman Thomas DiGiovanni (Delacorte Press, 1972). By permission of W. S. Merwin.

Mark Strand: "Luke XXIII," "Texas," and "Emerson" from *Selected Poems 1923–1967* by Jorge Luis Borges, edited by Norman Thomas DiGiovanni (Delacorte Press, 1972). By permission of Mark Strand.

Alastair Reid: "General Quiroga Rides to His Death in a Carriage," "Ms. Found in a Book of Joseph Conrad," "The Mythical Founding of Buenos Aires," "Embarking on the Study of Anglo-Saxon Grammar," "The Cyclical Night," "Conjectural Poem," "Matthew XXV: 30," "A Soldier of Urbina," "Limits," "A Saxon (A.D. 449)," "A Rose and Milton," "To One No Longer Young," "Poem Written in a Copy of Beowulf," "A Morning of 1649," "To a Saxon Poet," *"Adam Cast Forth,"* "Page to Commemorate Col. Suarez, Victor at Junin," "Poem of the Gifts," "Chess," "The Borges," and "To Whoever is Reading Me," from *Selected Poems 1923–1967* by Jorge Luis Borges, edited by Norman Thomas DiGiovanni (Delacorte Press, 1972). "The Dagger," "Adrogue," "The Other Tiger," and "Mirrors" from *Borges: A Reader* edited by Emir Rodriguez Monegal and Alastair Reid (Dutton, 1981). "Prologue," "Tankas," "Susana Bombal," "The Blind Man," "Things," "Poem of Quantity," "The Watcher," "To the German Language," "1891," "The Dream of Pedro Henriquez Urena," "The Palace," "Hengist Wants Men, A. D. 449," "To a Cat," "The Gold of the Tigers," "Prologue to *The Unending Rose*," "I," "The Dream," "The Suicide," "To the Nightingale," "I am," "A Blind Man," "1972," "Elegy," "The Exile (1977)," "Talismans," and "The Unending Rose" from *The Gold of the Tigers* by Jorge Luis Borges (Dutton, 1977). By permission of Alastair Reid.

John Updike: "The Enigmas" and "The Sea" from *Selected Poems 1923–1967* by Jorge Luis Borges, edited by Norman Thomas DiGiovanni (Delacorte Press, 1972). By permission of John Updike.